跨度新美文书系

*Kuadu Prose Series*

# 醒来的沉睡

张克奇　著

中国文史出版社

# 目 录

# 窗　外

　　每次伏案久了，都会习惯性地抬起头向外看一看。窗外的风景其实很单调，楼与楼之间的空间太小，又被几个大大小小的简易棚占据了，目之所及，除了浅蓝色的棚顶和浅黄色的墙皮，就是灰蒙蒙的天空了。前几年的时候，对面的楼墙上长着爬山虎，每年的春夏秋三个季节，偌大的墙壁就全被爬山虎占据。从初春的绿中带一点红，到夏天的葱绿，再到秋天的墨绿，让我们这些整天窝在方框格子里的人受用多多。可是在后来的那个春天，我们望眼欲穿了好几个月都没有盼到爬山虎再次绿起来。那面墙壁上，自此只剩了爬山虎的一些干枯的枝叶，后来连枯叶也没了，只有那些灰褐色的枝蔓像纵横交错的网络一样贴在那里。

　　偶然的一次，听人说这爬山虎是被人给尿死的。原来那座楼的一楼开了一家网吧，网速很快，生意很好，就是厕所在二楼不太方便。到了晚上，那些网虫内急，就急匆匆地爬到那个唯一的窗台上小便，一泡泡的全尿在了爬山虎的根部，日复一日就把爬山虎给碱死了。据说这棵爬山虎已经在那里生长了二十多年，根部的茎足有一个水杯粗。死亡的原因和方式有很多种，但是被尿尿死，实在是有些离奇。

　　它的死该怨谁呢？那些往它身上撒尿的无疑是罪魁祸首，可是网吧老板是不是也难逃其责？设计建设这楼房的是不是也负有一定责任？当初栽植它的人也是有责任的吧？可再转念一想，无论是撒尿者还是网吧老板，对它都是没有故意谋害之心的。至于楼房的设计建设者，也是不能责怪的，因为盖楼在先爬山虎生长在后。至于当初栽植它的人，更是

1

不能责怪的，因为当时是给它选了一块好地的，要不它怎能长得那么粗壮、茂盛？我越想越远，也越想越困惑，最后只能归结为一点：命当如此。

爬山虎一死，窗外就没了可看的风景。有时实在困乏极了，就仰头看天。想起在乡下时，天空是不单调的，因为有鸟儿不时地飞过。即使长时间没有鸟也没关系，单是那样的湛蓝就足可以让人的心浮游其间。可是在城里，哪里还能见得到鸟儿们的影子？哪里还有一片天空是湛蓝的呢？于是就希望天上能有云，淡的、浓的、大片的、小块的都行，只要有就好。根据云的形状，想到鸡狗驴牛、人鱼鸟兽，心里就有了一些滋润。目光跟随云彩走啊走，送走一片，又迎来一片，眼神就生动起来，盼望着能有雨点落下来。雨点来了，敲在顶棚上，就像奏起了一场乐章，要是雨大的话，还能欣赏到雨点在顶棚上优美的舞姿，寂寞的生活就多了一丝情趣。到了冬天，那些云有时会变成雪落下来。一片片雪花，轻轻盈盈的，飘飘悠悠的，那么袅娜，那么曼妙，天使一般。这样的日子，即使寒冷，我也会拉开窗子，把目光投放到苍穹迎接它们。纷纷扬扬的雪花啊，如过江之鲫，又如千军万马，把天地之间填充得满满当当。有时候，我的目光会情不自禁地追随它们下降，直至看到它们落在棚顶上。如此往来反复，既获得了说不出的愉悦，还让多年的颈椎病得到了缓解。不长时间，顶棚上就全白了，把那些讨厌的浅蓝色以及附着其上的肮脏的灰尘都掩藏了起来，世界一下子变得洁净了，一种直达内心的洁净。天晴以后，阳光照耀其上，再反射回来，有些刺眼。但有时那光并不仅仅是白色的，而是带了五颜六色。如果能选准一个恰好的角度看过去，会看到雪层之上生发出一道道小小的彩虹，心里的惊叹简直就要破口而出。接下来的日子里，就会看到棚沿上悬挂起了一根根冰锥，一开始是短短的、细细的，刚刚冒出的竹笋倒立一般，第二天再看时，就变得又粗又长了。如果雪足够大的话，那些冰锥能"长"到一米多长，只是颜色不如记忆里的清澈，因为那里面夹杂了太多的杂尘。如果雪大天气又足够寒冷的话，这些卫士般排列着的冰锥能持续一个多月的时间，代替已经死去的爬山虎，成为窗外最美最持久的风景。而这些东西，要是在以前，是根本引不起我的特别注意的。罗丹说得真好啊：世界不是缺少美，而是缺少发现美的眼睛。越是活得单调寂寞的人，越容易发现美，享受美，满足于美。

也许是我们几个命里该有眼福。今年春天，对面的那家影楼在正冲我们办公室的那面墙上掏了一扇大窗子，室外用钢筋三脚架什么的焊接、搭建了一个半圆形的空中"舞台"，做拍摄外景之用。天气晴好的日子，每天都有俊男靓女在那里拍照，一身的青春气息和满心的幸福，就连冬日的寒冷都无法阻挡。这样的情景，深深地感染着我们，惹得我们常常回想起自己曾经的青春年少，生发许多感慨。青年们的美姿靓影固然赏心悦目，但是我印象最深的却是那对来拍照的老人。从两位老人雪白的头发和有些佝偻的身体判断，他们的年龄最少也该七十岁了。虽然年纪已大，他们却是在拍婚纱照！而且，他们的样子，比年轻的恋人们还要认真，还要浓情。隐隐约约还能听到男老人在劝说女老人不要紧张、不要害羞什么的。女老人一会儿穿上雪白的婚纱，一会儿又换上了大红色的，头上的插花也换了好几次。就这样拍啊拍，居然拍了大半个上午。我们就猜测，他们是黄昏恋吗？抑或是在弥补年轻时的遗憾？可是不管是哪一种，都用不着这么张扬吧。这么一想，心里便对他们有了些微词。晚上打开电视，调换频道时，突然发现县电视台正在播放上午拍婚纱照的两位老人的故事，看完不禁潸然泪下，同时对老人们有了深深的愧疚。原来这两位老人的恋情竟是一段跨越了整整五十二年的初恋。男老人叫徐嘉良，女老人叫徐国珍，两个人都是徐家村的，年轻时就相爱了。可是老天并不成人之美，就在他们准备举办婚礼时，徐嘉良突遭横祸致残，一下子瘫痪在床。为了不连累徐国珍，徐嘉良强行退了婚，并跟随父母去了外地谋生，后来在黑龙江大兴安岭定居下来。再后来，在当地一位老中医的精心治疗下，徐嘉良竟然奇迹般地重新站立了起来，并在一个林场找了份工作。病好之后，徐嘉良一刻不停地想要回到徐国珍身边，却又怕时隔多年的昔日恋人早已结婚生子，便把刻骨的思念深深地埋在了心底，彻底断了跟家乡亲人的联系，并且一直拒绝开始新的恋情，始终过着单身生活。五十多年过去了，早已白发苍苍的徐嘉良的思乡之情越老越重，决定叶落归根回到家乡。可让他万万没想到的是，徐国珍居然也还活着，更让他想不到的是，徐国珍竟然一直未嫁。就这样，一段尘封了五十多年的恋情，又重新复活，最终在大家的齐心帮助下，有了一个圆满的结果。这是多么不可思议，多么使人感动落泪啊。记得主持人最后一句话是哽咽着说出来的，她说：有多少的爱情败给了时间，又有多少的爱情在日渐深刻的皱纹里倔强地生长着。从这以后，每次看到那些拍婚纱照的年轻恋人们，我都会想起那对白发苍苍的老人，并且不再像以前那样用"执子之手，与子偕老"之类的句子祝福他们，而是简简单单地在心里跟他们说一声：但愿你们能像徐嘉良和徐国珍老人那样相爱。

窗外那个硕大的龙骨结构简易棚，其实是县新华书店。书店原先是在楼里的，但书店的领导脑瓜儿精明，充分利用两座楼之间的空当，建起了这么个棚房，把书店搬了进来，将楼房租了出去。此处位居县城中心地带，据说租金比卖书的收益要好得多。作为一个喜欢读书码字的人，书店曾是我经常去的地方。那时候，尽管工作单位和住的地方都距书店较远，但是我每周至少要去一次。尤其是在寒暑假里，去的次数就更多了。有时陪老婆孩子逛街，走着走着就拐进了书店，次数多了就气得老婆不再勉强，任由我去。如今书店虽然搬进了棚房，但面积还是挺大的，看书、找书也比原来楼上楼下的方便，书也好像比以前丰富了不少。书店的南墙距离我们的窗子不过两米许的距离，绕道走进书店，也不过四五分钟的时间，可是悲哀的是，尽管近在咫尺，我去书店的次数却越来越少了，有时甚至半年都去不了一次。写不完的材料，忙不完的事务，人就像被蒙了眼睛拉磨的驴子一样，日复一日几无止休。这样的状况让我既无奈又纠结，有时看着书店的顶棚，就想到了里面那一排排整齐的书籍，想起以前去书店的快意，心里就轻轻地叹息一声。任何的喜欢都是需要条件的。条件可以创造，但是很多时候，只能妥协，尽管心痛。于是就想，也许等再调动一个单位就清闲了吧，等退了休就更有时间了吧。可是，将来的事情，谁又能说得清楚呢？想想这人生和世界，真像极了一个一个的小格子，每个人是一个小格子，每个空间是一个小格子，每一段时间也是一个小格子。每个小格子都是相对封闭的，但都有一个门，时刻准备着与其他格子发生联系。有些门，是可以打通的，有些门，打开了又总有关闭的时候，也有一些门，你一生都无法走进去。依然记得离开原来的单位时，我清理完办公室走出来，就在关门声响起的时候，心里突然产生了一种难以说清的惆怅：这扇曾无数次被自己打开的门，自己持续待了这么多年的这个空间，也许从这一刻起就永远地向我关闭了。

写到这里，再抬头看窗外，死去的爬山虎的枯枝仍然固执地扒在墙壁上，书店棚房的屋顶还在发着幽幽的浅蓝色的光，影楼的窗外又换了一对新人在拍照，灰蒙蒙的天空没有一丝云彩。现在，我跟这些熟悉的事物天天相见，可是这一切，也一定会在将来的某一天消失吧。或者是它们离开我，或者是我离开它们。不论是自愿，还是被迫。

# 空山里的疼痛

　　我就这么久久地坐着，雕塑一般，眼神有些迷茫。也许，在满山的黄栌树看来，我好像是在固执地等待着什么。其实，哪里有什么可等的？除了四季轮回和死亡，还有什么是可以等来的呢。

　　就在此刻，我的岳父正在县医院的病床上跟死神搏斗着。经过了两次大的手术，还是没能遏制住癌细胞的扩散。曾经多么强壮的一个人啊，如今瘦成了皮包骨头。曾经只肯为别人遮风挡雨的一个人，如今所有的事情都需要别人的照顾和帮助。昨天夜里十二点，巨大的疼痛卷土重来，我们只好请求医生再次给他打了一剂止疼针。随着药力的发作，他终于稍稍安静下来。看着他焦黄的脸和气若游丝的样子，我感觉他的生命已经日薄西山。眯盹儿了一会儿，他吃力地睁了睁眼睛。是的，非常的吃力。自从患病以来，他所呈现给人们最多的样子就是"吃力"了，一开始是走路吃力，再是翻身吃力，后来连咳嗽都非常吃力了。有时夜里趴在他的床前打盹，我不止一次地梦到他浑身插满管子被从手术室里推出来的模样，每次都惊出一身的冷汗。人在身体好的时候，总被各种各样的东西充溢得像鼓胀的风帆。可是一旦躺在了病床上，一下子就变空了，变轻了，甚至连最基本的尊严都难以维护了。那些最隐私的部位，那些竭力维持的形象，在病魔面前是那么无处可藏。给我岳父做手术的医生是我的一个朋友，我们曾进行过一次长谈。他对我说："生命的脆弱和无常，是任何人都没办法的事情。有的时候，医生可以治得了人的病，却救不了人的命。"现在想来，古语所说的"生死有命，富

6

贵在天"，虽然有些宿命论，却是暗藏了一定天机的。什么是命呢？解释不透、无法解释的事情就是命。就像那些本来好好的生命，在瞬间就会消亡一样。就像有些灾难，早一秒或者晚一秒都会避免，但是恰恰就赶在那一秒上了。所以有位参透了人生的人说："人生可问，命运不可问。"

岳父的眼神里，越来越流露出对于活着的渴望。虽然我们都对他隐瞒着病情，并且在他面前一直都表达着比较乐观的情绪，但在这么漫长的治疗里，他肯定对自己的病情了然于心。虽然我们不说，他也闭口不说，可是我们分明都已经听到了一步步逼近的死神的脚步声。岳父肯定是不甘心的，他才六十二岁，他的唯一的儿子还没有结婚。我不知道，在他的心里，对于这个世界还会有多少牵挂、多少留恋，对于死亡的恐惧，到底有多大。对于每一位来查床的医生、每一位来给他换药的护士，他都表现出了特别的礼貌，眼神里分明流露出莫大的企求。他的手上、胳膊上，甚至腿上，都已经密密地扎满了针眼，每再扎一次都会十分费劲，但他咬紧牙关不出一声。有时护士会问他：很疼吧？他却咧开嘴笑一笑：我不怕疼。每次听到这样的对话，我的眼泪都几乎要流出来。有一次，看到只有我在，他问道：已经花了不少钱了吧？我说：不多，有新农合呢。他又说：这病要是没指望，只是花钱买活着的话，就算了吧。我说：你放心，医生说是会好起来的，你要有信心。他闭上了眼睛，很长时间才又说出一句：一辈子怎么就这么快呢？我不知道该说些什么，只是紧紧地攥着他的手，让他不要多想。在他叹气的时候，一阵剧烈的咳嗽再次让他昏迷了过去。

和岳父同一个病房的，是一个小伙子，二十三岁的年纪，得了肾病，一周需要透析三次。他的老家在南部的山区，父母以种地和喂羊好不容易才供他读完了大学，没想到刚刚毕业还没找到工作就得了这病。这原本是一个多么美好的年龄啊，充满无限憧憬的未来才刚刚开启，可是……他的父亲，一个看上去很憨厚的汉子，除了给孩子护理之外，就一直那么沉默地坐在那里，面无表情。他的母亲，却像话痨似的说个不停，不是跟儿子说，就是跟同病房的其他人说。我最不敢的就是和她对视，她的眼神里，有一种叫作绝望的东西让人承受不住。对于生命来说，疼痛和哀伤都不算什么，最可怕的是绝望。有一次我在通往厕所的走廊里，看到她躲在一个角落里轻声啜泣，想要上去安慰几句，话到嘴边又咽了下去。我知道，在这样的情况下，任何话语都是无力的。不但无力，还可能会是匕首。经过她身边时，我甚至连看她一眼的勇气都没有，脚步也放得很轻很轻，我怕惊扰了她的悲伤，一个绝望的母亲的悲伤。也许人一生下来，就会有病魔和灾难如影随形，说不定在什么时候什么地方，就会猛然跳将出来。我不止一次地问自己，也问朋友，生命如此脆弱和无常，人的奋斗还有什么意义，你所创的事业再大，挣下的钱再多，又能怎么样呢？就像那个搞硬质合金的大老板，好不容易打拼成人人羡慕的千万富翁，可才刚刚五十岁多一点就得了绝症。临死前他不停地撕那些百元大钞，却每次只撕个一二十张就撕不动了。据说他死时两只眼睛都睁得很大，牙齿却咬得很紧很紧，以至于脸部变形得极其可怕。那是一种怎样的不甘心啊！

这两年的时间，因为岳父，我和家人不停地在各个医院里奔跑，到后来干脆就吃住在病房里，硬是把不平常的日子过成了平常日子。在医院里，我目睹了一个又一个人离开这个世界。那些撕心裂肺的哭喊，那些悲痛欲绝的神情，让我对于生命产生了更深的怀疑和哀叹。两年前岳父第一次手术后恢复得很好，出院的那天，我们特地为他举行了一个庆祝仪式。我们天真地以为，病魔就这样给一刀切掉了。可是没有想到，才不到一年的时间，那些可怕的细胞又从别的地方冒出来了。我们仍旧不死心，请求朋友特地从上海请来专家为他做第二次手术。手术之后，他就被送进了重症监护室，一待就是十几天。我们在监护室外边苦苦等待他的醒来，那真是一种达到极限的熬煎。时间，是从未有过的漫长和令人窒息。之后一次次的检查，让我们对他的病情不再抱有任何幻想。我们不再奢望他能彻底好起来，只是希望他能多活一天是一天。虽然在经济上，我们已到了山穷水尽的地步，精神上也几乎达到极限，可是从没想过要放弃。我们共同的想法是：只要他活着，子女们就还有个父亲。可是现在，他的疼痛越来越剧烈了，最初的止疼针已经失效，只好扎吗啡，并且用得越来越频繁。我们都不知道，他还能坚持多久，我们所知道的是，这样的坚持太苦太难了。疼痛一上来，他就浑身哆嗦，整个人就会扭曲得不成样子，真是活受。是的，活受，只有这个词，才是对他此时生命状态的最准确描述。

好久好久没有一个人这样静静地待着了。密密层层的黄栌树，刚刚焕发新绿，娇嫩得让人担心会有风雨的袭击。天蓝得很清澈，那么高，那么远，却又似乎触手可及。可是有多少人，能有时间和心情去享受这一切呢。人只要活着，就会有那么多的事等着你去做，有那么多的责任，需要你去承担。数不清的责任和义务，枷锁一般，把生命牵扯得紧紧的。活着，首先是一种承受。仔细想想，人的一生里，究竟有多少的时间是为自己活的呢？让生命轻松一点的道理人人都懂，可在现实生活里，每个人都不是生命的逍遥看客。大部分的人，努力去做还活不好，又怎么会敢有丝毫的懈怠呢？就拿挣钱来说，都说钱是身外之物，可是如果没有钱，吃什么，住什么，孩子上学怎么办，生了病拿什么去跟医院打交道？普通老百姓的日子，就是这样千头万绪的难。其实，不只是普通老百姓活得艰难，即使那些富豪高官，不也是烦着恼着地过活吗？有人说人出生到这个世界上就带有罪恶，认为人来到这个世界就是受苦的，人在一生中就是为了救赎自己的罪恶，以获得重生和永生。难道果真是这样子吗？如果真是这样，那么，究竟是什么样的罪恶，需要人类这样永无穷期地去背负？

昨天听到一个消息，全县最长寿的一位老人入土为安了，享年108岁。对于这位百岁老人，我并不认识，只是听说过。第一次听说是在四年前，一个做记者的朋友跟我讲起的。其时他刚刚做了一个关于县内百岁老人的调研，全县八十万人口，百岁老人只有八个，十万分之一的比例，惹得我们对这些老人惊羡不已，觉得上天真是太宠爱他（她）们了。第二次得到有关这位百岁老人的消息，就是她的死讯了。死讯是从她的一个外甥女嘴里听到的。对于老人的死，我并不遗憾，这么长的寿限，真算得上生命的奇迹了。所以，听到这个消息时，我的第一反应是：活到这么大年纪，真是有福气了。谁知她的外甥女马上反驳我：什么福气？受罪的命！我大为惊愕：怎么能这么说呢？老人的外甥女见我疑惑不解，详细地跟我说了老人的情况。老人三十七岁守寡，一个人把六个孩子拉扯大，受尽了千辛万苦。当然，这是应该的，是人哪有不吃苦受累的呢。老人承受的最大悲痛，是眼睁睁地看着一个个儿女先她而逝。就连她的孙子、孙女剩下的都不多了。老人最后这几年，已经不能下地活动，只能在床上待着，全靠着政府给钱给粮，由她的一个孙媳妇照顾着，勉强喘着口气儿。可惜的是，这个孙媳妇才六十来岁就去世了。唯一还和老人有点亲滋味的孙媳妇去世后，老人就绝食了，不几天便撒手人寰。听到这些，我的心里复杂极了。一位人人羡慕的长寿老人，竟然以这样的方式选择了终止生命。原来只知道，有些人因为难以承受生命之沉重而选择了自行了结，哪里会想到居然会有人难以承受生命之漫长呢？据说，老人下葬时，送行的人中没有一个人哭出声来，甚至很少有人落泪，因为老人的生命根系，离得他们已经有些远了。对于老人的活着，许多人都觉得受拖累。对于老人的长寿，很多人已经厌烦了。

因为离秋天还很远，黄栌树的叶子还没有妖娆，整座山都空寂着。虽然身处静谧之中，我的心却无法宁静。甚至，我为自己躲到山里寻求清静的做法感到罪过。此时，我应该在医院里照顾岳父，或者在办公室加班干工作，或者给孩子辅导作业。只有那样，我才是尽职尽责的，才可以心安理得。而我现在的所作所为，多像生活的一个逃兵啊。生命中所有的一切，包括生命本身，说到底到头来都是空的。可是生命的过程，总是被各种各样的东西填得满满的。所以古人才发出了"虚空有万象，万象在虚空"的喟叹。每一个人，都无法预知自己将来会在什么时候，会以什么样的方式离开这个世界。也许正活得好好的，突然就被死神掐住了脖子，随着一声"咔嚓"的脆响，灵肉就已经分离。命运就这么残酷，在它面前，没有任何讨价还价的余地。当那一天真正到来的时候，我相信大多数的人是会恋恋不舍的。因为在这个世界上，已经有了太多的牵挂和责任。这是生命前行的力量，也是上天递给生命的一根绳索。一茬又一茬的人啊，不就是这样悲欣交集地来来往往着的吗？

突然间，下雨了。我躲进车里，看着硕大的雨点密密匝匝地落下来，原本清朗的天地一下子迷蒙混沌起来，让人辨不清方向，真像极了扑朔迷离的命运。我的眼泪，不可抑制地夺眶而出。

# 永远的家园

又一个亲人离世了，我回老家为他送行。

赤日炎炎，空气湿热；哀乐低旋，哭声裂肺。我披麻戴孝一跪就是几个小时。从懂事起的三十多年来，我就以这样的方式送别了许许多多的亲人。生活在这个世界上，我曾经流过很多次泪。但只有在这样的情境之中，我的眼泪才是最纯粹，最透明，没有一点杂质的。每次我的腰用力地弯下去，头使劲磕在地上，眼泪都如泉涌。我的刚刚离世的亲人啊，此时此刻我不能与您握手言别，就让这一行行清泪，当作为您壮行的酒水吧。

这些年，村子里的人是越来越少了。年轻的都不愿再像老一辈一样困守山中，想方设法逃离了自己的家园，到外地谋生存。偌大的一个村庄，便只剩了一些远走不了的老弱病残支撑着败局。而随着村里老人一个个相继离世，整个村子愈加空荡、颓废了，像极了一个不知被什么方向的风带来，又被半山腰的树枝挂住了的破皮囊，凋敝而落寞。每次回家，我都要选择一个黄昏或者清晨，围着村子转一转。这种习惯不知不觉已经保持了十余年。有时，我会一步跨过一段残破不堪的墙头，走进一个曾经非常熟悉而今杂草横生的院落，想一想这一家的人和事，恍恍惚惚的。有时，我会长时间地蹲坐在某户人家门前锈迹斑斑的大石凳上，想想人生和社会的发展，如梦如幻。这样的时候，一种担心从荒芜中走来，紧紧地箍住了我——我真的害怕将来有一天，这个小山村会从地球上彻底消失掉。到那时，漂泊在外的游子啊，该到哪里去寻找自己的家园？

许多时候，我会远远地凝望村北那片林地。村里的人离世后，大部分都从村子迁到了这里。村里的人越来越少，这里的住户越来越多，以至于渐渐有些拥挤了。他们活着时，与我们生活在同一个村子里，彼此相互关照，相互依偎，共同支撑着那个叫人生的东西。突然有一天，他们撇下我们走了，走得毅然决然，没有一丝回旋的余地，甚至连个招呼都不打。无论我们怎样扯破了嗓子喊叫，他们都不再应声，就像刹那间完全失忆了，对人世间的一切不再过问，了无牵挂。我们知道他们这一走，就永远不会再回来，便用一抔黄土为他们安置了新家。或许，这里才是他们永远的家园。他们在村子里活着的时候，权当是来做了一次客。筵席一散，他们就回去了。我这样常常凝望他们，除了怀想，更多的是感恩，感谢他们曾经鲜活地走进了村子，走进了我的生命。

对于坟墓，我曾经很恐惧，以为人一旦进入那里，就脱胎成了狰狞的厉鬼。这种错误思想缠绕了我整整十二年，以至于我因此冷落了母亲十二年。母亲生下我二十天就撒手人寰，年仅二十来岁。在我艰难地长大后，很长一段时间里竟没有勇气去面对她，直到我十二岁。那个大年三十的下午，父亲也许觉得我已经长大了，该懂事了，第一次提出要我跟他去给我母亲上坟。我没有拒绝。挎上盛满了炸货的筬箕，提上酒，我默默地跟在父亲身后，走向村北那片林地。毕竟是深冬了，母亲坟上的野草早已枯萎，与土堆融为一色，显得荒凉而冷寂。摆上供品，给母亲斟满酒，我和父亲肩并肩地伫立在坟前。我的不幸的娘啊，你不幸的儿子和不幸的丈夫一起看你来了！我在心里这样说了一句，便重重地跪在了母亲面前。我的头使劲地拱在母亲怀里，一任泪水哗哗地流出。也就在那一刻，我不再对坟墓感到害怕，反而产生了一种无法说出的亲近感——那里面住着的是我们的亲人啊。

在世间的旅途中，每一个人都是过客，帝王将相，亦无特殊。只不过有的生命极为短促，令人扼腕；有的显得拖沓，让人厌烦。一直以为，人是有三个家园的，第一个家园是母腹，第二个家园是人间，第三

13

个家园是墓地。第一个家园我们没有记忆，第三个家园我们不得而知，只有第二个家园，才是我们真真切切地感受到的。可遗憾的是，在这个家园里，许多人往往不能好好地活着，尤其是那些喜欢争强好胜、欲壑难填的人。等到快要谢幕了，才幡然醒悟，觉得把在人世的时间都大把大把地浪费掉了。那个活着时叫王三的人，精明了一辈子，算计了一辈子，不择手段地获取了万贯家财，把自己养得膘肥体壮，死前却沥干得皮包骨头，咽气前连那身花了大价钱购置的精致的寿衣都没来得及穿上，走得赤条条的。他留给世界的，除了一个小小的坟头，就是一个"人渣"的骂名。而那个老光棍李瘸子，一生命运多舛，贫困潦倒，却凭着一副热心肠赢得了人们的尊敬。虽然他无儿无女，可每到逢年过节，都会有人给他压上新的坟头纸。我常常想：如果上天能让人活两次，那么人世间一定会少一些冷漠、纷争与怨恨，而多一些关爱、淡泊和宽容。

虽然我还年轻，却不止一次地思考过：自己的人生应该怎样度过，将来才能够安心瞑目。我祈求死神在叫走我之前，首先能让我尽到最起码的责任和义务，把孩子抚养成人，让父母颐养天年。其次是，活着时尽自己的最大能力尽可能地去报答那些关心、帮助、爱我的人们，包括自己的妻子兄妹，哪怕仅仅是一句感谢的话语。没有他们的关心、帮助与爱，单靠我个人的力量是无法承受"生"的巨大压力的。再次是，我不敢奢望这一辈子能大富大贵，但如果有什么债务，我希望能在离世之前全部还清，不要给孩子留下什么负担。我有自己的人生，孩子有他自己的人生，每个人的一生都应由他自己承担起来。还有一点是，在有生之年能做好一两件自己喜欢的、能体现生命价值的有意义的事情，在人间留下一些痕迹，哪怕只是一点点。不要白白糟蹋了在人世的时间，别让生命显得苍白而空洞。最后一点是，如果上天方便的话，请尽量不要让我猝然离去，而是提前给我下个通知，留出一点时间让我做些必要的准备。毕竟，这一去就不再回来，有很多的事情需要最后处理一下，不然就再也没有机会了。

是的，在未来的某一天，我也会走进村里的那片林地，走进那个最终的家园，与先去的亲人们团聚。在这之前，我应该在世间好好地活着，并且努力地去做一个好人。只有这样，将来我去面见先人时，才不会感到羞愧；我走之后，世间或许还会有一些怀想。

# 怀念一头牛

记忆里常常有一头牛向我走来。

那是一头老黄牛。它已经很老了，老得走路都有些颤巍巍的。顺着山间的羊肠小道一路走来，它粗糙的舌头舔醒了我全身的经脉。

如果能够活到现在，它也应该四十岁了。小的时候父亲常常逗我："你是和小黄牛一起来到咱家的。论生日，小黄牛还比你大一个月呢!"是的，那时它还是一头小牛。它的母亲在我家的院子里生下它不久，我母亲就在我家的土炕上生下了我。据说它刚生下来就结结实实的，很惹我父亲的喜欢。没上几天学的父亲居然绞尽脑汁、苦思冥想了好几天，给它起了个名字叫"金彪"，着实让它享受了只有城里富人家的宠物才有的待遇。对此，不仅家里的鸡狗鹅鸭羡慕得不行，全村的牲畜们也都羡慕得不得了。对它们来说，能够拥有自己的名字是一件多么荣耀的事情啊! 这是一种身份，一种象征，昭示着主人是多么地宠爱它，就像皇帝赏赐给爱臣的黄马褂一样。把这么好的一个名字给了一头小牛，连我都觉得自愧不如，它可比父亲给我取的乳名阳刚、大气得多了。一次我正和父亲争论此事，一个大婶来我家借家什，听后有些戏谑地说："金彪才是你爹的亲儿子呢!"父亲便嘿嘿地笑。父亲那时的确非常需要一头健硕的牛帮他分担沉重的农活，一家七八口人的近二十亩田地仅靠父亲一头"牛"是承担不了的。

金彪果然没辜负我父亲的厚望，长得膘肥体壮。我懂事时，它早已取代它的母亲担起了拉车拉犁的重任。那时的它的确年轻，全身的毛都金黄金黄的，亮得流油，亮得发光，比皇帝身上的龙袍还要大气。它浑身的肌肉都长成了疙瘩，包裹着使不完的劲儿，是全村唯一一头能拉独犁的牲口。虽然年轻气盛，它却显得别样的沉稳，沉稳得连从坡里往家走也迈着方步。"牛是牲畜中最温顺的。"奶奶不止一次地对我说过。这也是我家养牛而不喂骡子、驴子的最直接原因。尽管骡子和驴干起活来比牛要快，但没有牛有修养。金彪的好脾性，注定它要干更多的活。不仅拉车拉犁，还要拉磨拉碾；不仅要干我家的活，还常常被别人家借去干活。特别是每年的春秋两季，它简直就成了全村的合份子牲口，刚犁完我家的地，连气也来不及喘一口，就被大爷二叔牵去上了套。借去用也不要紧，有的人家却吝啬到了极点，只知道狠命地使，却舍不得给它点细料吃，甚至连草都喂不饱。尽管如此，金彪干起活来也不要一点滑头，上了套就埋头苦干。有什么可说的呢？干不快还要挨鞭子呢。它虽然不会说话，但它的心里一定很委屈。它眼眶下边两道深深的泪痕，刺得父亲心疼。可又有什么办法呢？谁叫它是一头牛呢？在大多数人眼里，它不就是一件和锨镢镰锄一样的农具吗？

牛是通人性的。有一年春天，村里有名的酒鬼老光棍来借金彪犁地，父亲深知他的德行，却又不好拒绝，只好让我去给他牵头。老光棍真他娘不是个东西，一上午不让金彪歇一歇不说，到后来还嫌它走得慢，接连抽了好几鞭子。也不知他从哪里学的本事，竟然每一鞭子都深深地印在了牛身上。大概是在他娘的肚子里就学习抽鞭子了吧。我一下子急了，随手摸起一块大土坷垃使出吃奶的劲砸了过去，立即就把正对着金彪趾高气扬、飞扬跋扈的老光棍打得狼一样号起来了，鲜血顺着他捂头的手缝里淌了下来。但片刻他就恢复了神志，瞪着一双像刚刚吃过死孩子肉的恶狼一样的红眼睛，扑上来要教训我。可没走到我跟前就被金彪一摆头把他摔了个四爪朝地。不过，他没啃到屎，却啃在了一块石头蛋子上，磕掉了两颗大门牙。这下，他顾不得再神气了，一手抱头一手捂嘴向公社医院跑去。看着他的狼狈样，我得意极了，立马给金彪卸了套，一起大摇大摆地回了家。此后的好几年时间里，每当我需要穿过青纱帐般的庄稼地或走夜路时，我都要带上金彪。我相信，如果半路上遇到了狼之类的坏蛋，它一定会挺身而出保护我的。在这一点上，我坚信牛要比一些人还要可靠得多。

　　小时候，最惬意的是在农闲时节牵着金彪到河滩上吃青草。河滩很广阔，草很丰盛，金彪吃得也很认真。不像那些没见过什么世面的驴羊似的，面对这么一大片草地挑肥拣瘦地跑到这里吃一口，跑到那里吃一口，往往吃了方圆几百米肚子也鼓不起来。金彪和它们不同，绝不这山望着那山高，不摆奢侈的谱儿，把它牵在哪里它就在哪里安心地吃下去。时间长了，我根本就不用拿缰绳牵制它，干脆把绳子缠在它的角上，任它自由地去吃。我便在草丛里扑蚂蚱，找光溜溜的鹅卵石，或者躺在软软的草地上看小画书，想心事。金彪吃饱了，就自觉地挺着大肚子走到我身边，躺下闭目养神，或用粗糙的舌头舔我的手和脸蛋，舔得我痒痒的。有时候，看天色还早，我会和它说上一会儿话。其实，是我自己说，它静静地听。直到现在我也弄不明白，牛到底能不能听懂人的语言，但我从金彪的神情里知道它听得很专注。牛真是一个最好的倾诉对象，它不仅有足够的耐心，还绝不会把说给它的话给泄露出去。尤其是在处处充满了小聪明的城市里摸爬滚打了十多年后，我更加怀念一头牛。如果金彪能活到现在，我该有多少话要向它倾诉啊。可没有金彪，这些话我只能咬碎咽进肚子里。连肚子都无法承受的时候，我会在黑夜里自己跟自己说一会儿话，但常常是说着说着就泪流满面。

　　牛的一生都是沉默的。它在沉默中成长，在沉默中干活，在沉默中慢慢地老去，沉默得甚至连句怨言都没有。金彪也是它们中间的普通一员。由于吃的是草，出的是大力，这就大大缩短了它的青壮年期，就像那些过多地透支了生命而未老先衰的人一样。这实在是牛的一个大悲哀。在我十来岁时，金彪就显出了它的老态。尽管看上去它的身躯依然很庞大，而且并不消瘦，但它就像城里随处可见的退休老人一样，身体最深处的某些器官已经衰竭。金彪老了，我父亲也老了，老得没有精力再去喂一头小牛了。其实，金彪心里很清楚，即使我父亲不老，也绝不会再去养一头牛了。因为现在耕地播种拉车这些活，都已经让那些不吃草不睡觉的现代化机械代替了。村子里的牛因此一头接着一头被杀了卖了。在这一点上，金彪无疑是幸运的，因为我父亲，它成为全村最后一头退役的耕牛。也因为它，我家成了全村最后一个实现机械化的家庭。活到那么一把年纪，金彪的阅历已经不算少了，它知道自己的强壮已属于过去，属于历史。而现在，它该退出历史的舞台了。它肯定曾经不止一次地想过：今天晚上再睡个囫囵觉，也许明天一早就被牛贩子牵走了。这样的情景它见得太多了。对于一头已经丧失了劳动能力的牲口来说，牛贩子还能把它送到哪里去呢？尽管它有时也会想起老主人对自己的宠爱有加，但那又能怎样呢？自己毕竟只是一头牲口啊！真有那么一次，老主人哆嗦着双手把拴它的缰绳交到了牛贩子手里。就在那一刻，它突然哭了，两行热泪啪嗒啪嗒地落了下来。老主人心里一颤，蓦地把刚刚交出去的缰绳夺了回来。也许年迈的人和年迈的牲口一样，对生离死别有着更深的认识。对于老主人的恩德，金彪除了在心里默默地感激，更多的是愧疚：怎么就这样白吃白喝起来了呢？就像那些已经风烛残年只能靠儿女养活、对儿女的伺候备感不安的老人们一样。既然不能干活了，就少吃一些吧，它的饭量于是一天天减了下来。冬日的中午，它的老主人会和它一起蜷缩在暖洋洋的阳光里。它不停地用依然粗糙却没有了力气的舌头舔着老主人皲裂的手，老主人一只手摩挲着它肩上厚厚的茧，一只手摩挲着它没了毛的双胯——那是它拉车扛犁和忍辱负重的见证。有时候，老主人会带着它到附近的田野里转一转。一个老人，一头老牛，一前一后，蹒跚地走在曾经不知走过多少遍的小路上，有时是人在前面，有时是牛在前面。我不知道此时父亲和金彪会说些什么，可我知道他们一定边走边说些话。

牲口到底是牲口，是没有消受清闲的福气的。老了的金彪在过了不到两年的清闲日子后，就在一个夜里静静地去了。第二天清早，它的老主人抚摩着它冰凉的身躯，一下子苍老了许多。

# 亲亲的土地

　　已经很久没有像今天这样亲近土地了：挽着裤管，赤着双脚，挥舞着镢头刨红薯。尽管时节已经过了立秋，泥土里透露出了些许凉意，我的心里却充满了一种久违的温情和踏实。

　　我的温暖来自泥土的松软和醇厚，我感觉踏实是因为土地的忠诚与慷慨馈赠。其实，我对土地的这些美好品质早已熟稔在心，只不过今天又加深了一层。当我还是一个小小的少年时，像许许多多的农民孩子一样，早早就结识了土地。从翻地、播种，到管理、收获，每一茬庄稼的成长过程都深刻地丰富了我幼小的心灵。在随后的那段漫长的乡居岁月中，我越来越了解父亲的同时也越来越了解土地。我常常在心里替父亲感到庆幸，像他这样老实、本分、只知埋头苦干的人，的确是最适合与土地打交道的。无论什么时候，土地都不会因为他的卑微而歧视他，不会因为他的木讷而捉弄他，更不会因为他喜欢自言自语而给他搬弄是非。

　　父亲对于土地的虔诚曾经一次又一次深深击中了我，以至于每每想起父亲，脑海里首先浮现出的总是他在地里干活的情景。因了这样深刻的烙印，我曾在一篇文章里这样不自觉地写到父亲：

　　　　远远地，我就看见了那个人。那个人此时正在夏日的骄阳里辛勤地劳作着，他对土地有着宗教般的虔诚，身体用力地弯成弓形，黝黑的皮肤在阳光的灼晒下闪闪发光。空气中没有一丝风，天热得知了都没气力鸣叫。可那个人并未因此心生困乏，依旧拿足了架势，干得大刀阔斧又小心翼翼……那个人终于直起身来了，他抽下脖子上搭的脏兮兮黏糊糊的手巾，使劲地擦把脸，三步并作两步走到地头，拾起那个装满了凉水的大塑料桶，一仰头，咕咚咕咚像饮牲口，汗水便小溪般地流得更欢。就在这极其短暂的时间里，他的眼睛还一个劲地打量着自己刚刚梳理过的土地，嘴角漾起一丝满足的微笑……土地原本是没有生命的，因了那个人的精心侍弄而呈现出了蓬勃的生机与活力。

这并非我的凭空想象随意杜撰，而是我在 1998 年暑假回家到地里找父亲时看到的真实场景。为了观察父亲的一举一动，我甚至强忍了某种冲动隐蔽在那个废弃的加油站里窥视了足足二十分钟。

因为是贫苦农民的孩子，在我学会走路之前，父母为了赶活，曾给了我一个硕大无比的褯褓———一片宽阔而平整的土地。在那个巨大的褯褓里，我自由地去爬去玩，甚至拿了土坷垃啃，名副其实的一个土孩子。稍稍长大，我就学着做些农活了，比如点花生时，大人在前面刨坑，我端个小瓢跟在后面点种；栽红薯时，我帮着往窝里浇水，或者抱秧苗。那样的时刻，我总是很快乐，父母似乎比我更高兴。在我十二岁时，父亲就开始有意识地按照一个农民的模式培养我了。每样农具的使用方法，每种农活的一招一式，父亲都很有耐心地对我言传身教。那时父亲对我说得最多的一句话是：不论做什么，首先要带"架"，"架"对了活才能做漂亮。也许是先天得了一些遗传，我干农活居然颇有悟性，不几年就样样都能拿得起了。对此，父亲很是得意，按照他的说法是，虽然将来我不一定像他一样当一辈子农民，但学会了干农活，总是有好处的。父亲这句话的含义直到近几年我才开始有所领悟。其实父亲并不知道，我喜欢的不是农活，不是锨镬镰锄，而是泥土。我喜欢跟泥土交朋友：你种下什么，它就会长出什么，你下多大气力，它就回报你

21

多少庄稼，绝不会因为某种私心杂念而给你偷梁换柱或据为己有。尽管有时我们的收获并不理想，但那绝不是土地的错，而错在年景或人。

人活在世，需要感恩的很多，但千万不能忘记感恩土地。当我通过中考跃过"农"门后，父亲不止一次地这样告诫过我，并且一次比一次语重心长。我明白父亲的意思，他是怕脱了胎换了骨的儿子从此会鄙弃了土地，鄙弃了农民。那将是他最无法接受和容忍的。记得在我十六岁时，村里一个在城里工作的小子回家看望双亲，第二天随父母去地里干活，走在田间小路上，他隔一会儿就用手绢擦去皮鞋上沾的那点泥土。也许他下意识里根本就没有鄙夷泥土的意思，而只是为了炫耀炫耀皮鞋的锃亮。没想到半路上就被他爹骂了个狗血喷头：你看你拕挲得那个样，当了工人就不吃人粮食了，就嫌泥土脏了，丢人现眼出洋相，出了家门忘了祖宗的熊货！并给儿子下了一道死命令：以后上坡不准再穿皮鞋。破口大骂儿子的是我本家的一个大伯。听父母说他对这个幺儿娇得不得了，简直是捧在手里怕掉了，含在嘴里怕化了。但看到儿子对泥土的那个轻贱样，他却怒不可遏地发作了。他近乎咆哮的吼声，表达出了千千万万地地道道的老农民对土地最淳朴的感情。那种长进骨髓里的对土地的爱和敬畏，不事农桑的人是难以理解的。他们因为感恩土地养活了一代又一代的人，而无法容忍任何人对泥土的鄙夷和亵渎。在他们心里，鄙夷泥土，亵渎泥土，就是该遭天打雷劈的罪孽。那些想方设法逃离了农村、逃离了土地的人，以为是自己养活了自己，其实依然是土地在养活着他们。

我最终还是离开了村子，离开了土地。但在城里待了十多年，活得稍微有点明白后，我觉得自己其实更适合做一个像父亲那样的农民，守着自己的一亩三分地，不用戴任何的面具，不用阿谀奉承溜须拍马，完全凭自己的力气和本事吃饭。只要你不欺骗土地，土地就绝不会欺骗你，更不会背叛你。怀了这样的心绪，我愈加想念土地，最近几年，每到农忙时节或过得不耐烦时，我都会回到生我养我的那个小山村，帮父母干点农活。与土地打了大半辈子交道，父亲没把土地使唤老，自己却老了。依然年轻的土地当然不会欺负一个老掉的人，反而更加卖力地回报着它的主人，仿佛是在用这种方式温暖着一个行将老去的生命。每次大干一通农活后，虽然浑身酸痛，换来的却是饭量大增，精神振奋，平日里那些有名的和莫名的忧伤啦，烦恼啦，虚无啦，都一扫而光。父亲为我解释说：这是接通了地气的缘故，每个人都需要地气通达肢体，抚慰无所适从的灵魂。父亲说出这句话后，我觉得他真像极了一个农民哲学家。看来土地除了会生长庄稼，还会养育思想。

人不能没有自己的土地。而我在离开故乡的同时，就远离了给予我生命养分的土地。虽然在城市里我分到了新的"土地"——一份还算可以的工作，供我养家糊口，但我感觉仅有这些还是远远不够的，工作之外，我还需要一抔黄土栽植自己的思想。于是，在声音鼎沸、五花八门的诱惑随时都在勾引人、表面道貌岸然背后形形色色的城市里，我在内心经历了无数次的困惑、彷徨、挣扎、逃跑之后，默不作声地开辟了一块"自留地"——写作。在这片"自留地"里，我年少时跟父亲学会的一些东西果然派上了用场：认真、勤苦、执着、无怨无悔。虽然我的土地变成了稿纸，农具变成了钢笔，庄稼变成了文字，可写作时的姿势依旧是上身努力地前倾——一副农民锄地或推小车的架势。我把这块"自留地"当作自己的一种寄托，白天忙于工作和应酬，晚上就"躲进小楼成一统"，自娱自乐地辛勤耕耘。永远不会忘记父亲对我说过的话：任何一块好地都是在年复一年的耕种中一点点养肥的。因此，尽管笔耕不辍而收获甚微，我也没有气馁，我把自己那些不成熟的思想和不成功的文字当作了为这块"自留地"施下的一些底肥。我相信，底肥多了，地自然就壮了；地壮了，长出的庄稼自然就丰硕了。

写到这里，脑子突然一激灵，笔尖泻下这么一句话：

我们本身就是土地长出的一棵棵庄稼。

# 雨中登山

下雨了。雨丝密密地斜织着，织出了天地间的一片迷蒙。近处的建筑，远处的山峰都静静地矗立着，一任雨的温柔在它们身上飘浮起一团团轻盈袅娜的雾气。街道上依然是车水马龙，却分明少了平日的喧哗。各色的雨伞在大街小巷里流动着，流淌成一条条五彩缤纷的河。

怀揣一颗空灵的心，我暂时逃离热闹的人群，登上弥水之东那座被叫作朐山的小山。因了琼浆玉液的突然驾临，满山坡被焦渴和炙烤折磨得奄奄一息的树木花草顿时精神起来，一边喝水，一边洗澡，不一会儿就出落得亭亭玉立、仪态万方。偶尔一阵风吹过，她们便摇曳腰肢做自我陶醉状，如刚刚出浴的少女般风情万种，让人不得不感叹水的神奇和美妙。地球上的一切生物，哪一样能离得开水呢？关键时刻，也许仅仅一口水就能使一个濒危的生命重新焕发出活力。就如绝境中的一丁点希望就能拯救一个不堪重负的灵魂一样。大大小小的石头们依然沉默不语，只静静地用雨水擦洗着身上的灰尘，每一道石纹都显得清清楚楚，让人感觉透彻到底。用手轻轻地抚摩那些纹理，我仿佛能感受得到它们的心跳。一花一世界，一沙一乾坤。别看它们只是一些石头，身上都凝结着沧海桑田的印记啊。那些已在火山口凝固了几千万年的火山岩，犹如一把把并排的利剑，直戳苍天，穿越历史的烟云显示着当初喷薄而出的宏大气势；又如一只只从地心长出的眼睛，审视寰宇，在无限的时空里守护着曾经的辉煌与梦想。

山顶的小亭子像极了一只歇脚的苍鹰，兀自耸立着，孤独如雨中的我。站在山顶，栖身的小城尽收眼底。在细雨的笼罩下，此时的小城看上去显得很静谧，很安详，仿佛静静地睡着了。其实，静谧只是绵绵雨丝给她披上的一方薄纱，她怀里的每一个分子，此时此刻仍旧像往常一样有条不紊甚至更加匆忙地运转着。纷纷扰扰的社会，四处充斥的欲望，事与事的勾勾扯扯，人与人的恩恩怨怨，毕竟不是一场雨所能改变和冲刷得了的。屈指算来，我已在这座小城生活二十多年了。二十年前，我还身处那个偏远、贫穷的小山村，小城是我心中一个可望不可即的梦想，为了走进她的怀抱，我做了十几年头悬梁锥刺股的刻苦攻读；二十年后，我已然在这里深深地扎下了我的生命之根，连同我的妻儿。二十年前，我意气风发地走进她的怀抱，带着初入社会的万丈豪情和对生命的无限憧憬；二十年后，在经历了一次又一次的挣扎、沉浮之后，我却越来越怀想那个山清水秀的小山村，怀念那片生长玉米、小麦、花生和地瓜的土地，并且开始称那里为故乡，生命里从此也有了乡愁的滋味。

故乡是什么？其实第一次背起包裹外出求学时，我的心中便蓦然飘浮起这样的问题。但当时并未真正很在意。汽车启动的刹那间，许多同学都对着父母嘤嘤地哭起来，我却微笑着向亲人挥了挥手。那时刻，我觉得自己很坚强，很伟大，伟大得有种鹤立鸡群的感觉。但是当我真正踏入异地开始生活时，却一时坚强不起，伟大不起。在那座陌生的整夜整夜都闪烁着霓虹灯的现代化城市，我同大多数农村出来的孩子一样，产生了一种无法说清的失落和孤独感。城市与农村的巨大反差，像一种无形的冲击波，促使我对生活和生命以及人的价值、伦理观念开始了新的探索和认识。故乡淳朴、真诚，那浓浓的人情味，虽穷却乐观的精神，常常在深夜向我走来，使我为之感动。但在城市，从父辈身上继承下来又被乡村文化浸染的某些东西却总显得那么苍白无力和格格不入。经过了许多年的摩擦、融合之后，我终于一步步地以现代的理论说服了原始，伴随着的是很多东西的剥离和丢弃。可是如今，我的情感认知却越来越多地倾向了故乡。这些年里，我回老家的次数越来越多，一站在老家的院子里，一走近那些庄稼，我的心就仿佛重新欢活了过来。可是，要是果真让我抛弃城里的一切彻底回到这里，我会吗？肯定不会。可是，我的这种情愫是一种矫情吗？也不是！人啊，就是这样一个复杂的矛盾体，肉体与精神，也许永远都是那么难以统一。

活着并不是一件容易的事情，一生下来就意味着要承受很多必须承受的东西，比如衣食住行，比如生老病死，比如数不清的责任和义务。就连那些看上去功成名就、一辈子都在享受荣华富贵的人，那些即便再没心没肺的人，也无法避免和逃脱这一切。尤其是身处当前这个唯权力和金钱至上的社会，人心总是难以满足，需要的东西往往水涨船高。同大部分人一样，对于某些世俗的东西，我曾经迷恋了很久。但它要你付出的代价太大，甚至包括人格、尊严、思想等。当年逾不惑的我越来越清醒地意识到自己正在一点点地背离生命的初衷时，我感到了一种从未有过的惶恐与惊悚。终于，在与自己的灵魂进行了无数次艰难的谈判之后，我说服自己选择了放下，回到初心，返璞归真，重新走进了缪斯女神的怀抱，过上了那种久违的安静而舒缓的生活。对于我涅槃般的选择，很多人并不理解，表示了极大的惋惜，也有不少人嗤之以鼻，甚至立马就暴露出了骨子里的浅薄和丑恶。面对这些赤裸裸的人情世故、世态炎凉，我那"不羡身在官场翻滚，唯愿心在荒村听雨"的意念更加坚定。在这种很多人难以理解的清心寡欲里，人可能活得很平凡，很卑微，但一定要活得很真实，很从容。想赏云时就赏云，想看落花时就看落花，饿了吃五谷杂粮，渴了喝白水清茶。诚如法国的缪塞所言：我的杯子不大，但我用自己的杯子喝水。

前几天与四五友人聚饮餐馆，东扯葫芦西扯瓢地乱聊一气。说着谈着就议论到了人的活法上，不禁唏嘘：大千世界，芸芸众生，真可谓千人千种活法，万人万般轨迹。究竟哪种活法最好，的确是因人而异。有人喜欢权柄，以平步青云为荣；有人长于经商，以腰缠万贯为豪；有人爱搞研究，躲进小楼成一统；有人善做学问，面壁一生不觉苦；有人痴迷艺术，衣带渐宽终不悔；有人自由散漫，闲云野鹤过一生。有人喜动，有人喜静；有人爱财，有人重名；有人喜淡泊，有人爱繁华。就如到商场买衣服，每人有每人的眼光；就如看世情，每人有每人的评判。我个人以为，只要不违法乱纪，不背离道德伦理，人人都有选择自己活法的权利。每一个生命的存在都不容易，人活一辈子更是大不容易。官者有官者的忧虑，商者有商者的烦恼，富翁有富翁的难处，草民有草民的操劳。人人都有过体面日子、最大限度地实现生命价值的愿望，但人的一生是应该讲究际遇、机缘和造化的，对功名利禄、寿福钱财求则求之，却强求不来。想想世界上的人们，哪一个不是蚂蚁般忙忙碌碌、寻寻觅觅个不停，但真正能心想事成、按照自己的意愿活着的又有几个？人活在世，小处在于个人经营，大处往往蕴藏天机，非人力所能为。所以，沉浮于世，被世俗的鞭子抽着赶着，世人皆醉我独醒是一种境界，难得糊涂也是一种境界。只要日子还说得过去，无论是贵着贱着，富着穷着，适合自己性情的活法就是最好的活法，适合自己性情的日子就是最好的日子了。不禁又想起那首禅味很浓的诗来："春有百花秋有月，夏有凉风冬有雪。若无闲事挂心头，便是人间好时节。"

这样边走边想，没有任何的牵绊，我看山是山，看水是水，清凉的雨丝妩媚而善解人意地飘洒着。不知什么时候，我蓦然发现山顶上、半山腰里又零零散散地撒了一些人。他们大都中年以上，或在细雨中踯躅而行，或静静地驻足远眺。这样的情形，着实弥漫了一些禅意。下雨的日子，孩童是不会来登山的，热恋中的红男绿女也不会，忙于应酬的小官僚和日理万机的大人物更不会。这大概是上苍忙里偷闲，专门为像我这样的散淡之人营造的景致吧。虽然在这个各种欲望横流的世界上，这样的一些人似乎显得有些"异类"，但正如一位作家所说：人是形形色色的，千人千性情，万人万模样。既然允许一个人在官场中沉沉浮浮、显显赫赫地活着，允许一个人在商海商潮中拼搏竞争去做弄潮儿，更应该允许一个人在寂寞中默默地自我守护。无论社会怎样发展，只要还有一些人能够耐住寂寞，沉静下来，思考下去，看上去是那么不合时宜，那么苍白无力地生存着，这对于整个世间也许就是一种希望，一种必要的协调和完善。

　　在细雨霏霏中，我慢慢地从山的一面上去，又缓缓地从山的另一面下来。站在山脚下仰望山顶，竟然觉得有些高不可攀，甚至怀疑刚才自己是不是真的到达了那个高度。

# 那些让人心疼的事物


## 彩　虹

彩虹也许是离天空最近的童话。

这弧状的虹霓，那么绚烂，那么柔和，又那么可望而不可即。

有人说，那是一座天桥，只承载灵魂，不承载躯体。

依然清楚地记得第一次看到彩虹的情景：春雨乍停的午后，我们正走在上学的路上，突然有人兴奋地喊了一声：看，彩虹！彩虹！刚被雨水洗刷过的天空一尘不染的干净，一条长长的五颜六色的彩带高高地悬挂着。它的内侧是红色的，外侧是紫色，在红与紫的中间，还有黄、绿等颜色。虽然颜色多多，但是一点也不杂乱，不模糊，显得清清爽爽的，就像也被雨水刚刚洗刷过一样。

从此，我知道了什么是彩虹，并且从老师那里知道了彩虹的形成原因。那天下午，老师布置我们以"彩虹"为题写作文，同学们都写得很快，也是少有的精彩。在第二天的点评课上，老师把精彩的句段朗诵给我们听，其中至今都不能忘记的一句是：彩虹在天上，也在我的心里，每当不高兴的时候，我就想我的坏心情会不会把彩虹弄脏呢？于是就不敢不高兴了。

这是我小学四年级同学张果的杰作。这个很有诗情和才华的人，小学没毕业就跟随父母到了东北谋生活，不到二十岁就死在了矿井里。我常常想，在他的身体被挤压掉后，他心中的彩虹还会一直陪伴着他的灵魂吗？

彩虹是美丽的，也是奢侈的，一种可遇而不可求的奢侈。据说人一辈子里能见到多少彩虹，一生中就会有多少个异性在爱你。但是最爱你的那个却不会成为你终生的伴侣，因为会有错过。能在正确的时间地点里相遇并相爱一生的，一定是在相同的时间不同的地点看到过同一条彩虹的人。这当然是一种迷信的说法，但我却一直心怀向往。

那是一种怎样的唯美啊！就像天真无邪的少女脸颊上偶尔浮现的红晕。

然而现在，唯美的东西越来越少了，真正的奢侈也越来越少了。人类的智慧和力量，每时每刻都在战胜着种种不可能，就连彩虹都能轻而易举地制造出来。

可是这制造出来的彩虹，是彩虹吗？也许只能算作一种现象罢了。


## 露　珠

露珠该是世间最晶莹的眼睛吧。每次见到它们，我都感觉自己的心要融化了。

又或者是像一些最细密的心事，在黑夜里悄然集结，在阳光到来之后又悄然弥散。消散之后，不留一点细微的痕迹，就像，一切都没有发生过。

因为它们太洁净，洁净得没有一点杂质。

常常想起小时候收集露珠的情景：拿一个清洗得干干净净的小瓶，小心翼翼地凑近那些有露珠的草叶，对准后用手轻轻一弹，那些露珠就一骨碌掉进了瓶子里面。那时的我们，快活得也像极了一颗颗露珠。

最可笑的是，我们虽然乐此不疲，却不知道收集起露珠来做什么用。我们只是觉得它们的晶莹惹人爱怜，不愿眼睁睁地看着它们被太阳赶跑。

许多个有月亮的夜晚，我们相约去看露珠的形成。静静地趴在草地上，每人守着一片阔大的草叶，凝神观察，连大气也不敢出，生怕一出声就把它们给吓了回去。可惜的是，还没等听到露珠的脚步，大人就大呼小喝地把我们叫回了家。

我们心里闷闷地睡去，第二天一大早就不约而同地去了头天晚上去的地方。那些大小不一、密密麻麻的露珠啊，在微风里随着枝叶的摇曳而荡过来荡过去。每次眼看着它们到了叶尖，再往前一点点就会掉落下来，我们的心都绷得紧紧的。

可是风没有破坏掉的，却被太阳破坏掉了。我们对于太阳，由此产生了深深的愤恨。

晶莹的露珠和清澈的童心，多像一对孪生的姊妹。

如今，我已经有多少年没有看到过露珠了。我一度很纳闷：城市里也种植了那么多的花草，可为什么却没有露珠呢？答案其实很简单：因为空气污染太厉害。而露珠的形成，是需要一个洁净的环境的。它来不得半点马虎和迁就。

就像很多日渐消失的美好事物一样，因为一种内在的秉性，它们宁可消失，也不会苟且。可是人不会这样，因为很多人的很多改变和妥协都是从背叛自己的内心开始的。在他们那里，没有什么最珍贵，只有什么最需要。这是何其的可悲！


## 流　星


"只见圣诞树上的烛光越升越高，最后成了在天空中闪烁的星星。有一颗星星落下来了，在天空中划出了一道细长的红光。"

在还没有看到过流星的时候，我就从安徒生的童话里知道了流星，并且在脑海里形成了对那幅情景的想象。后来果真看到了流星，是一束光亮迅疾地划过夜空，很快坠于看不见的黑暗里，才知道实际情况跟想象出来的情景大相径庭。

不知道是不是巧合，在我奶奶去世的那天晚上，天空果然滑过一颗流星。我便情不自禁地想到了卖火柴的小女孩的奶奶说过的话：一颗星星落下来，就有一个灵魂要到上帝那儿去了。其实我不知道上帝是什么，更不知道上帝会住在什么地方，但我朦朦胧胧地觉得上帝就是至高无上的神灵，他拥有一切，控制一切，当然，也会收留一切。一想到奶奶要去的是一个光明温暖的地方，我心里的悲痛就减轻了几分。以后每次看到流星，我都会想起奶奶。

　　不知道为什么，这些年里天空中出现的流星越来越多了，甚至会越来越多地看到流星雨。它们形成的光亮一刹那擦亮夜晚的苍穹，璀璨得让人眩晕，惹得无数人惊呼，觉得那真是一种奇幻。

　　而实际上，它们，只不过是运行在星际空间里的一些固体物质瞬间的毁灭而已。

　　更让人感到意外的是，这样的毁灭，竟然不是由于它们自己的失足坠落，而是因为吸引——地球引力对它们的吸引。那些固体物质本来在星际空间里按照自己的轨道运行着，几万年几亿年地运行着，可是因为某种特殊巧合的机缘，它们与地球引力相遇，便宿命般地投向了地球的怀抱。在通往地球的大气层里，它们因急剧的摩擦而燃烧了自己。

　　瞬间的毁灭，瞬间的璀璨。然后，烟花般地消散，或者归于永不醒来的沉寂。

　　这样的吸引和相遇，究竟是一种幸运，还是一种不幸？就像一种致命的邂逅，究竟会是良缘还是孽缘？

　　唯一不容置疑的是，它们的生命真真切切地燃烧过。一辈子只此一次，也许就已经足够。

　　就像那些真正的爱情，以及其他真正与灵魂相关的事物。


## 昙　花


　　昙花为什么喜欢在黑夜里开放？

花费那么长的时间精心孕育起来的美丽，遽然绽放，又遽然枯萎。多像一个漂亮女子的锦衣夜行。

　　这样的开放，究竟蕴含了怎样的含义？

　　至今难忘第一次看到昙花开放的过程。那时我还在学校里当老师，同事说他家的昙花估计今晚就会开放，约我一起去观赏。那天晚上去同事家里等待观赏昙花的有好几个人，为了便于观察，同事把昙花摆在了客厅的中央，我们围花而坐，一边品茶闲聊，一边静候花开。

　　九时许，昙花终于有了动静，先是花筒慢慢翘起，将紫色的外衣慢慢打开，然后由二十多片花瓣组成的、洁白如雪的大花朵就开放了。眼睁睁地看着昙花绽放的过程，大家一阵惊呼，感到真是不可思议极了！可是妖娆了还不到三个小时，花冠就开始慢慢闭合，花朵很快就凋谢了，又惹得我们一阵唏嘘。

　　第二天查阅资料得知：在夜间开放和花期如此短暂，原本是昙花在长期自然选择过程中形成的遗传特性。虽然得到了答案，可是许多人跟我一样还是久久不能释怀：这么美轮美奂的花儿，只在夜里开放，而且顷刻即逝，少会有人看到，是多么令人惋惜的一件事情啊。

　　于是有的人就开始琢磨、试验着如何让昙花在白天开放。人总是聪明的，功夫也是不负有心人的，有人果然就找到了让昙花在白天开放的办法——改变它们的生物钟，即在昙花出现花蕾后至开花前几天，白天把昙花连盆用双层黑布完全遮住，阻止外面的光线射入。到了晚上把黑布去掉，整晚都用电灯光照。这样几天以后就能看到美丽的昙花在白天开放了。

　　同事也终于学会了这种办法，花开之际将其带到学校师生同赏，让更多的人一饱眼福。可总觉得昙花开是开了，却不如夜里的开放有味道。

　　什么味道呢？我也说不太清楚。好像是，缺少了一种隐秘之气、寂静之气。因为缺少了这些，白天里盛开的昙花显得苍白无力。

　　由此想到世间和人生的种种一切，原本都是应该遵循着自然和自身的规律的，凡是被强迫改变了的，都必定是不完美的。

# 新　　绿

最先透露出春天信息的，不是春风，也不是太阳，而是那星星点点的绿意。

风和阳光还未变暖，田野的沟沟壑壑里，已经开始有绿绿的芽尖探头探脑，沉默肃立的树木的枝枝丫丫上，也已经开始有米粒样的芽苞悄悄萌发。它们像一些调皮又勇敢的孩子，迫不及待地、偷偷摸摸地准备好了叛逆冬天的口哨。这口哨一吹，满目的新绿就迅速蔓延开来，春天就铺天盖地地来了，给了严冬一个措手不及。

那些绿啊，清新、娇柔、光鲜，惹人爱怜，也使人嫉妒。那是大地和自然的生发。先是一丝丝的，再是一抹抹的，最后就成了一片片的了。整个世界，也因此焕然一新，天地间顿时充溢了无限的生机活力和美好。久久地凝视这些新绿，那份浸润到骨子里的喜爱常常让我的眼睛不知不觉地就有些湿润，整个身体里也似乎有了澄明的绿意沿着粗粗细细的脉络在游走。

因为这些新绿，我在初春季节活得最胆战心惊。我担心着肆机反攻的寒流会来报复它们，担心着肆虐的狂风来蹂躏它们，担心着干旱来渴它们，担心着虫灾来吃它们，担心着那些不懂事的孩童来糟蹋它们。可是往往越是担心的事情，越是容易发生，不论我如何祈祷，那些灾灾害害总是不肯罢休，有时是单刀直入，有时是联合作战。

记得有一年，就在铺天盖地的新绿最恣意生长之时，突然降下了一场几十年不遇的大雪。雪过之后，绝大部分的绿色都被冻灭了，犹如一场惨不忍睹的屠杀。尽管后来大地重新生发出绿色，但是天又大旱，那些重新萌发的新绿明显虚脱无力，原本的亮泽变成了黯然，原本的舒展变成了卷曲，原本的欣喜变成了缕缕的伤痛。

即使天公作美，让这些耀眼的新绿不受一点伤害，我有时也会觉得伤感。尤其是一想到它们将来的样子，我就忍不住悲从心来。一场又一场的风和雨，会慢慢地把这些娇嫩的新绿打磨、摧残得面目全非，直至四处飘零，化为泥土或灰烬。

这样的过程，多像一个人的一生。

# 电　影　院

电影院位于县城的中心位置，建于 20 世纪 70 年代。电影院规模很大，观众席分上下两层，能容纳好几百人。

电影院里这么多的座位，据说是用一棵银杏树做成的。此树生长于天下第一镇山沂山的皇家御庙——东镇庙里，植于元代，树体庞大，五六人方能合抱。庙里原栽有两棵老银杏树，一雌一雄，一东一西，空中牵手，地下连根。雄树被杀伐后，雌树亦一蹶不振，后来雌树主干上部竟神奇地长出了一株雄树，至今直径已有三十余厘米。雄树一生，雌树立即就焕发了精神，重新茂盛起来。

我的第一次艳遇，就发生在这个电影院里，至今已经十六七年了吧。那时，风靡世界的电影《泰坦尼克号》登陆这个小县城，一票难求。报社的一个朋友因为低价给电影院做了整版的广告，得了几张赠票，给了我一张，晚上七点的那场。

电影果然拍摄得荡气回肠，观众们被感动得一塌糊涂。电影演完，人们相互拥挤着往外走。突然，我的右手被前面的一个人给攥住了，我抬头一看，是个从未相识的年轻女孩，脑子里顿时一片空白，吓得赶紧把手抽了出来。没想到我还惊魂未定，那女孩却再次把我的手抓住了，并且加重了力气。我一下子就慌了，禁不住问了一句："你是谁?"那女孩回头一看，顿时羞得满脸通红地向前使劲挤。

走出电影院，我看见那女孩正抱着一个男孩子的胳膊给他讲述刚才发生的事情，一边讲一边笑。原来刚才从影院里往外走时拥挤的人流把这一对小情侣给冲散了，恰好我被挤到了女孩男朋友的方位，于是那女孩错把我当成她男朋友了。女孩长得很漂亮，笑起来声若银铃。能被这么个女孩拉了拉手，我就觉得自己真是艳福不浅，同时也后悔起自己的胆小迂腐来，要不这手拉到电影院门口应该没问题吧。

那是我第一次跟女孩子有肢体接触。后来又去电影院看过多次电影，再也没能遇到那样的好事。有一次我跟妻子路过电影院时跟她说起此事，妻子说我真是个有艳福的人，净跟漂亮女人有缘。我当时也没多想，后来才发觉她这是在夸自己长得漂亮呢！

电影院常年雇用着一个半傻子，除了打扫影厅、厕所，还干着其他的脏乱活。这人虽然智力不高，力气却大，手脚勤快，对报酬也没什么要求，只要能让他吃上饭就行。正因为此，二十年里，电影公司的经理换了一个又一个，他却一直这么干了下来。

此人姓刘，在家里排行老四，一家人就叫他刘老四。刘老四不仅勤快能干，心眼还好。常有人托付他看管个包啊物品的，他总是很上心，从没出过半点差错。那些跟他打交道多的人感念着他忠厚老实，也可怜他孤家寡人，有时会送他一点吃的或者几件倒下来的衣服，他总是显得诚惶诚恐，搓着手感激得不知道说什么才好。

刘老四曾有过一次惊人的壮举，这壮举让人们对他更加刮目相看。有一次两个小伙子为了一个女孩在电影院前的广场上大打出手，越打越激烈，并且到最后两个人都掏出了刀子。那女孩吓得蹲在地上号啕大哭，两个小伙子却都越战越勇。眼看就要出人命了，围观的人却没一个敢向前拉架的。危急关头，刘老四从影院里出来，见此情景不顾一切地冲上去把他们给拉开了，他自己却狠狠地挨了一刀。可气的是，就在人们手忙脚乱地把刘老四往医院送的时候，那两个小伙子和那个女孩竟然趁机跑了。

事后电影公司想给刘老四申请个见义勇为奖，一来对他的行为进行肯定，二来为他争取点奖金和救助金。材料报到主管部门，那部门的头头恰好认识刘老四这个人，竟然说了一句：一个傻子怎么表彰？任去办事的人再怎么据理力争都无济于事。电影公司经理气得不行，专门以公司的名义给刘老四召开了表彰大会，发了证书和奖金。这表彰大会一开，在社会上产生了很大反响，并且传到了县长的耳朵里。县长被电影院的行为感动，亲自登门看望了刘老四，并安排主管部门的局长给他落实了见义勇为的待遇，把那个局长臊得再也不好意思从影院那里走了——那可是他以前天天走着的他家与单位之间最便捷的路线。

受到表彰奖励的刘老四越发能干，对人对事也越发热心。那一年县里组织为汶川大地震灾区捐款，刘老四竟然拿着辛辛苦苦积攒下的六百元钱去捐，工作人员知道刘老四的情况，说什么也不忍心收他的钱，没想到急得脸红脖子粗的刘老四突然把钱扔下就跑了。看到的人都说他一边跑一边流泪。

电影院西头的角落里，有一个修鞋的，姓甄，是刘老四最好的朋友。虽是一个修鞋的，却嗜书成癖，写诗上瘾，一家人就都叫他"甄诗人"。他的鞋摊上，不论什么时候都放着一本书，手一闲下来就去读书，另外还放着一个本子一支笔，灵感一来就抓紧记下来，据说已创作诗歌两千多首，一个名副其实的诗痴。

甄诗人来电影院修鞋前曾在村里生活了四十多年，因为痴迷读书写诗荒废了农活，被他爹娘和弟兄们视为好吃懒做的赖汉，常常对他又打又骂的，有时甚至把他视若珍宝的书啊本子啊撇到大街上。甄诗人不堪这样的白眼和辱骂，到村东的山沟里搭起了一个窝棚，跟家里人断了来往，却常常是吃了上顿没下顿。为了生计，他去山上挖树根做成根雕卖，那时大家日子都穷，根雕也卖不成几个钱，勉强维持吃饭，剩下的三十五十、百八十块的又全让他买了书、笔、稿纸、信封和邮票。投出去的作品十有八九都泥牛入海，偶尔有回信的也都是让他交钱发表、入书的，或者让他拿钱买获奖证书和文艺会员证的。甄诗人把每一个机会都当成成名成家的重要机缘，即使手头没钱也会东凑西借地给人家寄去，一年一年下来竟然欠下了不少钱，眼看四十的人了还是光棍儿一个。

爹娘对他恨铁不成钢，兄弟们以他为耻，乡亲们把他当作一个怪物、疯子。为了把他拉到正道上来，他爹和他大哥密谋，趁他去赶集的时候给他的窝棚点了火，他的书啊本子啊还有那一摞摞用钱买来的证书都化为了灰烬，这一下彻底把他击垮了。他从此离开家乡，四处漂泊流浪，靠捡垃圾和乞讨活命。后来就被刘老四给收留了，并在刘老四的帮助下，开起了鞋摊，边修鞋边继续读他的书写他的诗。晚上两个人躺在电影公司为刘老四提供的宿舍里，甄诗人就开始朗读自己写的诗。刘老四没上学，对能读书写字的人很是崇拜，这让甄诗人很是欣慰。

　　刘老四被县里评为见义勇为先进个人后，县报的记者去采访他，刘老四却什么也说不出来，倒是甄诗人把刘老四这人跟记者说了个透，并当场为刘老四赋诗一首。县报记者发现了这么个人才，就要了甄诗人的作品向总编推荐，总编觉得还行，就安排编辑给他发了几首。这是甄诗人写诗几十年第一次正儿八经地发表作品，激动得热泪盈眶，竟然扑通扑通地给刘老四磕起了响头，说没有刘老四就没有他的今天。

　　但毕竟是时代不同了，文学的力量已经微乎其微，发表了作品的甄诗人依旧那么活着，修鞋、读书、写诗。刘老四干活之余呢，仍然做着他最忠实的听众。有时甄诗人读着读着会突然停下来，问刘老四：你能不能听得懂？刘老四就咧咧着已经掉了好几颗牙齿的嘴说：懂是不懂，就是觉得怪好听的。甄诗人的朗读声于是就越发高亢起来。

　　如今电影早已式微，偌大的电影院里一年演不了几场电影。后来就在二楼改建了一个小的放映厅，在一楼改建了个录像厅。还上了桌球、打飞碟等项目。但是刘老四还一直在这里干着他几十年来一成不变的事情，甄诗人也还在影院西头的角落里修鞋、读书、写诗。闲下来的时候，刘老四就到甄诗人的鞋摊上去，大部分时间里什么话都不说，只是静静地看甄诗人做活儿，看着看着就打起了瞌睡。甄诗人于是就感叹：真是老了哟。感叹一声自己也停下手里的活，走了神。

　　今年夏日里的一天，刘老四在甄诗人的鞋摊上倚墙瞌睡时再也没有醒来。电影公司联系他的家人联系不上，就报告民政局去处理。甄诗人哭得死去活来，央求民政局把刘老四的骨灰埋在了西山脚下那片公墓里最不起眼的一个角落里。甄诗人还倾其所有为刘老四立上了一块碑，碑的正面写着"刘老四之墓"，背面刻着甄诗人为他写的一首诗：

当你离去的时候，请记住我终生的怀念，那时我正无处安身，捡着垃圾要着饭，是你把我救上岸……当你离去的时候，请记住我最后的呼唤，我的诗歌像五脏六腑一样高挂，苦难中失去了人间唯一的温暖。

这是一个卑微者对另一个卑微者最深情的表达。

# 菜 市 场

出了家门口，我去得最多的地方，除了单位，就是菜市场了。

常去的菜市场有两个：一个位于东郡社区，一个位于张家亭子社区。东郡市场主要搞批发，也兼零售，张家亭子市场则全是零售。

去东郡菜市场得早上才行。一年四季的每一天，天刚蒙蒙亮，这里早已是一片繁忙景象。一辆辆大货车从外地风尘仆仆一路奔来，大大小小的沙丁鱼般的农用三轮小手扶车蜂拥而上，不长时间就满载红橙黄绿四散而去，菜青色的脸上是无法掩饰的倦意。市场上到处都是哈欠声、喷嚏声，有时还夹杂着骂娘声。

这些以贩卖蔬菜为生的人，异常艰辛。那些买了大车去外地贩进的，往往夜里十点左右就得动身，就连寒冷的冬天都是如此。遇到雪天路滑，吃过晚饭就得早早上路。车辆的驾驶室里，乱七八糟地塞满了被褥、棉衣，简直就像逃荒要饭一般。"这还不算什么，咱挣的就是个辛苦钱，最怕的是路上坏了车，尤其是在冬天，三更半夜的，那可真是叫天天不应叫地地不灵。"跟我拉过呱儿的一个菜贩曾这样说。那位菜贩姓王，是从南面大山里过来的，一开始是当小菜贩，后来七借八凑买上了四轮跑外贩。他和老婆就租住在菜市场边上的两间简易板房里，冬天冻死夏天热死。我感慨他的艰难，他却咧嘴一笑：要不是为了这几个钱，谁愿意遭这样的罪呢？并喜滋滋地告诉我，这样再干个三四年，就够拿首付的了，到时买上一套楼房，就算是在城里扎下根了。我问：孩子呢？他说两个孩子都还在乡下跟着爷爷奶奶。我又问：学习怎样？他的脸色立即就黯然了：孩子的学习算是给耽误掉了。那个大的本来学习还行，后来就慢慢落下来了。唉，你想没人管没人问的哪里会有好成绩呢？只要不给惹事就谢天谢地了。我的心里微微地就有些疼：那他们将来怎么办呢？没想到一听这话他反而轻松了起来：总会有口饭吃的，其实上学也没什么好的，你看这么多的大学生，很多混得还不如我们这些大字识不了几个的呢。说着拿嘴往他左边方向一努，然后降低了声调说：看到了吗，那个就是大学生，还是本科呢，不是照样那个熊样！语气里满是鄙夷。我原先的怜悯之情一扫而光，突然对他感到了深深的厌恶，厌恶了他的幸灾乐祸和对别人、对知识的轻贱样，不禁在心里骂了他一句：狗眼看人低。万千思绪顿时涌上心头。

　　菜市场是一个各色人等的汇集地。东郡早市高峰的时候，总有上千人之多。那么多的人，在晨曦中从小城的四面八方蜂拥而来，一下子就把小城从睡梦中给提溜了起来。生活讲究的人家，图的是一个新鲜，专拣好的买，贵贱倒不太计较。大部分的人家，还是要在价格上较上几个来回的，能便宜一毛是一毛。普通人家的日子，就是这样精打细算出来的。曾有一段时间，菜市场里多了个穿金戴银的高贵女子，专拣最贵的东西要，口气大得很，有一次竟然炫耀说她买的这些菜有一大半都烂掉了，人们就好心好意地劝她要学会过日子才好。那女人却有些鄙夷：这么点菜算什么？我们家的苹果都成箱成箱地倒进垃圾池里了。大家就气得不再言语，偏偏有个老革命气得没法按捺，一指头就戳在了那女人的额头上：你这么祸害东西，就不怕遭天谴？这一下可捅了马蜂窝，那女的越发嚣张起来，最后竟惊动了派出所，也由此牵出了一个贪官包二奶的臭事。在菜市场里，有一个红衣男子格外引人注意。他的红衣服也不知道是从哪里淘换来的，反正五冬六夏都是一身红，有时候大热天还穿着红毛衣红毛裤。一开始大家都是拿他当神经病看的，见了都躲得远远的，唯恐一不小心被打骂到。后来时间长了，才发现他并无任何害人的言行。他每天早早地来，是要捡拾些菜帮菜叶回去度日。听说他先前是一个非常健壮能干的人，因为一个女人才变成了现在这个样子。那个女人是他的嫂子，一大家人相处甚是融洽。他哥哥突遭车祸去世后，他跟嫂子皆有意结合到一块，却遭到了一家人的坚决反对——不合伦理。他嫂子一气之下喝药而去，他也因此受到刺激变了样。之所以爱穿一身红，是因为他嫂子活着时就爱穿红衣服。世间百态，人有万象。每一个人都是人生舞台的主角，只不过大都层层包裹、秘不示人罢了。如果不是有知情者透露，你不会相信那个开着三轮拉菜的瘸子竟然会同两个老婆在一块生活，也不会想到在拐角处卖豆腐的那个男人曾是一家国营企业的老总，而刚刚跟你擦肩而过的那个普通老人，也许就是一个全国著名的艺术家。在临朐这个地方，文化名人层出不穷。

相比东郡市场，张家亭子市场就小得多也安静得多了，交易时间也只在中午和下午。这里的蔬菜，一大半是菜贩子从东郡市场批发来零售的，一小半是附近村民自己栽种的。我们这个县北面不远处，就是一个很大的蔬菜基地，那里的大棚菜全国闻名。东郡市场上的那些大菜贩子就是去那里拉的菜。就我个人来说，比较喜欢张家亭子市场一些，尽管它的菜价要比东郡市场稍贵一点。喜欢的原因有好几个，最主要的有两个，一是喜欢它的人间烟火味，二是喜欢那些农人自种的果蔬。在这里，一个个小菜摊，很有秩序地摆放着，菜摊是安静的，菜摊的主人也是安静的，绝没有扯了嗓子喊叫的，就连豆腐梆子都歇了声。买菜的人们，不急不缓，从市场的这一端踱到那一边，从这一溜儿走到另一溜儿，并不着急买，好像并不是来买菜，而是来散步的，步子和心情都慢悠悠的。直到看到可眼可心的了，才会去买。常常是逛荡了大半个小时，来来回回走了好几趟，最后拿在手里的也不过就那么三两种。买的和卖的，有时还会进行一番细致入微的交流，比如孩子感冒了要多吃青菜少吃肉，比如新米很快就会下来了，要是不急的话可以再等上几天，亲切得就像自家人一样。每天下午五六点钟，是这里最热闹的时候，下了班的人们，或是顺路走过，或是特意来此，市场里顿时就熙熙攘攘起来，熙攘却不喧哗，比起东郡市场的沸鼎盈天，这里可真算得上一个安静的市场。

最喜欢的，是那些农家菜园里的时令果蔬和新鲜野菜。小县城的好，就在于跟农村紧连着，能够享受到一些简单但天然的东西。我也曾有机会去过不少的大城市，虽是逗留或者匆匆而过，但是年龄越长就越觉得还是自己生活的小县城好，人际简单，空气洁净，交通不堵，尤其是在饮食方面，绿色天然的东西还不少。那些附近村里的大爷大妈，自家吃不了的，就用一个筐子挎到了市场上，几把香椿芽、花椒芽，几捆韭菜、菠菜，或是几棵白菜、几个萝卜，有时还会有野苦菜、野荠菜、野芹菜什么的。买来一吃，味蕾立即就复苏了，跟那些大棚里种出来的的确不是一个样。但是大多数的年轻人对这些东西是不屑一顾的，他们嫌这些东西不鲜亮，嫌这些大爷大妈手粗脚糙，嫌上面带着泥土不卫生。年轻人不识货，自有识货的，那些大爷大妈的东西每次都早早就被人抢了去，去得稍微晚些就没份了。我的菜大都是从一个姓郭的大爷那里买。这郭大爷家就在离张家亭子菜市场五里地的村子，他种了一辈子地，也玩了一辈子菜园，儿女都已大学毕业在县城里生活。如今村里的地都被征占了，老两口也就无事可做，却怎么也不愿进城，就喜欢在自家院子里种菜。院子虽不大，菜的种类却不少，除了供着自己和两个孩子家吃，多余的就拿到市场上卖。我曾受邀去过他家一次，他一畦畦地指给我看，并且连沤肥的池子都带我看了，然后得意地说：这菜是我孙子的特供呢，绝对的绿色食品！

　　张家亭子菜市场的西北角，有一户卖白条鸡的，男的个头矮小，长相丑陋，女的却长得既高大又漂亮。这两个人是怎么走到一起的，大家都觉得蹊跷。因为那女人态度和气，算账也大方，他家的生意一直很好。可是今年春上的一天，店铺里突然来了一批便衣警察，把正在褪鸡毛的男人给抓了，女人却不哭不闹，直到看着男人被押着走远了才放声大哭起来，却不是因为悲伤，而是喜极而泣。原来这小个子男人看似一副不中用的样子，却是一个心狠手辣的主儿，身上背负着一条人命，这女的就是他的一个猎物，曾扬言若是不从就杀掉她全家。此事一出，人们不禁倒吸一口凉气。不长时间后，杀鸡店就换成了一家狗肉店，现杀现卖。这一家跟先前那一家正好相反，男的长得虎背熊腰的，女人却生就一副小巧样，但是杀狗的事情却偏偏是由那女的操办。上天的安排有时真是匪夷所思。狗通人性，杀狗的场面简直就是惨绝人寰，很快就有人联系媒体给他们曝了光，不几天狗肉店就被取缔。狗肉店关闭后，那里相继又走马灯似的开过水产铺包子铺粮油店什么的，奇怪的是每个店铺都开不了多长时间就关闭了。房子的主人甚感迷惑，找高人指点，在一墙角处嵌进了一块"泰山石敢当"，一家专卖调味品的从此就在那里安稳了下来，生意很是兴隆，后来却在半夜三更莫名其妙地起了一把火。人人便都说此屋大凶，房主人把租金一降再降，也不再有人问津。

年复一年，菜市场日日都那么鲜活着，给千家万户提供着生活的必需品，也传播穿插着许多令人津津乐道的奇闻逸事，给不痛不痒的生活和麻木的神经增添了一些情趣。渐渐地，对于菜市场，我产生了越来越多的依赖。菜当然是要买的，菜之外的东西却也越来越多了起来，颇有一些醉翁之意不在酒的意思。的确，一个菜市场，似乎就是一个色彩斑斓的大千世界的小缩影，三教九流，五花八门都在其中，走进里面可窥一斑而见世间之万象。可惜的是，因为城市规划建设的需要，东郡那个蔬菜批发市场前不久被搬迁到县城南环路以南了，离我家已经很远，我赶早市的习惯一下子被打破，早上起床后竟有些茫然不知所措。我也曾开车去过那个新市场几次，但是总感觉不是原来那个样儿了。世间所有的气味和情感，看来都是需要慢慢培养和积蓄的。时间长了，气场才能得以相互交织、融合。人与人如此，人跟其他一切也是这样子的吧。

# 五味书社

　　五味书社是全县最早的个体书店，一开始在兴隆路邮政局附近，后来搬到了文化路上，再后来又搬到了山旺路上。

　　五味书社主人姓曾，是个老诗人，也是个嗜书如命之人。从二十年前我认识他到现在，他的脑袋都是剃得锃亮锃亮的，长相也很粗犷，怎么看都不像个读书人，反倒像一个伙夫，或者屠夫。十足地人不可貌相。

　　20世纪80年代，这个老曾很是风光过一阵子，他的诗作，在省级国家级大刊上一组一组地发表出来，引起了很大轰动。据说全国各地的读者来信一抱一抱的，几年下来能有好几麻袋。有一次我问起此事，他只说一句跟我来就把我领到二楼——这是他第一次邀请我到二楼。一到二楼就看到靠南墙边有四五个大麻袋在那里杵着。他朝我努努嘴：自己看看。我凑近一看，果然都是些来信。我扒拉扒拉，天南地北到处都有。虽然这些信件已经泛黄，但它们在这个幽暗的小屋里散发出来的微弱光芒却锐利地击中了我。那一刻，我的心被那个年代的文学热潮深深撼动着，却久久说不出一句话来。

　　老曾原先是一个汽修厂的修理工，满身的油腻和机油味，谁也不会想到，就是干着这么一份工作的一个临时工，居然写诗写得那么好。他这一火可不得了，县内县外粉丝无数，家里的地有人帮忙种着，厂里的活也少派了一大半。县领导对这个人才颇为重视，不久就破例给他办了"农转非"，安排他到文化馆当创作员，一时全县轰动。

当了创作员的小曾算是鲤鱼跳了龙门，可是从此却一首好诗都写不出来了。因为领导净安排他写命题作文，都是政治主题的，并且以剧本为主。善于写诗的小曾写不来这个，三天两头挨批评，挨批评多了就郁闷，郁闷厉害了就得了抑郁症。领导也就越发地"恨铁不成钢"，先是把他安排到了县剧团打杂，后来又一屁把他崩到了电影公司。再后来，他就脚一跺牙一咬办了停薪留职，开起了小书店。

给书店起名"五味"，充分呈现了老曾的复杂心路历程。因为经常到老曾那里买书，且又喜欢着写作，关键是还很有些臭味相投，我们就成了无话不谈的忘年交。如今的老曾虽然依旧嗜书如命，却很少提笔了。问及原因，他说自己早已江郎才尽，硬强写出来的东西再也没有了原先的灵气，自己读着都感到可憎。我说天天读着书，咋会江郎才尽？他就苦笑着摇摇头，不再回答。

常来五味书社买书的，有一个王姓农民，家在南部山区，常年在县城附近干建筑。别看这姓王的是一个农民，一个建筑工，却也嗜书如命，几乎每周都要到五味书社一趟。他还保持着一个习惯，每次到五味书社前，都必定先回租住处洗洗澡换身干净衣服。他说书店这地方神圣，容不得邋里邋遢窝囊。他买书只买大部头的经典著作，中国的经典买完了看完了就买外国作家的，有一次我忍不住问他外国文学能不能看得懂，他说都能读懂，就是名字不太好记。我很惊讶他的记忆力，居然能把那些故事情节大段大段地复述出来，声情并茂，惟妙惟肖，着实让我汗颜。

老王买书，舍得花钱，惹得老婆常常抱怨。老王便把烟酒都戒了，省下钱买书。老曾知道他的钱每一分都浸透着汗水，给他打折到最低。有一次我问老王，你又不写作，看那么多书干什么？老王只说两个字：解乏。对于当代作家的作品，老王唯爱贾平凹的，问他为何，他也只说两个字：有味。有一次谈论起莫言的作品来，他也只给出两个字的评价：魔幻。因为此，我和老曾就把他叫作了"二字"先生。后来莫言获得诺贝尔文学奖，颁奖词上果真就有魔幻一说。我对老王的敬重，由此就又加深了一层。

时间长了，老王就要我的作品看，我向来以写散文为主，都是些小文章，自知在老王那里拿不出手，所以嘴上答应着却迟迟没有给他。却没想到他竟然托人从网上买了一本我的散文集读了，弄得我很是尴尬。我面红耳赤地请他评点，他这次倒是慷慨大方地说出了四个字：缺乏深度。字虽不多但一语中的，也为我以后的创作指明了方向。说实话，在文学创作上我请教过不少名师大家，他们给了我很多的指导，让我受益匪浅，但都没有老王的评点一针见血。我自此就奉老王为师。

近些年，买文学书的越来越少了，凶杀、色情书籍成为畅销。不少小书店都靠卖这方面的书赚钱。一些人就劝老曾要适应变化，也进点那方面的书籍卖卖。老曾一听就来气：开窑子比这还赚钱，要不我把这书店改成妓院？把那些人噎得直瞪眼珠子。五味书社于是就这么一直开了下来，在惨淡经营中坚守着一方文学净土。

当年跟老曾一起写诗的那个小田，如今的老田，也经常到五味书社里来。这个老田，经过几十年的海喝猛吃，已经从一个小瘦猴发展得大腹便便，肚子凸出得像怀了双胞胎。像他这样的体型，连衣服都没法买，只能定做。据说有一次他到衣店里定做衣服，说好了半个月后去拿。却没承想按照约定时间去了却连布料都没裁，为什么？裁缝师傅说是看记下的尺寸腰围竟然比身高还长，认为一定是服务员给量错了，就没敢做。这次裁缝师傅亲自上阵丈量才发现原来的数据并没有错，只得感叹老田这体型真是嘿嘿嘿。

如今的老田也不写诗了，不仅不写，连书都不读了，整天忙着盖大楼。但是再忙也有空闲的时候，钱再多也有空虚的时候。空闲了空虚了他就到五味书社神吹海侃。对于老曾和我们这些书虫，他很是看不起，说着说着言语里就充满了鄙夷，就差没把我们这些人说成老古怪了。有一次我实在气不过，就问他，当初你也是个诗人，如今咋就这么轻贱了读书呢？他却说：我们那时是什么年代？那时文学多了不起？发表几首诗几篇文章就会引得万人瞩目！现在呢，文学算个狗屁！知识算个狗屁！如今这社会，谁有钱谁才是老子！一听此话我就怒不可遏，刚要发作，紧挨着他的书架上摞着的那些书竟然应声而倒，呼啦啦就砸到了他的头上。那可都是些大部头的厚书，砸得他满头满脸地淌血，一时号叫得如猪要挨刀。因为这一砸，他从此就落下了偏头痛的毛病，天南海北地到处治也没治好。我以前一直对报应之说存有怀疑，但是通过老田这件事，我确定世上果真是存在着报应的。书是什么？知识是什么？哪容得了如此糟践和亵渎？老田被书砸坏脑袋后，就再也没到过五味书社。

另一个五味书社的常客是老卞。这老卞是个医生，却热爱着文学，一直读着写着，写了却不投稿。遇到投机的他就邀请到家里边喝茶边跟其分享。我就曾去过他家一次。他写得很杂，古诗词、散文、小说都写，水平不算低，每一篇都用方格稿纸工工整整地誊抄出来，很整齐地存放在一个樟木箱子里。箱子很古旧，据说是他老爷爷留下的。虽然年岁已久，但是香味依然浓郁。我问他咋不拿出去发表，他嘿嘿一笑：就是喜欢写，根本就没想发表。我说这有些可惜了。他说没什么可惜的，能把自己的喜怒哀乐表达出来，给内心一个充实自在就很不错了。我建议他等退了休好好整理下，选出些满意的出一本书，也算流传于后人。他说他这事他自己不去做，等快要走的时候交给儿子，儿子觉得有必要出就出，没必要就不出。我说你又不差钱何必交给儿子，他说根本就不是钱的事。

跟老卞在一起，我们除了谈书说文，还常常爱拿他的打鼾说事。老卞也不恼，不但不恼，还经常自己爆些料。有知情者说老卞打起鼾来特别有特点：先是一丝丝地出气，很快就口哨一般发声，由低及高，高到一定程度就开始吸气，声音破锣似的越来越大，最后突然排山倒海般发出一声巨响，震得室内物品都会瑟瑟发抖。然后就归于沉寂，死去了一般。寂静一霎，就又开始呼气，如此反复循环。我们跟他求证是不是这样，他眯着眼笑笑：看来这人跟我睡过。他自己还给我们讲了这么一件事：有一次他去省里参加一个研讨会，怕影响了别人，提前说明自己爱打呼噜，以便安排房间。有一人听说后主动要求跟他住一个房间，说是自己也是个爱打鼾的人。老卞跟他说：我打起呼噜来可是地动山摇，你可不要后悔。那人说：我打呼噜也是数一数二的，就怕你撑不住。宾馆服务员于是就根据两人意愿把他们安排在了一个房间。第二天早上醒来，老卞发现同屋那人不见了，就到处去找，很快就循着鼾声在宾馆大厅一张排椅后面找到了他。老卞笑嘻嘻地把他叫醒，故意问他咋跑到这地方来了，那人赶紧向他作揖：老兄，小弟甘拜下风，在你面前我真是小巫见大巫，以后这呼噜还得好好跟你学！这事是老卞亲口跟我们讲的，讲完了还不忘自嘲一句：要是我能把文章写到这份上该有多好！简直要把我们笑岔了气。

因为这些笑声，五味书社增添了不少生气。

# 草人山庄

虽然叫草人山庄，主人却不是草民，而是一个官，"山庄"也名不副实，不过就是山野里盖了几间平房，闲暇时去那里寻寻清静，或是挈妇将雏地去接近接近大自然，顺便吃喝一通。

驾车出县城，西去，二十分钟就到。房子建在一座小山的半山腰里，周围全是古老的柿子树，虬枝钢筋铁骨一般，样子却极好看，天然的古老艺术品，是岁月一点一点雕塑而成的。每到秋天，树上就挂满了红彤彤的小灯笼，一树一树的，非常壮观，惹得那些摄影爱好者从四面八方乌乌泱泱地赶来。早些年柿子树还多，因为贪钱，卖给城市里不少，据说好的一棵能卖五六万元。我在城市里见到过一些，有的活了，有的死了，死了也舍不得毁掉，就在树的枝枝丫丫上人工造上些绿叶红柿，倒也能以假乱真，给枯燥的城市增添一些趣味。好在后来国家严禁大树移栽进城，那些大树才得以继续留在了乡下。要不真是不能想象没了大树的乡村会是个什么样子。

因为有些共同爱好，且趣味相投，我跟草人山庄主人一认识就交往了下来，友情年年在加深着，实在难得。想想这几十年，朋友结交了一帮又一帮，称得上知心的似乎也有那么几个，但是一遇到事情，情谊的小船说翻就会翻，真是有些让人伤不起。正因为这样，我跟草人山庄主人的友好就越发显得可贵。

这些年，世界越来越热闹，人却越来越喜欢清静了，就连我所在的小县城里的人们，每到周末也纷纷往乡下跑，逃离一般。说实话，临朐

51

这座小城是极美的，依山傍水，绿意盎然，还特别的干净，在一些外地人眼里简直就是世外桃源，我们生活在其间也颇具幸福感。但是县城之外的那些山山水水更美，随便走进一条沟，爬上一座山，或者是走进一个小山村，走向一片田野，都会带给你意想不到的惊喜。潺潺的溪流，清澈的山风，漫山遍野的花草，古色古香的老屋……都会把你带入一种特别的意境里，让你从整日的忙忙碌碌和莫名的烦躁里解脱出来，让你的心变得安静、柔软起来。很多人都说这是另一种方式的参禅。

草人山庄主人看上去不善言谈，自有一种为官者的沉稳和威严。但跟我们在一起，他就完全换了一副模样。那才是真正的他，平日里的他，都活得不像他了。这是身在官场的人都毫无办法的事情，我们理解他。别说是到了比较高的位置的人，就连我刚参加工作不久遇上的那个小学校长，都多次感慨为官者难。其实现在想想，他那点职务算得上个什么官？当多大的官，担多大的责。虽然那么多的人都在仇官恨官，实际上他们也都是些不容易的人，之所以仇他们恨他们，是因为这些人没当过官，要是当过也许就不这么看他们了。我这么说绝没有故意拍那些当官者马屁的意思，你要是这么看我的话就真的错了。当然，也有些当官的混账不是东西，甚至罪大恶极，该骂该杀，但那毕竟只是极少数。

山庄建在主人自家的地里，盖得极简陋，墙是用空心砖垒起来的，地面是用普通红砖铺成的。虽然简陋，但是锅碗瓢盆一应俱全。做饭用的炉灶是用几块砖摞起来的，三脚架形，随用随拆，简便得很。柴火到处都是，干草枯树枝，一划拉一大抱。有一次我跟山庄主人说你真是当官当惯了，事事都吹了牛往大处说，这么个破地方，你竟然起名叫山庄，让人乍一听还以为是个多么高档的地方呢。他就笑笑：嫌不高档你有几个？我就朝他白瞪白瞪眼，不接他的话。

几乎每次去草人山庄，我们都带上点肉菜和面食。去了先围着山到处转，顺便挖一些野菜。山岭上野菜真多，不下数十种，随季节不同而变换，苦菜荠菜都是大路货，运气好的时候还能采到野葱野韭菜。玩累了挖够了就打道回府，男人支炉灶搂柴火，女人择菜洗净切好等着下锅。大厨非山庄主人莫属。别看他是个官，在别人眼里有些高不可攀，但在我们这些人眼里也没多长耳朵也没多长手，每次聚到一起都是他炒菜，谁叫他见多识广高档酒席吃得多呢。有时他也说我们欺负他，烟熏火燎地把他的官模样给熏没了。他老婆就瞟他一眼：晚上睡觉也没见你人模狗样地端个官架子。惹得大家笑得直不起腰。笑罢我跟他老婆说你真是个天才的语言大师，你要是写起小说来肯定畅销。她说：我写不了，要不你把我的话写到你的文章里吧。我说我不写，我怕你跟我要稿费。她使劲撇撇嘴：你那几个稿费也值得我惦记？

　　除了房屋前面留下一块空地当小院子外，其他土地一分为二，一半点花生，一半种地瓜，一年一年轮换着点种，怕重茬。一到秋天，我们就有花生和地瓜吃了。那时节，我们每周都去，什么饭菜都不用带。刨出一些洗净煮了，还没等煮熟就散发出浓郁的香味，惹得大家喉结一上一下不停地动，想控制都控制不了。待到煮熟揭盖，倒在一个大盆子里，一群人围盆而坐，热也不怕热，烫也不怕烫，吃得哧溜出啦的，真叫一个过瘾。还有一种很好的吃法是烧着吃，小时候我们都那样吃过。在地里找个土干的地方挖两个坑，把柴火棒子放在坑底，把带着秧子的花生、地瓜分别放入坑内柴火上（放地瓜的坑里柴火多一些），点燃柴火，待柴火快要烧尽时，将挖出的土复填上，闷着。半小时后，先将花生坑里的土扒去，香味顿时四溢。小心地把花生从柴灰里扒出来，剥皮而食，全然不顾黑手黑嘴的样子，香得那叫一个只可意会不可言传。吃完花生，洗干净，去山上遛一圈回来，再扒出地瓜吃，又是一顿犒劳。那味道，惹得我现在边写边流口水。待到深秋，就把那花生地瓜全刨了，亲朋好友四下里分散分散，共享共享。地边的堰坡上，点上点儿山豆角，颜色红红的，比那些青山豆角好吃很多倍。栽上几棵吊瓜，一个个长得又长又粗，煞是可爱，尤其是等到了秋天老得发红了，熬着吃，既面又甜，亦是不可多得的美味。因为这片不大的土地，我们享受了好多口福，增添了很多快乐。

山庄的西边，有一汪清泉，泉水甘洌，形成一条不大的小溪流。用那水煮茶做饭，别有一番好味道。我们每次去那里，车后备箱里都放满了水桶，拉回来专门用作泡茶。有人建议山庄主人把那泉眼挖大一点，做个水池，多蓄上一些。山庄主人却不，就让水那么自自然然地流淌着。山庄北边不远处的那棵柿子树，是公认的柿树王。据村支书介绍，此树树龄已有二百多岁，主干三人方能合抱，高二十多米，枝丫黝黑如铁，曲曲折折，造型变化多端。每到金秋时节，数不清的小灯笼悬挂其上，巍然壮观。大树进城疯狂的那几年，那些树贩子没少打它的主意，都被村支书阻挡了下来。这位村支书，对这些柿子树厚爱有加，为此村里专门跟每家每户都签订了柿树管理保护协议。依托这上千棵古老的柿子树和独特的地理形貌，村子近几年开始发展乡村旅游。因为距离县城近，环境清幽，还有炒笨鸡、大锅全羊、时令野菜可吃，来的人就越来越多。尤其是晚上，常常一桌难求。

山庄主人知道我写作需要清静，就专门给我配了把钥匙，以便我随时去那里安静安静，写写文章。给我钥匙的同时也一本正经地告诫我：除了老婆，不能带别的女人来，别把我这里弄成你的逍遥窝。我说这事还真不敢保证，山里野物多，要是有狐狸变成美人来勾惹我我也没那么大的抑制力。他就很是鄙夷地看看我：不用你有这样的抑制力，只要你不往这勾引就行。我说我啥时这么色了，他就再笑笑：一不当官二没钱的，你还真没那么大魅力。我就反击他：你倒是当着官，是不是常来这里浪浪？他就看他老婆一眼，压低了声音跟我说：家里有这么个母老虎，我可不想找死。他老婆看我们神神秘秘的样子，就问：两个人又在憋什么坏呢？我们只是笑，不答她的话。她越问我们越不理她，气得她就把天下男人一块骂了。

草人山庄虽是朋友的，我却去得最多，待的时间最长。在那个静谧的环境里，静静地读书，静静地思考，静静地写作，真是人生一大幸事。我的很多作品，就是在那里写出的。如今这社会是越来越色彩斑斓了，人也越来越浮躁了，想找个清静的地方还真是不容易。虽说有些人能大隐隐于市，闹中能取静，但是那种静绝非一般人能做得到。草人山庄，无疑成为我的理想之所，同时也愈加理解了古人为什么喜欢选择到深山里读书，那不仅仅是研读学问，也是一种身心的修行呢。

一年之中，草人山庄主人总会忙里偷闲在几个有月亮的晚上约我去山上喝茶。月挂中天，四周寂静，偶尔的几声虫鸣，平添几分野趣。我们煮水泡茶，东一榔头西一棒槌地说些话。有时谈些人情世故，有时谈些哲学佛学，有时什么也不说，只是静静地喝茶。喝到十点多就下山回家。那样的情景，着实弥漫了一层深深的禅意。

# 苍凉深处的繁华

我们这次去的地方，是一个始建于明代的古村落。村子被马鞍山、青崖顶、台山从北、西、南三面轻轻环抱，活像一个襁褓里熟睡着的婴儿，恬静、安详。空气里弥漫着淡淡的幽香。这香气来自漫山遍野的连翘花，一层层、一片片的金黄，绚烂得那么纯净无邪，不带一点杂色。所以先人们才给村庄起名叫——黄谷。

入村的道路只有一条，村子整体搬迁后日渐荒废，此时又被雨后疯长的野草所覆盖，但依稀可以辨得出隐隐的痕迹。沿着这痕迹往前走，很费一些力气，脚和腿时不时就被一些长藤给刮住。那些突然从草地里蹿出的野兔或飞起的鸟儿，猛不丁地就把人吓一跳，引发一连串的尖叫。同行的两位女士，声音最为尖锐。这样的尖锐惊吓了更多的野兔和鸟儿，害得它们慌慌张张地胡跑乱飞。也许它们早已习惯了这里的安静，禁不起这样的打扰。有几只长了淡黄色羽翼的小鸟，落在前面不远处的一棵古老的板栗树上，歪着脑袋瞅我们，还不时地对视一下，鸣叫几声，好像是在议论、判断我们这些不速之客的身份。等我们稍稍靠近，它们又不约而同地一展翅膀冲上了天空，几秒钟的时间就消失得无影无踪。

路两边的古栗树不少，不近不远一棵，不近不远一棵，像极了在执行任务的卫队士兵。那些古栗树，大的主干足有两搂抱粗，小的也至少一搂抱多。同行的那位文史研究者告诉我们，这些古栗树，树龄大都在五百年左右。在它们的青壮年时期，一棵树每年能结一百多斤果子。每到收获季节，全村男女老少一起上阵，随着一根根长条木棍的起起落落，被敲下的栗子纷纷落下，雨点一样密集。那种场景，煞是壮观。如今它们老了，树梢也大多已焦枯。"树老焦梢，人老秃顶。"文史研究者一边抚摸着自己谢顶的脑袋瓜子一边说，惹得我们既不胜唏嘘，又忍俊不禁。

　　走了大约三里地，村落就隐隐地呈现了。袅袅娜娜的雾气，静静地流淌着。清晨的阳光，沿着我们走过的方向照射进来，有些慵懒。从村口开始，我们就踏上了一条青石铺就的路面。历经岁月的侵蚀，路面已经斑驳不堪，就连文史研究者也不知道这路是何时铺成的。石块与石块的缝隙里，已经长出了草。草把一些石块挤得歪七扭八的，有的甚至被拱起了半拃多高。村里的房子都是就地取材，用青石筑成的，那些大小不一的石头，按照一定的规则被排列得有秩有序。虽然屋顶已经大都坍塌，但是一道道石墙仍然固执地挺立着。村子中央地带有一盘巨大的石碾，作为碾管的铁棍已经锈迹斑斑，槐木做成的碾架、碾棍粗粗的，有些笨拙，但还没有朽烂掉。我们小心翼翼地试着推了推，仍然能够转动，只是声音有些悠远，就像从历史深处泛上来的音符。石碾的四周，散落着一些被淘汰的石碾轱辘，最小的直径也在半米以上。遥想当年，这里该是村子最繁华的地方。碾谷、碾玉米、碾地瓜干，村民们大部分的食物，都要经过石碾的加工才能做成。石碾的南边，长着一棵大槐树，据说是立村树，树龄在六百年以上。古槐的主干我们三个人方能合抱，只是树干已经裂开，里面腐空得厉害，一人站立其中还显宽绰。虽已老态至此，但仍枝繁叶茂，巨大的树冠直径达十米以上，仅朝北的一面就把整个石碾给遮挡起来，犹如给石碾搭了一个棚子。整个村庄就以古槐为中心，一圈圈地向四面八方荡开，最繁盛的时期达到七八十户，四百多口人。

　　看过古槐石碾，我们在村里那个最大的院落里驻足歇息。此处院落有正房十间，东西偏房各三间，院子南北长二十米许，与其他的房屋院落形成鲜明对比。更让人惊奇的是，这家的木质门窗上，都精工雕刻着象征福禄寿喜的鱼兽花鸟。虽已模糊不清，但那种奢华的气场我们仍能感知。在一个深山幽谷里，能建起这么大的一个院落，足见主人的气魄和实力。这样的阔气，仅靠当时田地里的劳作是难以支撑起来的，于是我们猜想，莫不是土匪的老巢？文史研究者哈哈一笑，细说究竟。原来清朝乾隆年间，桓台一张姓人家在省城做官，后因贪污东窗事发，巡抚欲治其罪，那姓张的自感无力回天，便携家眷偷偷逃跑，隐姓埋名流落民间，后几经辗转来到此地扎根落户。此后花了几百两银子，用了三年时间盖起了这座深宅大院。再后来省巡抚命人追查至此，抄家治罪，将大院付之一炬。在文史研究者的指引下，我们仔细辨认，当初的火烧痕迹果然还依稀可见。一个古代贪官的富贵荣华，终成南柯一梦。

从废弃的深宅大院出来，我们沿一条小溪逆流而上，找到了村北的那口老井。井口用青石板砌成，与地面持平，南侧留一凹口，井水由此溢出，汩汩流淌，形成了贯穿村庄的小溪流。井水清冽，掬起一捧细细咂摸，微甜。据说此井四季旱涝不枯，颇具神性，有人长了疖子痔疮什么的，用此水洗濯数日立即就能好。20世纪30年代末，日本鬼子侵略至鲁中地区，八路军鲁东抗日游击队第八支队和八路军山东纵队一支队先后奉命来此开展抗日武装斗争，见黄谷村三面环山，易守难攻，就把此处作为了后方基地，并用此井水为伤员清洗伤口，效果竟比药物还好。1940年一支队从临朐转移至蒙阴后，一些随军家属又在这里待了半年之久，得到了淳朴村民们的悉心照料。彼时的黄谷村，军民一家，同仇敌忾，最是热闹兴盛。我们在村子里转来转去，心里的感慨越来越浓烈。真没想到，这么一个偏僻闭塞的小小村落里面，居然包含着这么丰富的内容。怀着这样的心绪重新打量、审视这里的一草一木、一井一溪、一石一屋，感觉每一样东西都不再是单纯的事物，那上面，分明附着着太多太多的历史密语和风雨沧桑。

离开黄谷古村落时，已是正午。明晃晃的太阳悬在头顶。据说这是整个村子一天里能全部被太阳照耀的时辰。我却分明感到了一种恍惚，一种身处光阴隧道里的恍惚，身处历史风云中的恍惚。并且由此想到了命运的扑朔迷离，风物的绵延变迁，朝代的兴衰交替。一切的一切，都曾那么真实地存在过，又无一例外地化为云烟飘散、消失，把历代繁华都隐藏于苍凉深处。

# 内心的山水

　　山是沉默的智慧，水是流淌的性灵。世界上所有的山和水，都不仅是物的存在，它所蕴藏和包含的，蔚然万千。难怪古代的一些文人雅士、大师名家，往往寄情于山水不能自拔，在亲山近水里汲取天地之灵气，悟得沧桑之正道。就连孔圣人也对山水情有独钟，以山水启智明心，发出"仁者乐山，智者乐水"的喟叹。南北朝时期的刘勰更是直抒胸臆道："登山则情满于山，观海则意溢于海。"

　　我并不是一个充满智慧和仁爱的人，可是对于山水，却自有一种发自骨子里的热爱和迷恋。只要一面对山和水，原本心浮气躁的我就会像脱胎换骨一般地静如处子，心里的伤啊，痛啊，迷茫什么的，一下子都烟消云散，生命空灵得犹如不在俗世。我曾将自己对山与水的依恋说给一个朋友，朋友微微一笑，说道：山和水都是禅呢。

　　在我还是一个小青年的时候，几乎每周都要爬一次山。临朐这地方，最不缺的就是山。沂山、嵩山、石门坊这些旅游景区自不必说，单是那数不清的荒山野岭，也足够玩味。刚参加工作的那几年，每到周末，我和几个趣味相投的同学就会背上水壶食物，骑着自行车向那些大大小小的山头奔去。年轻是充满活力，也是充满征服欲的。不管那山有多高多险，我们都不惧怕。甚至不愿走前人踩踏出来的路，定要独辟蹊径以显示自己的智慧和力量。每次历尽艰辛攀上山头，我们都像一群胜利的英雄，在山巅欢呼着，跳跃着，大有"舍我其谁"的气概。直到现在，每每回想起来，心里还是禁不住地涌起一些豪气。后来，随着年

60

龄的增长，和经历世事的增多，不免对那时的做法有了一些遗憾：当时的我们，太注重到达的那个高度了，以为只有攀上了山顶才是最大的意义，结果却错过了沿途那么多的风景。因为有了这样的认识和思考，对于山的喜欢虽然一如既往，但是内容已经悄然发生了变化，过去一味追求的是对于顶峰的征服，而今，则更注重与山上的每一棵草、每一棵树、每一块石头的默默交流。而且，越来越喜欢独行。忙里偷闲，一个人，随便找一座山，静静地，没有任何目的地，或攀爬，或静坐，有时会对着一棵立身贫瘠却倔强顽强的树木生发出几许感慨，有时会跟那些千姿百态的石头说上几句话，顺便想想人生的得得失失、起起伏伏，心里就轻轻弥漫起一些朦朦胧胧的退意。

有一次，在一个小小的山旮旯里，我与一位正在闲逛的老人不期而遇。我的猛然出现，让老人很是有些惊讶。就在四目相对的一刹那，我突然产生了一种想跟老人说说话的冲动。老人很健谈，虽然已经七十多岁了，看上去身子骨仍然硬朗得很。他告诉我，他家就住在山下谭马庄村，离这有六里地。我跟他开玩笑说：你都这么大年纪了还不好好待在家里，却跑到这荒山野岭里来，难道是来寻找什么宝贝？他呵呵一笑：我以前是个放羊的，在这山里一放就放了三十多年，虽然现在不放了，可是已经形成习惯，每天不来转转心里就空落落的。还没等我再张嘴问什么，他却反问起我来了：你来这里干什么？我回答：寻清闲。老人拿左手指了指山顶，小眼一眯缝：爬上去过吗？我答非所问地说：以前喜欢爬山顶，现在不了。老人听我说这话，竟然叹了一口气：趁身体还有劲的时候，能爬上去就爬上去看看。我说：这山里到处是风景哩，山顶也不见得就多么美。老人拿眼斜我一下：你不爬上去怎么知道美不美？爬上去，起码说明你到过那里。等你爬不动了，再来欣赏这低处的风景也不迟。老人的一番话，一下子让我感到了羞愧。细想一下：年轻的时候，是那么向往抵达山顶，虽然因为一心想要抵达，错过了那么多的风景，但是至少说明充满着激情，还有对一种高度的企及。可是，现在怎么就变得如此自我妥协了呢？还自以为是地认为这是参透了什么。于是我谢别老人，向着山顶进发。此后的这么多年里，我对于山间的风景和山顶的高度有了一个重新的认识。并且这种认识，一直渗透进了我的生命里。每当我对工作和事业心生倦怠时，就会想起老人的那句话：山顶再不美，也是一个高度，等你爬不动了，再来欣赏这低处的风景也不迟。

给我带来相似启发的，还有水。对于水，我一开始最钟情的是山间小溪。清澈，活泼，空灵，一下子就能流淌进人的心里。在我小时候，老家的村南就有一条小河，水是从西山上流淌下来的，尽管到达我们那里时，它已经潺潺行走了七八里地，但是依旧那么晶莹剔透，就连水里的小鱼小虾都看得清清楚楚。生长在那么纯净的水里，那些小鱼小虾也长得那么洁净，洁净得透亮，甚至能看得清它们身体里的脏器，像一根根细细的黑丝缠绕着。我们在溪水的怀抱里嬉戏消暑，捉虾捕鱼，快乐得仿佛本身也成了一条条鱼虾。后来，我有机会到山里去，得以见到了数不清的小溪。有的山，譬如沂山，山有多高，水就有多高。一开始是若隐若现的水丝，后来一条条水丝聚到了一起，形成了细流，一条条细流再汇聚到一块，就成了能够歌唱的小溪。这些溪水，比我老家小河里的水更活泼、更清纯。在山里，花草树木是精灵，一块块石头是精灵，这些小溪是最惹人怜爱的精灵。尤其是在心烦意躁之时，只要一面对这些溪水，心就像被她们洗涤过一样的清爽。可是小溪也是有自己的向往和抱负的，它们并不满足于这样的小情小调，流着淌着，它们就汇入了一条条大河，大河也是有向往的，于是就扑进了更大的江海的怀抱。我曾为这些小溪流感到了深深的惋惜，河水哪里有它们的清澈，江海哪里有它们的宁静呢？

有一年，在大海上航行。晴朗的阳光照耀在海面上，一片的金光闪烁。海鸟在头顶盘旋徘徊，一大群一大群的，仿佛触手可及，可当我真正伸出手时，它们又呼啦一下飞走了。恰在此时，一条大鱼腾空而起，庞大的躯体，优美的姿态，成为海天之间一道最有力量的风景。在这一刻，我心里突然产生了一种大海般的辽阔。同时也蓦然明白了，世界原来是可以如此广远。世界有多广远，就会有多大的胸怀和气象。山间的小溪固然可爱，可是与大海的浩渺相比，却显得那么的微不足道。小溪如果没有大的向往和抱负，的确是快乐的，可是它并不满足于此，它有自己的目标，它的目标，是前方，所以它流向了河流，流向了江海。也许在追随着河流奔向大江大海的过程中，它会被身边的一棵花草、一棵树木、一棵庄稼吸收了进去，可它仍然是骄傲的，因为它的生命，已经融进养育了另一个生命，化作一朵小花、一棵野草、一片绿叶，或者是一粒小麦、一粒玉米。这些东西又会养育其他的生命，进入了一种无限循环里。将自己的渺小、短暂融入广大、恒久之中，才是真正的大智慧。

在无数次的行山走水里，我一次一次地肯定着自己，又一次又一次地否定着自己。每一次的否定，都是一种境界的提高和灵魂的升华。面对一座山或者一条河流，我曾仰天长啸过，也曾悲鸣哀号过，也曾默默地流过泪，不管是一种什么样的状态，我知道这都是自己跟自己的较量和搏斗。不论是山的沉默，还是水的性灵，都已经深深地融入了我的生命。它们告诉我：一个生命不管多么渺小卑微，都应有一个坚定的目标和强大的内心。坚定的目标指引我们的方向，强大的内心支撑我们的信念，犹如鸟之两翼、车之双轮。唯有如此，生命才能不自哀、不自恋、不自弃、不妥协，在坚韧顽强的生生不息里，到达应有的高度，呈现应有的气象。

仔细想想，人生本身，其实也就是一段穿山越水的旅程吧。

# 一个人的荒园

许多年里，我是越来越喜欢这片寂寥的荒地了。

荒地并不大，默默地窝在县城东南的一角。这里原先是一道深沟的，环卫处的人独具慧眼，相中了它的胃口，于是把全城的垃圾源源不断地倾倒进去，直到把它胀得突出地面一块儿。失去了唯一的用途之后，它便被人彻底地遗忘了，孤孤寂寂地废弃着。年复一年，偏偏就有不嫌脏的草啊花啊长出来，一开始是零零碎碎的，慢慢地就连成了片，把它的丑陋给严严实实遮盖了起来。即便如此，人们还是对它心存芥蒂，没有愿意去接近它的。不过这倒也好，那些花花草草因此越发地长得欢畅自在。

如若凑近了去看，这小小的荒地，居然也是一个大的乾坤呢。因为缺少使用价值，也就无人理会，因为无人理会，也就少了干扰，因为少了干扰，它就存在得平静从容，完全遵循了自然的规律春荣秋枯着。十数种的花草，有狗尾巴草，有坐地墩，有芨芨草……无一不是那么自生自灭着。活着，擎起一片绿色；死了，混入泥土化作养料。真可怜了那些被撒落进破砖废石缝里的种子，弯弯曲曲地拱出地面，瘦瘦的身子似乎弱不禁风，却又极其顽强地挺立着，活像一个个没娘的孩子。我常常久久地凝视它们，忍不住地就拿手去抚摸了，心里不由得生出一些怜悯来，觉得它们的确是生存得太艰苦太悲情了。但当我在无意间窥探到它们身子底下的隐秘世界时，又觉得它们除了活得有些艰难外，身下的世界却也十分的丰富：各种各样的小昆虫、小动物竟也在这里安了营扎了寨，过起了世外桃源般的日子，有蚂蚁、蚯蚓、蜗牛，甚至也有蟋蟀和老鼠。从表面上看，它们是被人遗弃了，却因此得以与更多的生命为邻为友，这又何尝不是一件幸事。往大了想想，整个宇宙不也像极了一个放大了的荒园，人与其他生命共存其间，不也是一样的渺小和奋力吗？

更让我感到意外的是，随着时间的推移，这块荒地上竟然渐渐长出了一些奇花异草。什么君子兰啦，马蹄莲啦，金菊啦，等等。它们，原本是养在室内的一些娇贵之花，怎么会出现在这里呢？想来定然是因为花期已过或者是被主人家稀罕够了而扔掉的吧。这样看来，它们更是可怜——天堂与地狱就这样仅一步之遥。它们曾经的高贵、曾经的娇艳、曾经享受的宠爱，终究都如那南柯一梦。从安逸的室内到被扔进垃圾箱，再到被垃圾车抛弃到这荒郊野外，它们的哀伤和绝望肯定无以复加。被遗弃之后，身处极端恶劣的生存环境，它们当中的大多数，很快就悄无声息地死去了，只有极少数，凭着不屈的生命力从层层垃圾里重新探出了脑袋，跟野花野草汇聚在了一起。从养尊处优到餐风饮露，一开始它们面黄肌瘦、气若游丝。有时候我会动了恻隐之心，想把它们移植到自己家里去，仔细想想还是作罢了——世间万物，各有各的命运造化，谁又能真正呵护得了谁一生呢？但是慢慢地我就发现，它们竟然生长得越来越旺盛了，有的还开出了花。尤其是那株大兰，不到三年的时间就衍生成了一片，花也开得越来越娇艳，每一朵都像仰天吹奏的小喇叭，在为生命唱着赞歌，让人为之动容。

荒地东南角的崖畔上，长着一棵小槐树。这树先是横着从石头缝里生出来，然后再歪斜着向上长去，树根竟然比树干还要粗壮，裸露出一米多长，悬浮在半空中，黝黑、遒劲，钢筋铁骨一般。树根如此独特，树干更是触目惊心——因为这沟壑原来是一个风道子，尤其是在冬天里，西北风强劲而凛冽，如一双残暴且有力的手，把小槐树拧了又拧，年复一年下来，那树干就成了一根绳子的模样，其生存之艰难简直不可言说。我曾不止一次地在它对面坐下来，思绪由此及彼、由彼及此地来来去去，想着想着就情不自禁地喟叹几声。想这世间的每一个生命，都是有其独一无二的际遇的。同样一粒种子，落在不同的土地上，定然会长成不同的气象；同样一个人，放在不同的环境里，也定然会是不同的样子。有的时候，生命真的很顽强，顽强得任凭怎样的施暴摧残都不能使其屈服；有的时候，生命却又是那么脆弱，脆弱得似乎一阵风就能把其吹跑。不只生命如此，感情亦是如此，许多许多的东西都是如此。有那么好几次，我面对小槐树不知不觉竟然落了泪，有时是因为感动，有时是因为悲伤，个中滋味复杂难言，唯有自知。

我是多年前的一个暮春的傍晚无意邂逅了这片荒地的，并且一见就钟了情。其时由于种种原因，我的心境也是同它一般地荒芜着，颇有些同病相怜的意味。人生在世，是应该讲究个"气"和"势"的，而我，却似乎是一个迂腐得不合时宜的人：先是不谙仕途，不擅经济，活得卑微而困顿；再是工作之余痴迷上了文学，枯灯独坐，惨淡经营，收获个仨瓜俩枣，傻傻地自以为乐，惹得很多人侧目。唯一值得自豪的是，我并没有在默寂中沉沦下去，始终保持着的，是对独立人格的操守、人际真情的坚信和美好生活的追求。面对生活中的尴尬和窘困，我学会了自嘲，学会了装聋作傻，一副宠辱不惊、随遇而安、超然物外的姿态。遇到有人询问我的官职，我会说自己早熟，从上小学起就一直担任领导职务，小到卫生组长，大到文学社长，有一段时期甚至集班长、学习委员、团支部书记于一身，十数年下来，官运已经损耗殆尽；逢了有人问我写作能不能发家，我就告诉他我不爱大财只爱小钱，因为钱太多了未必是件好事。我的生活，因此多了一些闲散，弥漫了一层禅意。我这样清心寡欲、与世无争，按照自己的意愿把生命放逐，过着闲云野鹤的日子，在一些人眼里，也真真算得上"荒园"一个了。

不过，"荒园"毕竟不是"废园"，看似荒芜的地方，只要肯用心，未必不能长出一片独特的风景呢。

# 与自己对弈

昨天晚上突然梦到了恩师郝湘榛先生，醒来后一阵怅然，再也难以入睡。

屈指算来，自先生 2003 年驾鹤西去，已经十几年了。十多年的光阴岁月，淡化了许多悲伤，却浓郁了深沉的思念。

人的一生，事后看看只不过是弹指一挥间，但这个过程的每一步都充满了变数。纵观郝老七十五年的人生历程，有过短暂的辉煌，更多的则是坎坷辛酸。他二十刚出头就凭借《残缺》《王家湾》《一个家庭的变化》《方向》等一批小说引起文坛瞩目，赢得广泛赞誉。然而造化弄人，正当他鼓足劲头向文学艺术高峰冲刺时，一场史无前例的灾难将他重重打倒在地。从二十八岁到五十岁，一顶右派的帽子他一戴就是二十二年，也一下子抠去了他生命中原本最富活力和创造力的宝贵时光。正如临朐诗人于振海在为郝老撰写的《墓志铭》里所说：正白杨挺拔入云，雷电横飞当腰殛断。这是多么残酷，又是多么让人绝望！

戴上右派帽子的郝老，受尽了百般折磨和屈辱。一个已经声名鹊起的作家，从此被绑上石头沉入了深不见底的黑暗之中。日日呼啸的凛冽寒风，在那张年轻的脸庞、那颗年轻的心灵上划出了万千沟壑。个中滋味，外人只知皮毛，唯有郝老自知——有谁能看到他那颗滴血的心呢。一次有几个小伙子为教训他这个"右派"，轮番扇他的耳光，其中一个家伙看似用力不大却扇得最疼。此时的郝老一边忍受着屈辱和疼痛，一边还在心里琢磨：他怎么这么会扇呢？看来他对这个很有研究，我要把他扇人的细节写进小说里。有一次我到先生家玩，忍不住想跟他谈谈当年遭的罪，为他鸣鸣不平。没想到我刚一开口，他就端起茶杯邀我：喝茶，喝茶！茶喝了一杯又一杯，他根本不接我的话题，依旧只谈文学。我心不甘，继续发问，他摆摆手：不谈过去，不谈过去。依旧要我喝茶。整整一个下午，每次触及往事，先生都以喝茶回避，我不禁有些怅怅然。先生去世后，我曾跟他的几位得意门生说起这件事。他们告诉我：先生不愿谈及那些惨痛的往事，不只是对你，对任何人都这样。

尽管处境艰难，朝不保夕，郝老却始终没有停止思考和写作，只不过要偷偷摸摸的。"文革"期间，郝老写的不少作品都产生了很大影响，其中《半边天》还被拍成了电影风靡全国。作品是他写下的，却没有署名权，就像自己身上掉下的一块肉却不能喊自己一声娘。很多人都替他感到委屈，他却反过来安慰大家：这没什么，这没什么，只要还能写就行。

进入新的历史时期后，郝老的冤案得到了平反，年已五旬的郝老终于重见天日，带着遍体鳞伤开始了第二个创作青春期。他的小说《人之初》《腰杆儿》相继获《山东文学》优秀作品奖，并被《小说月报》等转载。1992 年，郝老的唯一一本小说集《人之初》由山东文艺出版社出版，共收入十五篇小说。集子虽不厚，却是一个辉煌的总结，集中展示了他的文学追求。他晚年抱病创作并发表于《大家》杂志头题的中篇小说《鼠人》，代表了他一生创作的最高成就。

我常常想，文学这事情，不能只从短时间内看，要有大浪淘沙的观点，几十年，甚至过百年，那才是真功夫，我相信郝老的作品，有不少是能够经得起时间检验和历史鉴定的。因为他的作品，写的都是人性深处的东西，自有一种可以穿越时空的力量。

晚年的郝老，虽然仍坚持进行文学创作，但大部分精力用在了培养文学新人上。他从 1985 年起主办的文学讲习所，每周举办一次辅导培训，大多是由郝老亲自主讲，偶尔也会邀请外地名家前来授课。对于青年作者和那些从四面八方而来的文学爱好者的每一封来信和每一篇习作，他都认真阅读，并且都认真地一一回信，把自己几十年的创作经验毫无保留地传授给他们。读着郝老的回信，他们也许并不知道，许多信都是郝老在病榻上写成的。他教授过的学生，足有上千之多，他也因此被尊为临朐文学的"老墩头""祖师爷"。临朐的文学事业之所以能后继有人、长久不衰，郝老功不可没。前些日子临朐文学讲习班创办，首期就邀请了县内德高望重的著名作家冯恩昌老师授课，在回顾自己的创作历程时，冯老师居然说郝湘榛也是他的文学引路人，让人大为惊讶。

就在郝老的人生境遇刚刚有所好转时，一条绳索又悄没声儿地使劲勒在了他的脖子上。那一天，先生正在给学生们上课，一个噩耗突然传来：他的大女儿大女婿双双因车祸殒命。听到消息，郝老阴沉着脸沉默了好大一会儿，然后做出了一个惊人的决定：接着授课。事后不少人问他为什么不立即去看女儿和女婿，郝老红肿着一双眼睛说：人都已经死了，早去一点晚去一点又有什么呢，再说，我去了，那些学生怎么办？他们撇家舍业、大老远地跑来听一次课不容易啊。闻听此言者，无不泪流满面。承受着失去亲人的巨大悲痛，年逾六旬的郝老默默承担起了抚育外孙女的重任。郝老虽然对人施恩多多，自己却有着不愿开口求人的秉性，再苦再难他也不会向组织、向自己的朋友学生伸手求助。不像一些人，付出一点点就想让对方涌泉相报。郝老认为那是最可耻的。他的孩子们受他当年被打成"右派"的影响，没有一个成为"公家人"，平反后凭他的资历和成就，只要开开口就会有人帮助，可他思前想后，怕给别人添麻烦、增难为，就是张不开那个嘴。他的两个儿子，于是一直在家务农。

沉重的生活负担，让郝老一辈子都过得很艰苦，可以说是一直在贫困线上挣扎。他家的青菜，大都是在傍晚去菜市场上买的，图的就是一个便宜。他家的一点肉食，不是鸡头鸭脖，就是猪肝牛肺，也是因为这些东西价格低廉。因为愁苦，他好喝酒，喝的都是最便宜的劣质酒，他好抽烟，抽的也都是最便宜的劣质烟。每每想起这些，我的心里都会泛起潮湿：一位受人尊重的大作家，生活竟然如此不堪。我经常想，假若郝老的生活质量稍微好一点，但凡上帝略微给他松松绑，让他活得稍微轻松一些，他应该活得更长久一些吧？只要多活一年，他就会创作出更多的作品来啊。

对于郝老来说，生活和命运的确是残酷的。他在自己的小说集《人之初》的作者简介里，也坦言自己"命运不济"。面对这一切，他除了默默地隐忍和承受，又能怎样？命运这东西，你不承认还真不行。但令人敬佩的是，即使背负着如此沉重的重重枷锁，郝老也没有被击垮，仍然顽强地活着，顽强地创作着。更为重要的是，他内心里那些最美好的东西，包括待人对事的宽厚仁慈并没有一点改变。他自己身处黑暗和寒冷，却给予了很多人光明和温暖，以至于时至今日一谈起他来不少人还是泪眼朦胧。

莫道狂风吹不停，吹尽黄沙始见金。在与命运深沉而持久的抗争中，郝老用自己的精神特质、高尚品德和创作成就，为自己树立起了一座巍峨的丰碑。还是如于振海所说："望东镇之伟，可瞻先师之风姿；聆弥水之韵，能解大家之流觞。"

一个人的内心不管多么强大，总会有脆弱无奈的时候，何况郝老所承受的，远非一般人所能想象到的。那么，他是靠什么支撑起自己的顽强斗志的呢？从阅读中寻求精神力量，从写作中获得生命支撑，这当然是最主要的。但是一个人再喜欢阅读，再执着于写作，也不可能时时刻刻都在阅读和写作，在阅读和写作之外，郝老是怎样度过的呢？因为我知道，对于郝老来说，内心深处的孤独、寂寞一定是如影随形的。那可是一种大孤独、大寂寞啊。

1997年，承蒙时任临朐报社社长孙秉明兄长的厚爱，我在《临朐报》开辟专栏，以通讯报道的形式介绍本县文艺界的知名人士，第一个要写的就是郝老。那天我去他家，家人都出去了，透过窗玻璃看到郝老一个人坐在小小的卧室兼书房里。我轻轻推门而入，郝老竟没有察觉，他的面前摆放着棋盘，原来正在专心致志地下棋，真没想到郝老还有这等雅兴。我说："郝老，您在下棋啊。"郝老这才回过神来："有时下下棋，怪有意思的。"我问："为什么不找个人下啊？""其实自己跟自己下就很有意思。"郝老眨巴眨巴那双虽小却充满光亮的眼睛，朝我笑笑。

那一笑，意味深长。

联想到郝老命运多舛的人生际遇，"与自己对弈的人"这句话突然闪现在我脑海里。后来，我就以此为题作了一篇小文。文章的最后，我写道："在文学创作和品德上，郝老达到了一般人无法企及的高度，但在生活上，他普通得就像一个地地道道的老农民，普通得一转身走进人群就可能再也找不到他。""郝老的一生都在跟自己下棋，赢与输他都不在意。他只在意是否认真，是否执着，是否真诚。这是下棋之道，也是为人之道。"

郝老魂归故里后，为表达心中的缅怀之情，我曾多次和文朋诗友们到他坟上进行祭奠。每次面对那一堆黄土，我们都感慨万千：人活一辈子图什么？从物质上说，郝老的一生都是贫困的，在很多人看来甚至有些潦倒，有些失败，但在创作和精神上，他又是极其富有的。他留给世人的，不仅是高水平的文学作品，还有高尚的师德风范。记得巴金老人在给冰心先生的信中曾写道："有你在，灯亮着。"每次想起或跟人说起郝老，我都会情不自禁地想起这句话。的确，郝老就是一盏明灯，照亮了很多人的心灵和人生。

如今，十四年光阴荏苒，每次想起郝老，历历在目的，除了他那熟悉的音容笑貌，诲人不倦的情景，就是他跟自己对弈的情景了。那情景，让我心痛，也让我心安——郝老，终究有自己的方式。芸芸众生，每个人的命运际遇和人生道路都是不同的，但相同的是每一个人终究都要独自上路——不管这条路有多么难走，背负有多么沉重，不管要遭遇多少的风霜雨雪、坎坷沉浮。再仔细想想，人的一生，看上去是与各种艰难困苦做斗争，其实从更深层次来想，不也是一个跟自己对弈的过程吗？在跟自己的无数次博弈中，人才会懂得越来越多的道理，明白越来越多的是非，才会逐渐变得既柔软又坚强，既不断进取又有所舍弃，把内心修炼得平和安宁、波澜不惊，在命运的起伏跌宕中安放好自己的灵魂——这才是一种真正的强大啊。

# 凝望沂山

我常常久久地望着沂山出神。

小时候，我们家离沂山很近，天气晴好的日子，就连我七十多岁的奶奶都能把沂山看清楚。一说到沂山，奶奶就打开了话匣子。她说沂山上住着很多的神仙，王母娘娘、观音菩萨、玉皇大帝、泰山老母、东镇老爷……说到神仙，奶奶总是一脸的敬重。有时我会问：神仙是个什么样子的呢？奶奶说：神仙也有俊的丑的，俊的都慈眉善目，丑的在人面前是不显真身的，怕吓着了人，他们专门负责降妖除魔的。我又问：你见过神仙吗？奶奶说没见过，但她见过神仙赶路。正说着，沂山顶上起云了，像一团一团的浓雾在流淌。奶奶说这是沂山上有神仙出行了。不一会儿，天空就下起了雨。奶奶又说：神仙从我们头顶上飞过去了，看到我们这里旱了，就给施些雨，多好的神仙啊！浓重的神话色彩让我对沂山充满了无限的敬畏和向往。我对奶奶说：等我长大了，一定要去沂山拜拜那些神仙。奶奶便郑重其事地嘱咐我：等你去沂山，可要记着多给那些神仙烧烧香呢！

其实，不只是我奶奶，生活在沂山周边地区的人，都对沂山怀有深深的景仰之情和敬畏之心。这种景仰和敬畏，既来自沂山一嘟噜一嘟噜极具色彩的传奇故事，譬如吕洞宾助开圣水泉、赵匡胤神助伐韩通、东王公雷劈紫草精等，也来自世世代代享受沂山护佑的亲身体悟。我曾跟许多作家学者朋友说起过沂山，谈论沂山的这意义那意义，生态的、文化的、历史的，一说起来就滔滔不绝。可是有一天，当我跟一位普通的

72

老农交流时，他的简短几句话就让我深感震撼。他说：你看这些年世界上天灾接连不断，不是旱灾就是涝灾，不是瘟疫就是地震的，可是我们这里却一直都平平安安的，什么灾难也没有，为什么？不就是仗着有沂山神的保佑吗？也许，这里面含有一些迷信的成分，但是他跟我奶奶的认识一样，真实地表达出了一个沂山子民对于沂山最本真的情愫。不论是历史还是现实都告诉我们，沂山自古以来就是一座亲民的山，一座护佑苍生的山，一座能生发神奇力量的山。难怪自黄帝始，历朝历代都将沂山奉为仙山、神山，凡遇大典，如皇帝登基，或天时不顺、地道欠宁，皇帝还亲自或派遣忠臣赴沂山致祭，天气大旱祈甘霖，世事动荡求安宁，且每每应验。正因为此，沂山才被尊为"天下第一镇山""中华祈福圣地"，北京地坛里在显赫位置供奉其牌位，足以彰显其盛名。

万事万物，皆有其源。沂山的灵性也是有根源的。

绿是沂山的底色，高达1032米的绿，是生命巨大的气场。沿着弯曲陡直的小径拾级而上，那些叫得上名字的和叫不上名字的花草树木，相互交错又各自独立，呈现不同的姿态，共同铺就了沂山百分之九十八以上的绿色覆盖。那些绿色，尽管浓淡不一样，鲜亮程度不一样，却是一样温润，一样充满生机活力。有的地方，绿意就像从石头里渗出的一样细细密密，也有的好似泼墨画一般恣意汪洋。即使那一蓬蓬的芦苇，也被山风梳理得精精爽爽的，如一群苗条的妙龄女子，水灵灵地簇立在一起。最让人惊叹的是那些生长在悬崖峭壁上的树木，虽处绝境之中依然枝繁叶茂，一根根扭曲、裸露、粗硕的根茎，犹如一把把插进坚硬岩石里的利剑，显示着生命的强大和不息。尤其是那棵"万年松王"，主干两人不能合围，每一条枝干都如蛟龙出海，墨黑的颜色像极了万年岁月的积累沉淀，铁骨一般铮铮。它每一次的振臂一呼，都会立即生成百里松涛，时而像万马奔腾铁蹄烈烈，时而如波涛汹涌巨浪拍岸，时而似巨雷滚动由远及近。站在万年松王面前，我想跟它说些什么，思维却像被锁住一般，久久不能言语。层层叠叠的绿色，铺天盖地的绿色，浓得化不开的绿色，覆盖着山巅，攀附于崖壁，铺展在沟谷，如果从高空俯瞰，沂山当是一颗撒落人间的硕大的绿色翡翠吧。沂山跻身国家AAAAA级景区，这绿色功不可没。有一年夏天，我陪外地的文友们在沂山游玩，他们故意不走"正道"，独辟蹊径做穿越。尽管时值酷暑，人不但不觉一点热，反而凉爽得身心通透。一位文友说：怪不得沂山这么有灵性呢，有这么多的绿色，当然会孕育一些神奇了。我告诉他，沂山原来也不是这么绿的，是从几十年前到现在，临朐人边栽植边管理维护的结果。文友忽然诗兴大发，大声吟哦：手扯一把绿色的云彩，我为辛勤的人们擦去脸上的汗水！

　　更为称奇的是，沂山山有多高，水就有多高。山中泉水潺潺，如鸣琴瑟，清音悦耳。那漫山遍野的涓涓细流，每一捧都是天然的治病良药。因为那里面是浸润着数以百计的中草药的。最简洁的证明是长了疖子用这溪水洗洗就会立竿见影地变好，最绵长的证明是生活在沂山周围的村民大多长寿，科学证明他们的长寿与这里的水密不可分。铺天盖地的绿，使得沂山涵水丰富，弥河、汶河、沭河、沂河四大水系犹如四条射线，奔流伸展，养育着鲜活的生命和古老的文明，每一条都被人亲切地称为"母亲河"。这样说来，沂山该是祖母了。百丈崖是沂山的一大标志。此处壁立千仞，绝壁如削，斩截云表。崖上有水玉带溪，名乃汉武帝所赐。玉带溪水循蜿蜒如蛇的幽谷东流，河道坎坷不平，流水分合回环，忽而旋入地下，嗡嗡作响，骤又从深坑涌出，急流而下。及至百丈崖处，陡然倾泻直坠，宛如一道白练从天而降。置身瀑下，水丝拂面，酷暑时节亦觉寒气袭人，冷浸肌骨，形成"百丈瀑布六月寒"之奇妙。而且，每当晴日午间，瀑布水汽上升，因阳光折射，形成一个圆形光圈，大如面盆，映于水崖之上，远远望去，恰似十五满月，人称"白日见月"。天赐奇观，古来名士学者、骚人墨客，慕名而至，赞咏不绝。仅自唐至清，载入史书文献的赞文颂诗就达300余首。就连唐代大诗人李白亦诗曰："百丈素崖裂，四山丹壁开。龙潭中喷射，昼夜生风雷。但见瀑泉落，如溅云汉来。"满目的绿色和数不清的溪流，就这样氤氲着绵延的文化芬芳生生不息。

如果说水是山的血液，那么石头就是山的骨骼。没有人知道，是多少块石头才撑起了沂山绵延数百公里的山脉。人们的眼睛所能看到的沂山表层的每一块石头，都是充满了意趣的。那些险石妙峰，无一不是大自然的苦心造化，使得它们各自成趣。玉皇顶东侧，险峰独出，绝壁半绕，峰巅有一巨石飞身外探，半踞半悬，似有坠落之危。每当凌晨时分，人登石上，极目东眺，脚下云海翻滚，倏忽一轮红日一跃而出，三百里波光晨曦一现，美丽壮观。人曰探海石。玉皇顶西北之花枝台，非但峰秀花丽，亦多奇石。那些石头横卧直立，方锐圆椭，无形不有，有的像僧人盘腿趺坐，有的似猛虎呼啸下山，有的如雄鹰展翅欲飞，有的若仙人对坐而弈，独可成像，组则为景。其中一斜坡有山岩数块，天工巧布，酷似猪八戒侧身仰卧山坡，腆腹闭目酣睡，憨态可掬，故称"八戒石"。那被誉为"天下第一雄狮"的狮子崮，体型巨大强健，眼鼻耳嘴惟妙惟肖，繁密的鬃毛迎风飞扬，犹如王者独行，气势非凡。还有那风动石、鸣凤石、犀牛石、歪头崮、笔架山等，皆属天成，各呈奇姿，游人睹之，无不赞叹造化之绝妙。行走沂山，每一个人都是神奇物象的发现者，不经意间的定睛一看，或者是突然回眸，都可能会发现一些惊奇。就像我朋友高先生发现的猿人头像，孙先生发现的"生命之源"。沂山的神奇无处不在，只待你去发现。发现比单纯的游览更有意义。

沂山亦是一座思想之山。法云寺是沂山创建最早的寺院，也是当时齐国南疆唯一的大佛寺，距今已有两千多年历史，数建数毁，屡毁屡建，今日规模已是相当宏伟。此处朝夕雾气笼罩，白云沉浮，时有翻腾，故名"发云寺"。由于雾锁云笼，幻象神秘自生，又因佛家尊称曰"法"，"发""法"二字谐音，后改名"法云寺"。行走寺中，一座座佛像雕塑威严慈悲，一副副楹联高深豁达，字字句句启智明心。我虽愚钝，对其却过目不忘。看到游人有在本子或纸片上抄录者，不禁失笑：留着那心是做什么用的呢？寺周围的迎客松、盘龙松、神叠松、栗抱松、母子松、姊妹松、龟背松、览寺松等八大奇松，皆挺拔矫健，古老苍劲，姿态各异，云来飞舞，风来摇曳，独木成景，犹如八大金刚，日夜守护法云寺。山犹书也。有内容的书，常读常新；有内涵的山，百游不厌。作为众多游人中的一个，我虽数次登游沂山，可是每次都有不同的滋味：先是为观景，再是为寻幽，后来就越来越沉浸于其所蕴含的禅意之中了。不管是境由心生还是心由境生，在我心里，沂山的清幽是一种禅意，沂山的独特是一种禅意，沂山的花草树木也都带有一种禅意。这些点点滴滴的禅意，给予我启发，也给予我灵感，但更多的是给予了我因顿悟而带来的诸多精神解脱。

始建于西汉太初三年（公元前101年）的东镇庙，承载着沂山太多的记忆。庙历经三迁，先是玉皇顶，名"泰山祠"；再迁半山腰，曰"东镇沂山神庙"；后迁东麓九龙口，改称"东镇庙"。庙址虽愈迁愈低，规模却越来越大，如今占地已130亩有余。正殿所塑主神像，即东镇沂山神，威武和蔼，慈悲满怀。每年的四月初八，为启庙公祭日，善男信女，商贾官吏，墨客骚人，自八方云集而来，焚香叩首，各有所求。对于神明，我向来敬在心里，畏于言行。置身庙内，古树参天蔽日，碑碣石刻耸立。树是活着的碑，碑是风干了的树，两者皆不言语，却凝结千年沧桑。那些碑碣，制作之精美，内容之丰富，文辞之绝伦，书法之风韵，实为不可多得的人文瑰宝。遥想当年，为祈福祉，汉武帝刘彻、唐太宗李世民、宋太祖赵匡胤、清圣祖康熙……一位位高傲得不可一世的帝王亲临沂山，设坛祭天奠地，一块块凝聚了帝王气象的御碑随之矗立。史料记载，至清末，东镇庙内共有古碑360余幢，故以林称之。其中仅御碑就有16幢，其他碑刻除御遣钦差和地方官祭告东镇所留外，余碑也尽是椽笔名流，如范仲淹、苏东坡、刘墉等，游览沂山的题咏。遗憾的是，在乱世之间，东镇庙亦难逃劫难，殿拆像毁，树伐碑摧，一块块巨大的碑碣支离破碎，身首异处，或被砌了桥梁，修了堤坝，铺了甬路，或被筑了院墙，垒了畜圈，垫了茅厕，光环尽失，威严扫地。世间万事万物莫非如此吧，捧举之则可齐天，践踏之则下地狱。一切皆人所为。遭此大难，沂山神为什么不为自己显显灵呢？是宁可自己忍辱负重也不愿戕害百姓吗？还是知道终有一天人们会对自己的罪孽幡然醒悟？而今欣逢盛世，东镇庙得以重新扩建，大殿的木质橡梁上竟然长出了大小不一的灵芝，惹人惊异。更有热心者心怀善念，对东镇庙的残断碑碣进行了挖掘清理，寻访查明了流落于农户邻村的碑石，悉心收回，并逐一对合吻接，将铭文完整者铜合一体，加固边框，添座复立，复成"碑林"之象。尤其是康熙大帝御笔所成的"灵气所钟"四个大字，气势恢宏，尽显帝王之象。我常常花费数日，从一棵树走到另一棵树，从一座碑走到另一座碑，往来反复，眼看手记心想，一任历史的烟云将我淹没。

沂山之大，巍巍然矣；人之微渺，如草似露。在日复一日的交往里，我对沂山已然是如痴如醉。虽然不能天天走进，却时常神游其中，或在一段齐长城遗址上喟叹，在一块石头前冥想，或在一溪清流里洗濯，在满山鸟鸣里沉醉。浩瀚的时空维度里，帝王们对沂山的神化，和老百姓们对沂山的敬仰，早已浑然一体，因而成就了沂山的丰富、深厚和博大。对于沂山，在双足不能到达的地方，我用眼睛去触摸；在双眼不能到达的地方，我用心灵去感知；在心灵不能到达的地方，我用思想去叩问；在思想不能到达的地方，我用灵魂去亲吻。可是我用尽全力的亲近呀，又该是一种怎样的细微和浅薄？

沂山不语，半山的云雾在流淌，半山的云雾在升腾。

# 寻 石 记

真是想不到，近年来我竟然与石结缘。

我所在的鲁中临朐，地面虽不大，乾坤却不小，很早就以红丝石闻名于世。此石温润如玉，纹理如丝，红黄相间，色泽艳丽，用其做成的红丝砚唐宋时期就颇负盛誉，长期位居四大名砚之首。20世纪80年代发现的临朐彩石，色彩绚丽，能呈现出各种形象逼真的图案，惹得世人趋之若鹜，不仅很快风靡全国，并且走向了海外。有才情者赞之曰：精美的石头会唱歌。凭借这些独特的资源，临朐享有了"中国观赏石之乡"的美誉。

县内那些大大小小的奇石市场，我也曾去过几次，各种体型不一、面貌各异的石头琳琅满目，有的以奇形取胜，有的以色彩夺目，有的以图案招眼，确实让人心生喜欢，同时也愈加惊叹大自然的造化之功。但喜欢归喜欢，赞叹归赞叹，因为价格不菲，并没有产生贪恋之心，看过了也就看过了。想欣赏的时候，就再去，反正近在咫尺，拔腿就到。有时也会在心里安慰自己：世间的一切事物，原本就没有完全彻底地属于一个人的，只要能看在眼里记在心里就行了。

前年春末夏初，几个朋友约我去一位石友家里喝茶。此人姓王，经营奇石已三十余年，在全国赏石界颇具影响力。为了便于存放那些宝贝蛋子，他特意在城南买了一块地，盖起了一个大院子。一走进那个院子，真是踏入了一个石头的世界。那些奇形怪状、色彩斑斓的石头，或高或矮或胖或瘦，大者如磐，小则可握，有的似腾飞巨龙，有的如雄鸡引吭，有一块虽然仅有拳头大小，其形态却犹如鹰击长空，颇具气势。颜色杂糅赤橙黄绿青蓝紫，呈现山水、人物、飞禽走兽等形象，极为逼真而又浑然天成。与之久久对视，物我一体，两相融合，真正体味到了陆游所说的"石不能言最可人"那种意境。

进屋与主人品茗对谈，感而慨之，人人都称赞他的慧眼独具，玩石头能玩到这般层次，同时也望石兴叹，埋怨自己囊中羞涩不能与石为友。没想到老王却神态淡定地告诉我们，他那满院子的石头，至少有三分之一是自己去山岭沟壑里捡来的。闻听此言我们几个立马面面相觑，心底同时升腾起一股热火，央求老王带我们去那些出产宝物的地方游览一番。老王善解人意，当即掏出手机婉言辞掉了一个饭局，备好水和一些简单的物什，就开着他那辆刚买来的悍马拉着我们出县城南去。

行驶了十来公里，我们就到了一个叫老崖崮的地方——临朐红丝石产地。虽然我早就知道红丝砚为天下名砚，且距离它的产地如此之近，以前却从没到过这地方，想想真是汗颜。老王前后左右审视一番，带领我们下到一个深坑里，在一片乱石之中来回翻检，边翻检边给我们讲解红丝石的质地、特点，以及它的前世今生。由于多年的疯狂开采，加上能产红丝石的地面又不大，如今红丝石已经极少，再挖非得用大型机械挖到十几米深不可。如此费时费力费钱，好不容易挖出一块，主人是绝不会漏掉的。所以我们翻检了将近两个小时，也没能所愿。尽管如此，我却毫无遗憾之情，因为我终于来到了红丝石的产地，知道了关于红丝石的很多知识和故事，并且得到了一块上面有山水花纹，图案犹如一幅泼墨山水画的石头。

时近中午，我们在路边一家羊肉馆匆匆喝了一顿全羊汤，接着向下一个目的地进发——国老坪山，一个出产彩石的地方。之所以取名国老坪，据说是秦朝时有一位国老到此山拣过石头进贡给朝廷，赢得龙颜大悦。改革开放之后，玩石赏石之风逐渐兴起，紧靠国老坪的崔册村里老吴突然想起老人给他讲过的这个故事，决定上山寻石。功夫不负有心人，经过数月的苦苦寻觅，他终于在山上找到了一块色彩斑斓、带有各种图案的石头，后经专家鉴定，这就是珍稀的临朐彩石。消息一出，附近村民蜂拥上山寻宝，稍加切割、打磨，石头上就呈现出线条清晰流畅、色彩丰富的各种物象：有秀美的行云流水、山川风物，或是古今人物、走兽飞禽、花鸟鱼虫，如画似诗，极富神韵，让人遐想无限。一块带有"姜太公钓鱼"图案的巴掌大的石头，被一位韩国客人以8000元人民币买走，引起震惊；一块有着"香港地图"图案的彩石在一次拍卖会上以42.9万人民币成交，创造了当时国内奇石价位最高纪录；有个玩石者居然凑齐了"金陵十二钗"，个个形神兼备、惟妙惟肖，让人叹为观止，石主扬言给多少钱都不卖。

我们去的时候，国老坪上的彩石早已被挖掘殆尽，只留下无数大大小小的石坑，盲人眼睛般空洞着。跟上山劳作的村民交谈，得知当时村子里家家户户都靠石头发了财，最疯狂的时候，山上的采石人昼夜不绝，十几年下来，整座山被翻了好几遍。如今，再到这里寻觅彩石已是千难万难。虽然如此，还是经常有人前来碰运气。他们背着水壶和食物，常常在山上一转悠就是大半天，或多或少总会有点收获。带我们前去的老王以前没少在这里拣拾到好石头，如今还会时不时地来这里转悠转悠。

第一次去国老坪，我拣得石头三块，两块巴掌大小，一块长30厘米、宽20厘米左右，皆有山水图案，极为高兴。同行者亦都有收获，皆大欢喜。下午五点回到县城，老王直接把我们拉到了一处奇石加工店，让店家对我们拣拾到的石头进行打磨、上蜡，配上木头底座，约好一周后来取。活到四十多岁，经历过不少事情，原本已修炼成了对事对物都能坦然面对、不急不躁的心态，如今却因为这几块石头，度日如年起来，第三天就按捺不住内心的急切偷偷去了奇石加工店，一问才知刚刚打磨完，还未上蜡。我细细端详那几块被打磨好的石头，图案愈加清晰、有趣，心里的喜悦便又增加了几分。余下的几天更觉时间漫长，什么事情都无心去做，就连文章都写不安稳，但已不好意思再去，只好望眼欲穿，备受煎熬。好不容易盼到朋友打来电话，立即狂奔而去。一看

80

到那石头，顿时狂喜得手舞足蹈起来。一家人就要请王某喝酒，一喝就喝了个老高。回到家里，小心翼翼地把那三块石头摆放在客厅里最显眼的位置，仔仔细细地端详来端详去，时而引颈张目，时而缩脖眯眼，越端详越觉得有意思。一连数日皆是如此痴相。妻子就笑着骂我：当心让它们把你的魂给勾去。儿子也跟着起哄：就像多值钱似的！我借此教育儿子：内心的快乐，是不能用金钱衡量的；世间最难得的，就是心里的一个喜欢！

就这样，我跟石头结下了不解之缘。只要一有时间，就去山顶沟底寻石。朋友有时间一块去，朋友没时间自己去。天气好时去，天气不好时也要去。时间紧张时去近处的老崖崮，时间宽裕时去远处的国老坪。一开始贪心重，看到稍微有点形状有点图案就要，每次都拉回半后备厢来，实则大部分复而弃之。后来就逐渐有了经验，不再贪多，不再剜到筐子里便是菜，而是学会了选择，学会了舍弃。想想这过程挺像人生。年轻的时候，什么人都想结交，什么东西都想要，随着年龄慢慢增长，才知道了要学会做减法，年纪越长减去的东西越多，减去得越多生命就越精爽，越轻松，越本真。看看周围，很多人被永无止境的贪婪欲望之鞭追撵得天天疲于奔命，以至于到头来自己竟把自己给压垮了。也有的人想要的太多，什么好东西都想揽进怀里，都想据为己有，殊不知人人都如一个器皿，各有各的容量和限度，填充得太多太快了也未必是好事。物极必反嘛。

因为时不时地就会生发一些感慨，再到后来，上山爬崖就不再仅仅是为了拣拾石头，寻求锻炼和野趣、获得天地顿悟的成分逐渐多了起来。如此一来，常常收获微小甚至空手而归，却亦愈加乐此不疲，正所谓醉翁之意不在酒也。

有一次在老崖崮，我们几个寻寻觅觅一上午却一无所获，正要打道回府，我突然发现一个地堰上有块石头不错，上面的几棵树木图案不但清晰，而且颇具古意，就像一幅仿古画，并且，石头的右下方有两团红色，像极了两只红狐在嬉戏。发现此石，我一时欣喜若狂，同时又犯了难为：石头是人家用来修砌了地堰的，要是得之必然要毁掉地堰，可要是就此放弃又实为不甘，这该如何是好？几个人经过集思广益，决定毁堰取石，同时从车上取来纸笔和一个空矿泉水瓶，由我拟稿，由写字最好的刘兄写下一张纸条：我等三人寻石至此，在你地堰上发现佳石一块，得之则毁坏地堰，必然问心有愧；弃之则心有不甘，必然耿耿于怀。经三人合计，决定毁堰取石。今留下一百元钱，劳您重修地堰。得之你幸，不得勿怨。同时敬告有拾取此物者勿生贪婪之心，如此善莫大焉！落款为我的姓名，并附有我的手机号码。纸条写好后，连同我的一张百元大钞一块放进瓶子里，用一根细绳绑在地中央的那棵小树上，在频频回首中打道回府，一路上谈论到可能发生的数种情形。

整整一周，此事并无任何音讯，我们三个决定周六下午再去一看究竟。到得那里，看到那树上仍绑有一只瓶子，不过已不再是我们所留的矿泉水瓶，而是一只硕大的饮料瓶，内有纸条一卷。我们急忙取下阅之，只见上面写着：三位仁兄：所留纸条、钱款均已收到。你我虽未谋面，但已知你们都是良善之人，所作所为令人尊敬。如若不弃，请到寒舍一叙，随时恭候光临。后面写有"老崖崮村老姚"和他的手机号码。我们几个大为惊讶，甚觉有趣，决定立即联系前去相见。电话一通，说好时间地点，我们直奔老崖崮村而去，十几分钟就到。老姚家住村头，紧挨一家小卖部，非常好找，我从车上拿出一提秦池酒算是见面礼。进入大门，老姚热情相迎，进屋品茶，相谈甚欢。原来这老姚是一位退休教师，闲来无事，每隔几天就到山上和自家地里转转，发现我们留给他的纸条和钱款后觉得挺有趣，就同样以纸条相约见面详聊，成就了这一段奇缘妙事。一壶茶喝罢，我们要走，姚老师却连拖带拉地非让我们吃了饭再走，正拉扯着饭店里已送了菜来，想来他早已预订。菜既送来，再执意不肯必然会辜负人家美意，只好各自重新落座，喝了一个高兴。喝高了姚老师还不忘把那张百元大钞拿出来，非要完璧归赵，我不要他就说我看不起他。自此我们就跟姚老师成了忘年之交，每年都要见几次面喝几次酒，趣味很是相投。没想到以石为媒，竟然造就了这一段人生佳话。

去年秋日里的一天，我去五井镇访友未成，顺便到莲花山上寻闲情。莲花山盛产奇石，皆庞然大物，不论是竖立还是横卧，动辄一二十米，上百吨重。有的玲珑剔透，有的古朴丑拙；有的呈现多种形态，有的什么都不像，就是看着享受。站在山顶俯瞰，巨石耸立，千奇百怪，如林似森，蔚为壮观。天下奇石，种类繁杂，多被人把玩于股掌或装点于居室。莲花山的石头，不宜小趣，只造大境，年复一年被源源不断地运送到全国各地，或安放于公园，或置身于广场。一石成景，众人惊叹。莲花山由此声名大振，逐渐形成了全国最大的风景石市场，日日接待着南来的客北往的商。

溜达了大半上午，腿脚和眼都有些累，便坐下来与一位正在石坑里忙活的中年汉子攀谈。始知众人都眼红他们靠卖石头发了大财，却不知挖掘石头竟是如此艰辛。谈话得知，那汉子居然已有二十多年的采石经历。问其体会，汉子憨憨一笑：干这营生，最讲究的是一个石缘。若是和石头缺缘少分，一辈子也挖不出块好石头来。我有些诧异：满地下都是石头，怎么会挖不到好石头呢？那汉子见我好奇，干脆停下手中的活儿，点起一支烟，给我讲解：石头多是不假，精品却少，人的眼睛哪里看得清地下的事呢？挖石头就是摸着石头过河，全凭运气。我还是坚持己见：功夫不负有心人，只要肯挖，总能挖到好石头嘛！那汉子爽朗地笑起来：这话用在别的地方管用，用在挖石头上可就不灵喽。当年和我一时采石的十几个人，有的一年就能挖出好几块出色的，简直发了大财，有的这么多年了连一块像样的都没挖着，挖出的石头只好论吨卖，也就挣个辛苦钱。人是有灵性的，石头也是有灵性的，需要对缘分呢。

仔细想来，那汉子说的的确在理。往大了咂摸，世间的人人事事，哪一样不讲究一个缘分呢。缘分一到，水到渠成，有缘无分，或者是有分无缘，都麻烦着哩。

# 红丝萦绕

"鸿渐不羡用为仪，石亦能言制亦奇。疑是祢衡成赋后，镂肝吐出一丝丝。"

近读《西清砚谱》，发现里面记载有乾隆皇帝为红丝石"鹦鹉砚"所作的此御制题铭诗。"鹦鹉砚"琢为鹦鹉形，砚面正平斜带红丝缕缕，墨池上左方鹦鹉头亦带红丝，赤如鸡冠，双目圆睁，左顾作饮水状，左右两翼下垂，下左方尾上卷，雕工细腻，翎羽分明，传真入神，仿佛在向人言语，十分生动可爱。前两句是写这鹦鹉砚的造型：这鹦鹉收起翅膀不羡慕那能高飞入云的鸿鹄，这砚台雕刻得如此栩栩如生，好像能说话似的，实在奇妙。后两句是写砚台的纹理，并抒怀：真让人不由得猜测，这砚上的红纹就是祢衡写完《鹦鹉赋》后吐出的一丝丝鲜血，镌刻在这上面作为他高洁心志的见证。乾隆喜砚，尤爱红丝砚，《西清砚谱》收藏的三块红丝砚，均由乾隆御题。在红丝石"风字砚"上，他还非常明确地指出了红丝砚的产地和特点："石出临朐，红丝组锦；既坚以润，腴发墨汁。"

其实，早在唐宋时期，红丝砚就已备受文人墨客喜爱，声名鹊起，被誉为四大名砚之首，即红丝砚、端砚、歙砚、洮河砚。据记载，唐代大书法家柳公权就喜用红丝砚，他在《砚论》中说："蓄砚以青州为第一，绛州次之，后始端、歙、临洮……"宋代唐彦猷知青州时亲自参与过红丝石的开采和红丝砚的加工，并在《砚录》中有语："凡自红丝以下可为砚者共十五品，而石之品十有一：青州红丝石一，端州斧柯石二，歙州婺源石三，归州大沱石四……"大文豪苏轼亦言："唐彦猷以青州红丝石为甲，或云惟堪作砚盆，盖亦不见佳者。今观雪庵所藏，乃知前人不妄许尔。"此外，南唐后主李煜，宋代的欧阳修、陆游，以及元、明间的倪瓒、徐渭等，皆对红丝砚有过很高的评价。

说到这里大家可能有些不太明白：你这一会儿临朐红丝砚，一会儿青州红丝砚，红丝砚到底产自哪里？其实我一说你就明白了：历史上，益都（如今的青州市）和临朐均属青州府管辖，以州名冠物是历史上常用的方法，所以历史上把益都黑山和临朐老崖崮红丝石所制之砚统称青州红丝砚。青州黑山和临朐老崖崮直线距离仅二十余公里，二者属同一山脉、同一地质地貌，这一范围内的许多地方都发现了红丝石，其石质大同小异。说白了，青州黑山和临朐老崖崮只不过是红丝石的两个开采点而已。

世人为何如此推崇红丝砚？这个问题也曾有人问过唐彦猷，他回答说："墨，黑物也，施于紫石则暧昧不明，在红黄则色自现，一也；斫墨如漆，石有脂脉，能助墨光，二也。"据有关资料介绍，红丝石形成于4.5亿年前，赋存于奥陶系马家沟组土峪段的顶部，在漫长岁月里多种作用催化下，呈现出"红黄相间、细腻温润、纹理奇幻、色彩华丽"的独特气质和形韵，既易于发墨，具有很强的实用性，又温润绚丽，具有很强的观赏性。宋代高似孙在《砚笺》中对红丝砚评价甚高："红丝石出临朐县，其色红黄相间，佳者绝不易得，故世罕流传。是砚红丝映带，鲜艳逾常，而质古如玉，洵为佳品。"

虽然自唐朝以来历代都对红丝石进行过开采和加工，但受历史条件的局限，以及红丝石资源稀少、开采难度极大等因素的影响，历史上的红丝砚可谓凤毛麟角，有幸得之者无不视若珍宝，山东省博物馆里就收藏着一方唐代箕形红丝砚。元明时期更是因为石源稀罕、交通阻滞及社会动荡等原因，红丝石开采时断时续继而陷于沉寂，导致日渐萎靡，知名度不及端砚和歙砚了。新中国成立后，当地艺人根据历史资料记载，经过全面调查、重新发掘，终于在临朐老崖崮周围又开采出了比较理想的红丝石，后在著名工艺美术大师石可先生不遗余力的推动下，红丝砚才重获新生，不仅在国内引起巨大轰动，也得到了日本及东南亚国家砚爱好者的青睐，愈加名贵天下。近年来青州黑山附近也断续有红丝石出土，虽然发墨较好，但颜色淡红，纹理多为黄斑点，远不如临朐老崖崮一带所出红丝石美观。现在市面上受人宠爱的红丝砚，多出自临朐。

红丝砚若按底色与纹理论，以红地黄纹和黄地红纹为最佳，红地红纹、红地无纹次之，灰黄地淡红丝纹、灰红地紫丝纹次次之。也有的纹理红黄相参，很难分清是红地黄纹还是黄地红纹；也有的纹理变化诡异，很难说是什么纹理，这些丰富的颜色与纹理使得红丝砚更加绚丽多姿，受到不少藏家的偏爱。如今随着社会的进步，科技的发展，墨汁的出现逐渐代替了书家研墨的辛劳，砚的实用性日益减弱，观赏性进一步增强。赏心悦目、温润如玉的红丝砚于是更加大放异彩，独步于砚林之中。

在中华民族的悠久审美取向里，一直将红、黄二色视为富贵、吉祥、喜庆的征兆和尊贵与权力的象征。红丝砚因此更加惹人喜欢。红丝砚的纹理，大致分为刷丝纹和旋花纹两大类，细分则又有奇特变化的多种形态。这些纹理或曲或直，或宽或窄，或疏或密，流畅舒展，诡异奇幻，或如迎风飘带，或似日月光晕，有的弯弯曲曲如山涧小溪，有的回转盘旋似飞舞的彩练，有的像朝阳蓬勃而出喷薄万丈霞光，有的展现着黄河之水天上来之雄姿，更有的极成具象，或人物，或飞禽，或奔兽，或花卉，或草木，或地图，或山水意境，或世象百态……全为造化天成，使人叹为观止、遐思万千。有的看似图案纹理并不明显，但是经过制砚大师的精心设计、雕琢，就能随物赋形，得到意想不到的奇效：达摩悟道、观音普度、嫦娥奔月、东坡竹杖、独钓寒江、羔羊跪乳、踏雪寻梅、云蒸霞蔚、岁寒三友、空山松涛……每一块都集造型艺术、绘画艺术、雕刻艺术于一体，无不妙趣横生，让人击节而赞。

对红丝砚情有独钟的石可先生曾多次为其刻制砚铭："红丝华缛赤燕霞，砚中瑰宝天之娇。""刀裁云破，霞映红丝。""柔其外，刚其内，云霞萦绕透其背。"著名的社会活动家、中国佛教协会原会长赵朴初也曾题赞红丝砚曰:"眼明今更遇红丝,护毫欣玉润,发墨喜油滋。"著名作家、红学家端木蕻良得到一方仿唐箕形小红丝砚后,对其赞不绝口、爱不释手,经常在鼻沟上摩擦,谓之如婴儿的脚后跟。红丝砚温润的石质,确实让人感觉如握美玉,时常抚摩把玩,则有人石相亲之感,长期把玩,则会形成包浆,呈现古色古香的独特美感。1978 年,山东省在北京团城举办了以红丝砚为主的鲁砚展,引起巨大轰动,原定一周的展期只好延至两个月,刘海粟、黄永玉、吴作人、黄胄、蒋兆和、沈从文、李苦禅、启功等现当代大家都到场参观,并纷纷赋诗词、作书画以祝贺。

如今的人们,愈加珍惜红丝石如金如玉,既可雕琢成砚,又可雕琢成屏,就连一些边角小料,也会精心雕琢成手中把玩。目前,红丝砚制作技艺已被列入省级非遗项目,临朐这方土地上也走出了一大批制砚藏砚大师、工艺美术大师,为红丝砚的传承发展做着种种努力,推动一批又一批红丝砚精品横空出世、惊艳世界。长 1.23 米、宽 0.6 米的《龙凤呈祥》红丝巨砚和高 1.86 米、宽 0.8 米的《真金不怕火炼》红丝石屏还被载入吉尼斯纪录,被誉为世界之最、中华一绝。2020 年 12 月,一块红丝巨石"钟灵"落户新建重启的北京大学图书馆东楼一层中厅,为北大校园增添了一份独特的临朐元素。2022 年 5 月份,"灵气所钟——山东临朐红丝砚历史文化展"在北京大学举办,引起强烈反响。

天地玄黄育瑰宝,石破天惊见红丝;石不能言最可人,红丝砚里有太极。红丝砚是宝贵的历史人文遗产,也是大自然赐予的稀世珍宝。早在十几年前我第一眼看到红丝砚时就如痴如醉、欲罢不能,自此那袅娜的红丝就时常萦绕心头,也为家乡能有如此风物深感自豪和骄傲。每当闲暇时候,我就会到出产红丝石的老崖嵓附近去转一转。虽然为了保护已近枯竭的红丝石资源,政府早已对这里采取了禁采保护措施,但是只要双脚一踏上那片土地,我就会感觉身体仿佛被缕缕红丝所包围,那么温润,那么绚丽,那么喜庆吉祥!

# 流苏花开

在我心里，一直有两棵流苏树在盛开着。那些流苏花边一样密密匝匝的白色小花，挂满每一根枝丫，犹如无数片雪花把四月里正浓的春光又顽皮地挑逗了一下。

那树，就静静地生长在山东省临朐县柳山镇庙山村村西的那片沃土上。它们原本是明代乡村眼疾名医张化露栽植在花盆里的心爱之物，张去世后，子女们出于孝心，便将其移栽于他的坟前，让它们日夜陪伴着父亲，以化解老主人的孤独和寂寥。根植于那片肥沃的土地，流苏树饮风沐雨，茁壮成长，逐渐从盆栽之物变化为挺立于天地之间的大树。它们的头冠，也日益铺张蔓延开来，状如华盖。

六百五十多年的光阴荏苒，没有人能清楚地洞悉它们身上所有的故事，也无从猜想它们究竟躲过了多少的天灾和人祸。历史所能清晰地记下的是，它们原本是三胞胎，其中的一棵在 1944 年被日伪汉奸伐去盖了炮楼。听老人们讲，若不是村民们齐心协力以死对抗，一棵也不会留下。对于岁月和那些上了年岁的事物，我一直心存敬畏。凡是能在历史的长河中留存下来的，不管是一棵树，还是一座桥，亦或是一座简陋的建筑、一块简朴的碑碣，都附存着很多不为人知的密语。透过或循着这些密语，人们才能拨开历史的烟云找到回家的路。

柳山，一个多么诗意的名字。一想到那么多柔软的柳条随风而舞，犹如数不清的美发在飘，人心就禁不住荡漾了。因为土地平坦肥沃，这里早在春秋时代就建起了城池。临朐旧志记载：西汉时曾在此设立朱虚侯国。位于柳山镇孟津河西岸的魏家庄遗址，是新石器时代一处具有丰富文化内涵的古文化遗址，曾出土石铲、石斧、石刀、石镞和红陶、黑陶鼎、罐以及象征权势和地位的蛋壳陶高柄杯残片，被国务院公布为第七批全国重点文物保护单位。新石器时代至东周、汉代的庙山遗址，也被列入山东省第四批省级文物保护单位。

庙山在明朝由张氏立村。这支张氏在临朐的始祖于元末自河间府（现在的河北省沧州市）东光县斑鸠店庄逃难而来，初居双山之阳，再居高家庄，其后一子东迁汶河之西白塔之北锹土诛茅，以就口食。由于居无定所，他们只好砍伐一些树枝搭成简易的窝棚遮风雨避寒暑，故称"窝铺"村。永乐年间，五世祖张鹏又从窝铺迁到庙山，因村东南有苗山子，村名就叫作"苗山"。明朝万历年间，村西建起关帝庙，供奉关公、关平、周仓神像，村名遂改称"庙山"。窝铺张氏的文化基因非常强大，虽没出过彪炳史册的大人物，算不上名门望族，却也有文进士张初旭，文举张柱、张敦仁，武举张居常，著有潍坊地区首部聊斋志异体小说《筒丸录》的张新修等一批先贤名流支撑门面。我之所以对此这么了解，是因为我和庙山族人同宗同祖。

庙山张氏后裔一脉相传，崇文重教之风盛行，明清时代即设有私塾，民国时期设立初级小学。村人自古多才多艺，20 世纪五六十年代，村里就成立了剧团，吹拉弹唱各样人才俱全，是远近闻名的文化村。如今村里的书画协会、秧歌队、吕剧团等队伍更是蓬勃发展，还出现了一批书画名家和文化带头人，文艺活动常年不断，极大地丰富了群众的精神文化生活。庙山人不仅有着深沉的崇文情愫，还有着极为浓厚的尚武情结，形成了崇文尚武的底蕴和特色。"武"为地功拳，其祖师是有着"神拳"之称的安丘人张瓘。张瓘因母亲患眼疾慕名到庙山就医，张化露知道张瓘武术精湛，求其教授拳艺。从此，张瓘的地攻拳就在庙山流传下来，目前已经传至第六代，成为非遗项目。

仔细深究，庙山的文武之道，均以"孝"为核心。张化露的子女将父亲生前爱物移至父亲坟前，是一种大孝；张瓘为给母治疗眼疾，不惜将家传的地功拳法倾囊相授，也是一种大孝。历经几百年风雨沧桑的两棵流苏树，默默地见证着这一切，也见证了一代代庙山人自强不息、薪火相传的创业历程。为了充分发挥两棵流苏树的品牌效应，庙山村从2015年开始以其为载体，积极联合县镇两级举办流苏文化艺术节，不仅大力传承弘扬了"孝文化"，还很好地实现了"文化搭台，经济唱戏"的双赢、多赢。

乘着新时代的浩荡东风，近年来庙山村大力发展大棚西瓜、有机蔬菜、流苏苗木培育等产业，并将农业与乡村旅游相结合，积极发展生态休闲农业、农业观光、休闲采摘等项目，努力拓展发展链条。这一套完美的"组合拳"打下来，群众的腰包鼓了，村集体的收入也增加了，村里的基础设施和公益服务都得到了很大改善，老百姓的幸福感和满意度不断提升——你若有时间走进庙山，会发现每家每户都种养着不少花草，有些品种还非常娇贵，颇显富足后的闲情逸致。因为因地制宜走出了一条发展新路子，这个曾经的"省定贫困村"也迅速蝶变为潍坊市"市级美丽乡村"、首批"山东省十百千乡村振兴示范村"。今年春节期间，作为县派庙山村的第一书记，我亲眼见证了村里第一茬大棚西瓜上市的情景：十五元一斤还供不应求，并且根本不用出去卖，光春节期间串门走亲戚、自动找上门来的顾客就给"包了圆"。一通紧张的忙碌之后，村党支部书记张传礼扳着手指头给我算了一笔账：这茬西瓜能采摘到2月下旬，我这个二亩半的大棚预计毛收入十五六万，除去人工、肥料等成本，还能剩下八九万元。说到这里他把头一仰，满脸阳光地说：村里家家户户年年都是个忙年、累年，但年年也都是个富裕年啊！

从大棚西瓜种植园里出来，我又来到了宽阔的流苏文化广场。仰望着眼前两棵高达二十多米的流苏树，觉得它们既像兄弟、姊妹，也像一对夫妻一样，相互偎依，相互扶持，一起走过生命的风风雨雨。就像村民们抱团合作，互帮互助，共同创造着幸福美好的生活。在古树前久久伫立，我不禁想起了几件事：一个是村里的一位老人给我讲的，他说1988年秋的一天，一场山火借着风势无情地向村里袭来，几乎是一瞬间就将流苏树东边相距不远的四间民房烧毁，两间烤烟房也被烧塌了架，可是当大火眼看就要烧向流苏树时，突然天降大雨，将熊熊大火迅速熄灭，两株流苏树完好无损，就连堆放在树下的柴火堆都没有点着。村民见此情景不禁诧异万分，都说古树有灵。第二个是书籍上记载的：明万历四十三年（1615年）春，天气久旱无雨，老百姓生活用水都非常困难，甚至舍不得用水洗手洗脸，可即使缺水缺到这样的程度，每家每户仍然每隔几天就自觉留出一碗水，轮流去浇那两棵流苏树，终于使古树顺利度过旱灾。还有一个也是书上所记：清咸丰七年（1857年）发生严重蝗灾，蝗虫所到之处，草木树叶皆被啃食一空。为使流苏古树不受蝗虫袭扰，村民轮流值班，烟熏火燎驱赶蝗虫，帮助古树再逃一劫。这几件事，第一个也许有些灵异，后面两个和前面说到的村民面对凶恶的日伪军冒死护树之事，却很好地诠释了事在人为的道理，也真实地反映了人们对这两棵流苏古树的深厚感情和敬畏之心。老百姓的心就是这样朴素，也是这样明澈。

当下时节，两棵流苏古树又如约盛开。五一这天，我约上家人再次来到庙山，眼前两个巨大的树冠洁白如雪，纤尘不染，幽幽花香，若有若无。尽管有着严格的新冠肺炎疫情防控，可慕名前来参观的人们还是络绎不绝。古树身上的传奇故事、所承载的孝道文化也在大家的口口相传中得到了深厚绵长的传颂和升华。这次我妻子还有一个新发现：从西南方向往东北看去，西边那棵流苏两条粗壮的树枝竟然在空中完美地呈现出了一个"心"的形状，立即就让人想到了心心相印、同心同德等美好的寓意。千年流苏芳菲绽，最美人间"四月雪"。这每年一场的浩大而安静的盛开啊，多像对苍茫历史的一种缅怀，又多像对新时代乡村振兴新征程的深情礼赞！

# 醒来的沉睡

行走在齐鲁嵩山北黄谷，我的脚步放得很轻很轻。就像一个早起的人，唯恐惊扰了别人的梦境。

也不喜欢成群结队，因为人一多就容易聒噪。最理想的状态是，选择一个早上或者傍晚，独自一个人走进去，想往哪儿走就往哪儿走，想在哪里停就在哪里停。如此，方能静静地与古村说说话，细细地品味那里面隐藏着的斑驳和悠长。

已经来过很多次了，可是每一次的到来依然让我那么兴奋，一种隐秘的兴奋，在心里涌动着，荡漾着。就像是第一次来到这里时的样子。只不过，随着来的次数越来越多，一种走进光阴深处的感觉也日益氤氲、弥漫。

古旧的石墙石房，有的早已坍塌，有的还那么倔强地挺立着，不时升起几缕炊烟，那才是真正意义上的人间烟火啊，昭示着一代又一代的薪火相传。明初以来的风雨沧桑里，天灾和战乱已经难以统计，因为地处偏远，这里才得以成为一个宁静的港湾。也许六百多年前，北黄谷村的先人择此而居，就是一种躲避和逃离，只为寻得一个安身立命的所在。生存，这个看似简单的需求，在兵荒马乱、民不聊生的年代里，却是那么艰难，仿若命悬一线的绝处逢生。

北黄谷的先人一定是智慧的，选择安居的这个地方，被马鞍山和青崖顶轻轻环绕着，就像一个襁褓中的婴儿被母亲紧抱在温暖的胸前。而她的南边，则是一条蜿蜒流淌的小溪，不急不缓的流水声是那么清灵悦耳，把一个小山村喂养得滋滋润润的。我曾循着溪水一路向西，终于在一处山洞找到了它的源头。汩汩而出的泉水，清澈、灵动，让人忍不住捧起来就喝，一股甘冽立即就传遍全身。村人把这泉唤作"醴泉"。

在北黄谷，山是一层层的石头叠成的，院落是一块块石头垒成的，道路也是一块块石头铺成的。房屋皆依地势而建，北高南低，参差错落，从北到南有十层之多。这些院落虽然不太规整，建造却很有讲究，据说是完全遵照了"五行八卦"的配制，颇具深意。同其他地方一样，如今村子里的年轻一代，大都走出大山，投向了外面的大千世界，仍然在村子里生活着的，多是一些中老年人。

跟山外的花花世界相比，这里的生活的确有些清苦，却是一个远近闻名的长寿之乡，几乎家家户户都有八十岁以上的老人，并且绝大多数还耳不聋眼不花，走起路来脚下轻便得像带了风。看来，上帝的确是公平的，他亏欠你的，总会以另一种方式做补偿。我在村子里转来转去，时不时地就会跟那些老人们相遇，古往今来地聊一聊。他们的宽厚、从容和知足常乐的心态，深深地感染着我。有一次，我跟一个看上去已显龙钟之态的老大爷打招呼，怕他听不见，故意把嗓门提得很高，却没想到他哈哈地就笑开了：小伙子，别看我九十五了，耳朵还不聋呢，用不着那么大声。看我有些尴尬，老人赶紧又说：有时间多来这里玩玩吧，保你活到九十九！说完又是一串爽朗的大笑。多风趣、多慈祥的老人！

同老人们一起守护着村庄的，除了那些老旧的院落和石街，还有那两棵古槐。它们都已是一千二百多岁的高龄，一南一北遥相呼应。虽然立身之地如此贫瘠，树干却三四人方能合抱。漫长的光阴荏苒，它们的主干早已被岁月掏空，却依然那么茂盛着，让人既敬佩又心疼。每次去到那里，我都会轻轻地去抱一抱它们，在接触到它们的一刹那，我分明感觉到了一种莫名的力量进入了我的体内，让背负沉重生活的我变得既轻盈又通透，身心了无杂尘。

据说村民们都把这两棵树当作了"神树"，每当遇到什么愁事难事，就来到跟前对它们说一说，祈求保佑，赐予力量，十有八九都会逢凶化吉。"凡是上了年岁的东西，都会生发一些神性的。"此时，那位九旬老人的话语又在耳边响起。

古村、古树、古泉，老屋、老街、老人，北黄谷就像一个收藏时光和历史密语的容器，在我一次又一次的靠近和走进里，一层层地向我展示着它的深厚和绵长。

我在李家大院里久久驻足，细细体味人与狐仙的一段传奇姻缘；在张家大院里久久徘徊，低头沉思官宦之善恶，仕途之凶险；在讳莫如深的绣楼前久久凝视，静心猜想古代那位大家小姐的缤纷心事和谜一样的前世今生。一切明明都已远去，飘散在了不可知的时空里，一切却又分明宛若就在眼前，密密匝匝地铺陈开来，让人恍若隔世却又情不自禁地沉湎其中，跟那些形散而神不散的生命和故事相见恨晚。

怀抱着这一切的一切，北黄谷却在很长一段时间里静静地睡着了。睡得那么安详，那么从容，村南那条黄花溪日夜不息的清朗的潺潺声成为她贴心贴肺的摇篮曲。偏居一隅的北黄谷，由此积淀出了更多的厚重，衍生出了更多的神秘。

直到今天，在世人的千呼万唤里，沉睡中的北黄谷才终于醒来。她伸一个懒腰，山山水水的筋骨就舒展开来了；她打一个喷嚏，数不清的鸟儿们的歌喉就嘹亮开来了；她向四周看一下，漫山遍野的连翘花和杏花就烂漫开来了；她把头发往后捋一捋，一大片一大片的历史烟云就接踵而来了。

醒来的北黄谷，以其独特的风姿和神韵，成为一个稀释喧闹、安妥灵魂、承载乡愁的"世外桃源"。一个被久久遗忘的角落，一个即将被历史烟云淹没的古村落，重新焕发了生机和活力，引得游人慕名而至、络绎不绝。昔日被遗弃的绣楼，摇身一变成了咖啡厅，古色古香与现代时尚融为一体；一条条破损坎坷的街巷，被重新铺上石板，走在上面就发出旧日时光的足音；一座座坍塌的旧院落，正在复原重修，差点就要灰飞烟灭的历史承载随之一起复活。

更为可喜的是，随着人气日益旺盛，越来越多在外打工的年轻人重新回到村里，或开农家乐，或搞特色营销，给一度空旷、萧瑟的古老家园注入了蓬勃的力量。如此一来，小村落的清幽当然有些被打破，可是不怕，只需一个夜晚的工夫，一切便又恢复如初。北黄谷就是北黄谷，她能忍受得了长久的寂寞，也能吸纳得了那些喧哗和嘈杂。

前几天又去北黄谷，恰巧遇到临朐籍著名画家、中央美院教授王少伦先生带着他的十几个学生在那里进行油画写生，使得古村落的色彩更加斑斓。问及怎么会选择这里作为写生基地，他说：这是一处蕴藏着古老时光和丰富内涵的地方，也是一处能让浮躁的心安静下来的地方。在这里，总感觉有一种特殊的气场存在。他的话，一语道尽了北黄谷的秘密所在。在一座宅院的过道里，王教授应邀挥笔写就的"临朐县作家协会"几个大字，苍劲、雄浑，在阳光下熠熠生辉，整个村落里都飘荡着浓浓的墨香。

徜徉在北黄谷，我的脚步放得很轻很轻，触角却延伸得很长很长。我用满山满岭的绿树繁花犒劳着自己，用清澈甘甜的黄花溪水洗涤着自己，用安详宁静的从容抚慰着自己，用弥漫在大街小巷里的气息厚重着自己。不知不觉里，我已深深陶醉，周身的每一个细胞都鲜活、跃动起来，生命里那些原本最本真却被世俗蒙蔽了的东西也一点点被唤醒。

"到此已无尘半点，上来更有碧千寻。"在北黄谷，内心安宁，岁月静好。

# 鹦鹉在歌唱

很长一段时间了，只要一静下来，我的耳边就会响起鹦鹉那"叽叽""吱吱"的叫声，有时是单独的鸣吟，有时是两个在对歌，更多的时候则是一场几千只鹦鹉争相参与的大合唱。

伴随着这清脆悦耳的歌唱，一只只活泼可爱、娇小漂亮的鹦鹉也浮现在我眼前，天使一般让我心生欢喜。这一个个撩拨心弦的小精灵哟，在让我欢欣的同时，也让我陷入沉思，甚至一次次满眼热泪。

这一切，都源于它们的主人聂象波——一名肢体三级残疾的建档立卡贫困户。

生活总是跌宕起伏，行走在人生的旅途上，没有人会知道下一刻会发生什么。在扑朔迷离的命运面前，人的脆弱和微渺常常不堪一击。对此，聂象波有着更为刻骨铭心的体悟。这个 1972 年出生于临朐县八岐山脚下的汉子，同大多数人一样，怀揣着美好希望一路打拼，燕子衔泥般逐渐开创出自己的幸福生活，虽然辛苦操劳，内心里却既满足又惬意。可是万万没想到的是，2005 年的一天，聂象波和妻子在自家面食作坊制作炉烤火烧时，加热锅炉突然发生爆炸。一声巨响之后，一切都在瞬间被不容置疑地改变了：妻子就此撒手人寰，聂象波全身大面积烧伤，在医院抢救治疗一年多才好歹闯过了鬼门关。他从此面对的，是破碎的家庭、高筑的债台和自己终身肢体三级残疾。

命运就是这么残酷，毁灭只在刹那间。面对突如其来的巨大变故，承受了心灵和肉体双重疼痛、流尽了足以浸泡一生的泪水的聂象波逐渐变得沉默。山里长大的孩子，不怕吃苦也不怕受累，更不会轻易服输，财富没了可以重新用汗水去创造，痛苦的泥潭再深也能一步步爬出来，可是面对三级残疾的肢体和被烧毁的有些狰狞的面孔，他那原本强大的心弦，终于绷断了。

无尽的痛苦和绝望，将聂象波一层层地紧紧包裹起来。在经历了无数次的内心撕扯和挣扎之后，他彻底屈从了命运，从此心如死灰，眼似枯井，破罐子破摔，从一名致富能手"堕落"为建档立卡贫困户。在无法博弈的命运面前，在被确定为贫困户的那一刻，他感到了一种从未有过的羞耻，也深切感受到了政府的温暖和爱抚。那一夜，他再次失眠了，想了很多很多。


有人说过：上帝为你关了一扇门，总会为你打开一扇窗。

就在聂象波陷于困境不能自拔时，他的一个亲戚怕他想不开而做出极端之事，就给他买了两只鹦鹉养着解闷。听着这可爱的小生灵的婉转鸣叫，看着它们活泼雀跃的身姿，聂象波那本已枯死的心一点点苏醒过来。为了让这两只临危受命来拯救自己的小生命健健康康地活下来，原本就是个有心人的聂象波开始潜心研究鹦鹉养殖。一年之后，两只鹦鹉不但活得越来越有旺相，竟然还孵化繁殖了二十多只小鹦鹉。

一直关注着聂象波的扶贫干部和村两委得知此事后，一下子兴奋起来，决定要以鹦鹉养殖为突破口，帮助聂象波从颓废之中走出来，开始一种全新的生活。在此之前，他们曾苦口婆心地为聂象波做过心理疏导，也曾千方百计地为他谋划过重新开始的人生，可是每次都失败了。这一次，他们决心要一鼓作气拿下这块"硬骨头"。哪承想刚一开口，聂象波还是频频摇头，连声说："不行，不行！"扶贫干部并不气馁，开动脑筋一步步诱"敌"深入。于是两个人就有了这样的对话：

扶贫干部："是怕自己技术和能力不行？"

聂象波："我能养好一对，就能养好一群。"

扶贫干部："是怕自己没钱投资？"

聂象波："这些不是问题，我知道你们都会帮我。"

扶贫干部："是怕没有销路？"

聂象波："我从网上查了，观赏鹦鹉养殖是一项新兴的特色养殖产业，市场大着呢！"

扶贫干部："是吃低保吃习惯了不想干活了？"

聂象波："人天生就是要干活的，吃苦受累算什么！"

扶贫干部故意装作生气的样子："这不为那不为，你说那到底是为什么？"

聂象波把头深深低下："唉——"

扶贫干部不依不饶："唉什么唉？是不是因为经历了一场灾难，就觉得人生很虚无，奋斗没意思了呢？过去的总要过去的，不为你自己，单为你老人和孩子想想，你也应该重新振作起来才是！"

聂象波把头抬了抬："我，我……"

扶贫干部："再说，你要是能把这个事情做好，做成一个大产业，不仅你自己能脱贫致富，还能帮助其他的那些贫困户一起走上致富路。想想以前，你这个致富带头人，帮助和带动了多少人啊，他们一直都感念着你呢！"

闻听此言，聂象波的眼里放射出了一丝光亮，但仍旧有些喂喃："只是我这张疤痕累累的脸，这脸，怎么好意思见人啊！"

扶贫干部："怎么不好意思见人？天底下残疾人那么多，要是都有你这样的想法，还不都成了一辈子的寄生虫了？！"

聂象波不说话了，眼睛一下子湿润起来。突然，他一下子站起来，紧紧地握住了扶贫干部的手。


趁热打铁，说干就干。

为了更好地激发聂象波的积极性，村里和他达成协议：村集体凭借基础建设投入占收益的 40%，聂象波凭借技术、劳动占收益的 60%。聂象波的生命之帆，终于重新鼓胀了起来。

随后，在扶贫干部的积极推动下，县扶贫办和镇上村里通过各种方式争取扶持资金 10 余万元，短短几个月时间里就帮聂象波修建起养殖场房 11 间、硬化道路 1 条，购置鸟笼 300 个，第一批购买旋风鹦鹉 150 对，虎皮鹦鹉 100 对，并配套完善了养殖设备。2016 年 8 月，占地 300 平方米的巩家桥村观赏鸟养殖基地正式运营。这年年底，聂象波的第一批幼鸟繁殖成功并上市销售，实现收益 5 万元，聂象波个人收益 3 万元，当年就实现脱贫致富。

首战告捷，聂象波又失眠了，他的心里有千万重的巨浪在翻滚着：是的，命运曾如此残酷地击垮了他，党和政府却在他最艰难最绝望的时候给了他最温暖的呵护和最有力的帮助扶持。那一刻，他再次下定决心：乘势而上，扩大规模，不仅要让自己过上好日子，还要帮助周围的乡亲们富起来。

他跟我说：如果不去努力做得更好，就无以回报党和政府的恩情。

就这样，聂象波和村里又联合创办了临朐县彩凤鹦鹉养殖合作社。合作社采取"销售方+市场+技术管理"三位一体的办社模式，实行"党支部+合作社+贫困户"运营模式，聂象波在彩凤鹦鹉养殖合作社担任养殖技术管理员，进行日常管理和养护。

在彩凤鹦鹉养殖合作社，扶贫干部和聂象波一块掰着手指向我算了一笔账：一对鹦鹉一年孵化 4 窝，出栏周期短，一只虎皮或云斑鹦鹉出栏 20 多元，旋风鹦鹉一只卖到 100 元。

"收益那是相当可观！"已经走出心理阴霾的聂象波重新恢复了往昔的活力和幽默，"不是吹牛，我现在已经能听懂鹦鹉的语言了，一听它们的叫声我就知道是什么意思，饿了，渴了，高兴了，受到惊吓了，我都能听懂！"

如今，在党委政府的帮助和聂象波的不懈努力下，巩家桥村观赏鸟养殖基地已发展成为规模较大的观赏鸟养殖场，受到省内外众多观赏鸟购销商和宠物市场的青睐。其中，仅旋风鹦鹉、虎皮鹦鹉和云斑鹦鹉的种鸟存栏量就有 400 对，年出栏量达 3000 只。不仅如此，聂象波还手把手地将自己的鹦鹉养殖经验倾囊传授给大家，带动村民衣明占等一批人也搞起了鹦鹉养殖，一起走上了脱贫致富奔小康的幸福大道。曾一度严重自卑、不愿见人的聂象波，现在面对前来考察学习的外地人员早已变得谈笑自如，被大火毁掉的面容重新焕发出自信的光泽。

有一种力量叫春风化雨，有一种悲壮叫涅槃重生。

聂象波，这个因为一场意外造成肢体三级残疾的建档立卡贫困户，以自己的亲身经历，诠释了党和政府的扶贫好政策，诠释了扶贫干部的责任担当，也诠释了扶贫贵在扶志的重要性。

他满含感慨地说：我本以为自己就这样被命运扼杀掉了，却没想到党和政府又让我重新"活"了过来！

聂象波的故事，也许只是全国 7000 多万贫困人口脱贫历程的一个缩影、一个音符。

坚决打赢脱贫攻坚战，是以习近平同志为核心的党中央做出的重大决策，也是中国共产党向全国人民和全世界的庄严承诺。

到 2020 年确保农村贫困人口全部实现脱贫，确保贫困县全部脱贫摘帽，并且在脱贫的道路上不让一个人掉队。

这是一种怎样的情怀与担当，又是一种何等的气魄与韬略！

此时，聂象波的那些小精灵又开始歌唱了！我分明感觉到，那清脆、悦耳又高亢的歌声，逐渐融入了人的歌唱、自然万物的歌唱，慢慢演变成一场激越磅礴、气势恢宏的交响乐，在广袤无边的原野上，在浩浩汤汤的江河湖海上，在耸入云端的高山之巅上，久久回响、弥漫！

# 红红的大樱桃

　　樱桃好吃树难栽，弥水河畔花婆婆。春来第一果，颗颗似玛瑙，入口齿生香，心头滋味多。

　　红红的大樱桃啊，可爱的黄金果，朝朝暮暮，唱出收获和甜蜜，临朐父老的日子越过越红火……

一首《红红的大樱桃》，在沂蒙革命老区临朐越唱越响。

樱桃栽植在临朐历史悠久，《嘉靖临朐县志》上就有明确记载，但在几百年里都是零散栽植的小樱桃，口味较酸，并未形成规模。在临朐，口感甘甜的大樱桃的栽植历史不过才三十几年的时间。这种娇贵的果树落户临朐后，历尽风风雨雨、曲折坎坷，最终在临朐人民的辛勤培育和精心呵护下，如燎原之火般蓬蓬勃勃地生长起来。如今，在这片1831平方公里、山区丘陵面积占87.3%的土地上，樱桃的栽植面积已经达到12万亩，其中大棚樱桃4.5万亩，产业总产值达到30亿元，全国每三颗樱桃就有一颗出自这里。全国优质大樱桃品评一等奖、国家农产品地理标志保护产品、中国大棚樱桃第一县、全国最大的设施樱桃栽培基地、全国最受欢迎樱桃区域公用品牌二十强……临朐大樱桃，载着这些美誉畅销大江南北，走向海外，创造了一个个不可思议的传奇。

地处鲁中的临朐，秦代设县至今已有两千多年历史，自古就是一片钟灵毓秀之地："天下第一镇山"沂山高高耸立，曾有十朝十六位帝王登封，康熙皇帝御笔亲书"灵气所钟"；全国七十大名泉之一的老龙湾水气氤氲，茂林修竹，哺育出"明代散曲第一大作手"冯惟敏；被誉为"万卷书"的山旺古生物化石，每一页都述说着一千八百万年前的生命传奇，世人叹为"世界化石宝库"；还有汉末高士管宁，世界船坞之父张平，明朝江北第一状元马愉等一位位名载史册的名人先贤，以及全国文化模范县、中国书法之乡、中国现代民间绘画之乡、中华诗词之乡、中国观赏石之乡、中国最佳生态旅游县、国家重点生态功能区等一项项国字号"金字招牌"……在临朐，古代文明的深厚博大与当代发展的魅力风采就这样交相辉映、大放异彩。

所有的生灵，不管是人、动物还是植物，在这样的土地上生长，都仿佛沐浴了一种神圣的灵性光辉。从1985年中国北方（临朐）苗木繁育场第一次引进大樱桃树种，到1992年第一个敢吃螃蟹的月庄村开始试栽大樱桃，再到1998年建起第一个樱桃大棚；从1996年结出第一批大樱桃每斤卖到12元，到后来每斤大棚樱桃卖到180元，再到今年春节期间每斤300元；从最初的庭院栽植"小不点"，到城关、山旺两个乡镇的几百亩，再到如今辛寨、冶源、五井、龙山等八个镇街的十多万亩……经过三十多年的摸索与实践，大樱桃日益成为临朐群众实实在在的"黄金种植业"。

2022年2月4日，正月初四，立春日，我跟随县新闻中心的记者一起走进龙山含香家庭农场9号大棚，立即就感觉到了一种季节的穿越：160多棵"美早"樱桃树上，一簇簇樱桃果密密匝匝地挂满了一根根树枝，红果绿叶相拥相映，煞是让人惊讶和欢喜。怎么会在这么寒冷的季节就结出了樱桃果？农场负责人宫来俊的喜悦之情溢于言表，带着一种难以掩饰的自豪和骄傲跟我们介绍："这靠的就是现代制冷降温技术！"见我们还是满脸疑惑，他就给我们详细解说起来：国产的大棚樱桃一般在阳历3月前后上市，所以我国冬季要想吃到新鲜的樱桃，主要是靠进口。为此，很多研究机构和种植户都在探索运用现代科技调整大棚樱桃的开花结果期，经过反复实验，目前采用现代制冷降温技术促使樱桃树提前休眠这个办法最为成熟。宫来俊进一步解释：樱桃树一般在7℃以下开始休眠，所以普通的大棚种植都是在 11 月份开始扣棚，到第二年的 2 月份开花结果，3 月份上市。而采用现代制冷降温技术，在 9 月底就开始扣棚，到来年的 1 月前后开花结果，2 月前后上市，正好主打春节市场。正因为准确地打好了这个时间差，樱桃果顿时身价倍增，每斤能卖到 300 元，而且供不应求。我掰着指头一算，这个预计总产量 2500 斤左右的大棚，竟能卖到 70 多万元，这是一个多么大的天文数字啊，啧啧！都说土里能生黄金，这才是真正的"土生金"哪，难怪乡亲们都亲切而深情地把樱桃叫作"黄金果"呢！

从含香家庭农场出来，大家看我意犹未尽，又马不停蹄地带我去其他几个镇街参观。在山旺镇上林东村樱桃种植大户辛志平的樱桃园里，辛志平边忙着手里的活边跟我们介绍：我这里最早的一批要在 3 月份开始采摘，虽然比含香农场要晚一些，但是每斤也得 200 元左右。因为是人工控温，可以有效控制樱桃的上市时间，所以会分时段开花坐果，从 3 月到 5 月都有樱桃卖，价格虽然越往后越便宜，但是平均也能卖到六七十块钱一斤，五亩地的大棚一年下来挣个三四十万没问题。我跟他开玩笑：你这早成了大富翁了啊！他腼腆而幽默地笑笑：我这只能算是小菜一碟，咱县里比我挣得多的有的是！

步入临朐大樱桃栽植的发轫地——城关街道月庄村的樱桃大棚，一行行樱桃树更加葱郁饱满，好像浑身有着使不完的劲。我们跟果农攀谈交流，终于发现了他们的"独特秘籍"——原来他们家家都有"农家保姆"。据介绍，2021 年临朐县农业农村局争取到省里的专项资金，为全县 7500 个农户免费安装了"智能小喇叭"农业服务管理 App 客户端，并以此为依托建立了全国第一个也是目前唯一的一个大樱桃互联网平台。这个信息化实时监控系统，不仅能随时监控棚内温度和湿度，还能根据农户栽植的品种精确推送相关知识和技术，农户不需要进棚观察判断，只须轻轻触动手机屏幕大棚里的一切便可一目了然。除此之外，它还能为农户提供市场信息、金融需求等服务，实现了真正的智慧农业。

衡里炉村——因为明衡恭王曾在此立炉锻造兵器而得名，距离月庄村不远，却在很长一段时间里被月庄人看不起，为什么？因为穷。为什么穷？没有能换钱的好产业。为什么不跟月庄村学栽大樱桃？不是不想，是因为缺资金，缺技术。穷日子什么时候是个头？一眼看不到头，越穷人就越心焦，村里也越来越散乱。"致富路上不能让一个村掉队。"困境之中，街道党工委出手相助，帮着村里制订方案规划，加强宣传引导和技术培训，多方筹资鼎力支持，没用几年时间，一个个高达十几米的樱桃大棚就密密麻麻地矗立起来。到 2021 年底，该村的大樱桃栽植面积就达 1400 余亩，其中大棚樱桃 800 余亩，按照大棚樱桃每亩平均纯收入 7 万元、露天樱桃每亩纯收入 2 万元计算，全村大樱桃年纯收入高达六七千万元。昔日的穷村摇身一变，光荣上榜"全国'一村一品'示范村"，群众的腰杆也越来越挺。

创办大樱桃合作社，开拓群众增收渠道，是临朐走出的又一条新路径。龙山倪家台子是一个只有 145 户、521 口人的小山村，随着年轻人外出打工日益增多和村民老龄化日益严重，耕地闲置率越来越高。面对这种现实情况，村党支部在深入考察调研、反复论证后，领办成立了倪家台大樱桃合作社，吸收社员 62 人，流转利用闲置土地 255 亩，发展大棚樱桃 51 个。2021 年，合作社樱桃销量达到 20 万斤、200 万元。这一举措不仅有效盘活了闲置土地，增加了老百姓的收益，还助力村集体增收 20 万元，增强了贫困户帮扶和村内公益事业的持久支撑力，群众的满意度、幸福感越来越高。下好一步棋，实现满盘活。如今全县已成立大樱桃专业合作社 94 家，在抱团发展、多方共赢的道路上呈现出了更加蓬勃的生机和活力。

冒着凛冽的寒风，站在龙条山上往下张望，一处占地 1000 多亩的大棚樱桃园区显得蔚然壮观。虽然外面还是天寒地冻，但一个新的春天早已来到了这些大棚里，正孕育着红艳艳的大樱桃和幸福美好的生活。跟山旺镇党委书记张海宁交谈，她说临朐大樱桃产业的发展，其实也遭遇过很多瓶颈和挫折，品种老化、规模偏小、种植粗放等一串短板和挂果期短、难以长久保存、皮薄易损不便运输等一系列难题，曾一度严重阻碍了大樱桃产业的发展。关键时刻，县委、县政府审时度势，及时将大樱桃产业纳入全县重点产业发展规划，积极调整战略，破解瓶颈，纾解障碍，并且明确提出了"用优特引领产业振兴"的发展思路，以"新型经营主体领建标准化种植园区"为核心举措，深入实施"园区+标准化"提升行动，建立"基地—市场—终端"大樱桃流通体系，全力架好政府与果农之间的"桥梁"，全面优化从种植到销售流程。眼前这处"龙条山大樱桃标准化种植示范园"已经吸引了五家新型经营主体进驻，主要栽种美早、红灯、布鲁克斯等优质樱桃品种，推广大棚物联网管理、矮砧密植、水肥一体化等一系列的标准化种植技术，成为示范推广大樱桃种植新品种新技术新模式的"标杆"和"灯塔"。

"大樱桃产业转型升级的内涵非常深厚，外延也非常广阔。临朐大樱桃产业的可持续高质量发展，新品种和新技术是两个重要推动力。"临朐县农业农村局局长魏淑娟跟我们说。她如数家珍地一一介绍：从单一品种发展到美早、含香、红灯、福辰、萨米脱、布鲁克斯等十几个品种，很好地扩大了市场选择空间；大力推广起垄栽培、适度矮化种植、水肥一体化滴灌、补光灯、物理诱虫、行间生草等现代技术，促使果品质量不断提升；采用自动控温系统加快梯次种植布局，形成：一、采用现代制冷降温技术促进樱桃树提前休眠的大棚；二、冬暖式大棚；三、传统大棚；四、露天樱桃四个梯队，实现了2月至6月每个月都有新鲜大樱桃，有效避免了一窝蜂地扎堆上市、果贱伤农；积极探索"农业+"发展思路，引入休闲、采摘、民宿等业态，建设集农业生产、高新技术推广、苗木繁育、科普教育于一体的现代农业科技示范园，深度研发樱桃脯、樱桃酒、樱桃膏、樱桃酱、樱桃汁、樱桃药膳等营养、美容、保健食品，持续拓展产业链条；在不断建设提升大樱桃交易市场的同时，加快发展电商直播带货基地，2021年10月25日，城关街道电商直播（孵化）基地开始运行，九个直播间同步直播带货，一个小时内交易额就突破129万元……

一颗小红果，敲开致富门；樱桃产业兴，村民腰包鼓。一个土地瘠薄的革命老区，因为大樱桃，几十万农民群众圆了致富梦，一个个贫穷落后的山村化茧成蝶。这里面所包含着的，不仅仅是临朐人民的勤劳和执着，更有敢为人先、善于学习钻研、勇于探索创新的精神特质。临朐县委书记刘艳芳说："临朐大樱桃产业已成为推动全县农业增效、农民增收，扎实推进乡村振兴的重要力量。目前，临朐正在积极推动大樱桃向百亿级产业冲刺。"据介绍，2022 年临朐将再规划发展大樱桃种植面积 8 万亩，打造四个高标准千亩大棚樱桃示范园，让樱桃产业更好地发挥经济带动效应。这是多么振奋人心啊！

　　　　幸福不会从天降，沂山脚下果丰硕。美好的生活，梦想如
　　旗帜，胸中志凌云，用力去求索。
　　　　红红的大樱桃啊，亲亲的致富果，年年岁岁，流淌笑语和
　　欢歌，乡村振兴的道路越走越广阔……

　　这歌声，是那么甜，那么嘹亮！它优美的旋律里清晰地展现着一个革命老区的乡村振兴之梦、父老乡亲的共同富裕之梦，它跟美丽恢宏的中国梦交织融合，显得愈加雄壮而辽阔！

# 大山里的那双眼睛

这座名叫扁担的山，我已经来过无数次了。山基本呈南北走向，北面是一个箩筐形，南面也是一个箩筐形，中间一道山梁挑起两个箩筐。

我第一次来这里，是因为那一片绿意、一份清幽。这样的地方，既养眼养神养肺，又能锻炼身体，有时还会意外地捡到一块稀奇古怪的石头，颇堪玩味。真正的一举多得。

去的次数多了，也就跟山的主人熟悉了。我们第一次见面时他六十八岁，如今已经七十五了。虽然年龄不断增长，但他的身体一直很健康，说起话来声若洪钟。说起这片山林，他身上的故事一嘟噜一嘟噜的，一双眼睛也往往随着那些波折起伏时而暗下去时而又亮起来。

老人姓庞，是扁担山东麓的崮山村人。曾有很长一段时间，很多人都瞧不起山里人，因为山里代表着闭塞、贫穷、落后。一说起那里的人，人们就会说：哦，山里毛子啊！我老家虽然地处县城东南边的丘陵地带，也被很多人归入了"山里毛子"之列。年轻时有热心人给介绍对象，一听我是山里毛子，有的就连见都不见了。

有一次我跟老人说起这些，老人竟然激动起来。他说：以前战乱灾荒的年代里，山里曾养活了多少人啊！他的思绪一下子回到了过去。在老人的记忆里，村西的这座扁担山曾救过人们两次命。一次是在战争年代，附近好多村子的人都跑到了这山上：既是为了逃避敌人的追杀，更是为了寻找果腹的食物。第二次是在 20 世纪 60 年代发生的大饥荒时期，刚刚过了几年安稳日子的人们又不得不向大山伸出了求救的手。

"山里树木多，野菜也多，上千口子人就是靠吃野菜野果、吃槐花树叶甚至是树皮才活了下来的。不只是本地人，就连一些平原地区的人都拖着要饭的棍子到山里求一口吃的。那些人饿得就剩一口气了，有一口吃的就能活下来，少了那口吃的就会断了一条命。那时的山里人都老实忠厚，做不出见死不救的事，宁肯自己少吃一口也把那些来讨饭的都收留了。如果没有这片山林，还不知道要死多少人啊！"

老人说，那时他的眼睛饿得天天放着绿光！

在大山的庇护下，最艰难的岁月好不容易熬了过去。当改革开放的浩荡春风吹来后，人们的活力一下子被释放，日子很快就一天天好了起来。但是肚子吃饱之后，人们却发现需要的东西更多了。

为了满足这些需要，人们又纷纷把手伸向了大山，一棵棵曾救过人们性命的树木被迅速砍伐。"速度真是快啊，这么大面积的山林，几年的时间就全被杀光了。"老人的眼睛，再次黯淡了下去。

我禁不住问道："难道就没有人阻拦一下吗？""阻拦？谁会阻拦？！大集体时，村干部说了算，一花钱就杀树。分到各家各户后，各家各户说了算，杀得更欢，恨不得一夜就把自己地里的树都换成钱！"

我又问："那时你也杀树了吗？"闻听此言老人的头一下子就低下了，声音也带了一丝沙哑："怎么没杀？我杀得比谁都快！不但杀自家的，我还当起了木材贩子，这扁担山上的树，至少有三分之一是我杀的。"老人越说头低得越低，"不但杀了这山上的树，附近山上的树也有一半是我杀的。为了多杀树多挣钱，木材贩子之间常常打得头破血流。"说到这里，老人边哀叹边摇起头来。

我继续问："那一定挣了不少钱吧？"一听这个，老人把头稍微抬了抬："当然没少挣，在附近的十里八村，我是第一个万元户，也是第一个盖起了砖瓦房的！"

山上的树木被杀伐一空后，整个山体就完全裸露了出来。曾经的救命山，成了一座光秃秃的死山。即便已经这样，人们也并没有就此放手，而是用一吨吨炸药、一辆辆大型挖掘机从四面八方把山体炸开、劈开，围着山建起了一圈石灰窑场、石子场，创造了一个个"点石成金"的传奇故事，惹得很多人都红了眼，想方设法去淘一桶金。

站在一叠叠钞票上，没有人会去理会一座遍体鳞伤、千疮百孔的山体在哭泣。

有了钱，村民的生活发生了翻天覆地的变化，吃的、穿的、住的、用的都上了档次。并且很快就有人盖起了楼房，有人买上了轿车。用庞大爷的话说就是：变化那么快，有时反而让人感觉有些不真实。

县里市里省里的记者蜂拥而至，崮山村一下子成为远近闻名的明星村。一批又一批的人来到崮山村，学习靠山吃山的经验。庞大爷说："那时的崮山村，狗都被尊重几分。"

突然，老人一下子沉默了。他的眼睛，慢慢看向那满山的绿色。

我不知道此时老人心里会想些什么，但我透过老人对往事的追忆，分明看到了当年那一双贪婪的眼睛！那里面，充斥着多么可怕的欲望啊！

盛大的金钱狂欢里，恶果也一步步向人们袭来。

穿村而过的那条已经清澈地流淌了几百年的小河变浑浊了，散发出一阵阵恶臭，不到两年时间就完全断流了。家家户户的水井也都没了水，吃水要到十几里以外去买。曾经水灵灵的村庄，一下子变得干燥起来，干燥得让人心焦。

昼夜不息的炮声和挖掘机、大卡车的轰鸣声，把山村的静谧彻底打破了，睡梦里被吓醒的人越来越多，人们再也难以安安静静地睡一个囫囵觉。觉睡不好，人就没精神，还容易烦躁，烦躁了就看什么都不顺眼。尤其可怜了那些才出生的婴儿，常常被吓得一哆嗦一哆嗦的，吓醒了就撕心裂肺地哭，嗓子都哭哑了。曾经精精爽爽的村子，一下子失去了安静祥和，却多起了骂娘声，多起了干架的人。

还有那漫天的粉尘，慢慢地把村子和土地一层一层地覆盖了起来。

所有的树木、庄稼、野草都失去了最基本的绿意，灰塌塌地半死不活着。人们整天被这样的粉尘包裹着，衣服都不能在院子里晾晒，夏天都不敢开一开窗子。即便这样，屋里还是天天落满灰尘。

不只如此，村子里开始有房屋裂起了缝子，刚盖起没几年的砖瓦房很快就成了危房，连以前的土坯房都不如，人住在里面整天战战兢兢的。

更为可怕的是，村子里生病的人越来越多了，有的呼吸道出了问题，有的肺部出了问题，还有的生出了一些大医院都不好诊断的怪病，整天痛不欲生。人们开始怨天尤人、狗撕猫咬，各种纠纷状告让邻里反目、兄弟成仇。

刚刚在经济上暴发起来的崮山村，一下子陷入一个巨大的危机中。

这危机，比当初的贫穷还要可怕得多，因为它不仅吞噬了人们迅速积累起来的财富，吞噬了安静祥和的生活，而且正在吞噬着人的生命。

庞大爷说他曾对村里的情况有过具体的统计：1989 年扁担山上建起了第一座石灰窑厂，到 1995 年，扁担山大大小小的石灰窑厂达到 32 个，全村除了老人和小孩，几乎所有的人都做起了与石灰窑有关的事情，除了当厂长的，有开挖掘机的，有跑运输的，有专门干爆破的，有当经纪的，有当工人的。1996 年，全村 352 户家家都成了万元户，那些窑厂主有不少成了百万富翁。1997 年，家家户户都盖起了砖瓦房，有的还盖起了二层。1997 年底，村里出现了第一个尘肺病人，花了十几万都没治好。到 1999 年底，短短几年时间，村里就出现了尘肺病人 39 个，其他病人 22 个，死了 11 个，都是在窑厂干活的壮年劳力。

"这样一来，刚刚富起来的家一下子又破败了，有的还拉下了好几腚眼子饥荒，日子比以前还要恓惶。钱钱没了，人人没了，那真叫一个惨哪。"

庞大爷的声音里逐渐有了哽咽，他说："这罪恶里，也有我的一份啊！"

此时再看他的眼睛，满满的全是悔恨！

像崮山村这样的情况，那时在全国其实并不少见。日益突出的灾难和矛盾，终于让县里下定决心整治。2000年，县里和乡镇组成联合工作队，向乱开乱采现象开了刀。扁担山上的所有大小窑厂也在一夜之间全部关停。尽管是亡羊补牢，但总算解决了后患。

窑厂关停后，面对满目疮痍的山体，很多人都流泪了。

庞大爷说："好端端的一座山被糟蹋成那样，每次走到那里我的心都在滴血。"

2000年底，庞大爷不顾儿女们的反对，同村里签订合同，承包下了这座"废山"。

"当时的想法很简单，就是要把山上重新栽上树，让山重新绿起来，偿还过去犯下的罪孽。"庞大爷说。

带着这样的赎罪心理，老人踏上了漫长的植树造林之路。

不干不知道栽树的难，尤其是在山上。

"每一个树坑都要寻着石头缝挖，普通的镬头根本不管用，得用镐才行。有时挖着挖着，下面出现了一块大石头，就只能白费功夫，另找地方。为了保证成活率，每一个坑里的土都要用手仔细地捏一遍，把每一块石头都捡拾出来，然后再到附近找土回填。没有水，自己就开着拖拉机到十几里外的小水库拉，然后再一桶一桶地提上山。"说起植树的艰辛，老人边说边伸出一双皲裂的手给我看："你看看这还叫手吗？"我用手摸摸，硬邦邦的。

尽管这么用心，第一年辛辛苦苦栽下的一千来棵树，只活了不到五十棵。我问老人："那时感到绝望不？"老人说："心痛是心痛，绝望倒没有，毕竟还有一些活下来的嘛。"说到这里，老人使劲搓起了手。

第二年，庞大爷专门到县城找到林业局的专家拜师，并请专家到扁担山进行实地指导。此后，老人栽下的树成活率有了很大提高，但是付出的艰辛也更多，不仅树坑挖得更大，而且水浇得也更多，每逢大旱之年甚至要浇到五遍。

买树苗、拉水、买工具，一年一年下来，庞大爷的投入越来越大，慢慢地就把以前的积蓄都投了进去。老人扳着指头给我算了一笔账：别的不说，光镐头一年就用掉二百多个，就是三千多块钱，自己开着拖拉机拉水，光油钱一年就五千多，还有买树苗，一年也得大半万！

家人和朋友都劝他就此收手，他却执拗得九头牛都拉不回来，干脆在山上盖了一座石头小屋，搬到了山上住。他这一固执还真起了作用，不但老伴心疼他也跟着到山上住了，几个子女也开始拿钱帮他。他跟孩子们说：你们拿钱归拿钱，可别想着将来有什么回报。孩子们说：我们能图什么？我们只是不想惹你生气，让你多活几年，权当是买东西孝敬你了！

老人说多亏有老伴和孩子们的支持，要不自己再有雄心也没法儿干下去了。

说到这里，老人一脸的自豪：只要立下愚公志，就没有干不成的事！

此时老人的目光，是那么的坚定！

二十年的坚韧不拔，七千多个日夜的操劳，一百多万元的持续投入，在庞大爷的艰辛努力下，扁担山终于重新披上了一层绿装。最初栽下的那些小树苗，如今已经长到了五米多高。

山林一长起来，整个生态环境也逐渐地恢复起来，山上重新有了水，村中央的那条小河也重新活了过来。崮山村重新成为一处清幽秀美的世外桃源，吸引了越来越多的人前来游玩。村里慢慢地有人开起了农家乐饭庄、客栈，收入年年翻番。曾经荒凉破败了二十多年的小山村，终于重新焕发了生机活力。

依然记得第一次见到庞大爷时的情景：一间低矮简陋的石头小屋，被烟火熏得黑黑的，人在里面连腰都直不起来；屋前搭着一个凉棚，摆着一块不太平整的石头当作饭桌、茶桌；凉棚的一侧，废旧的镐头堆成了一道长四五米、高一米许的"墙头"。老人穿着背心、短裤，正在整修损坏的锨、镐，满脸的汗水顺着脖子往下淌。

看见有人去，老人停下手里的活，用那块搭在一旁的黑乎乎的手巾擦了几把汗，邀请我坐到凉棚下喝茶。茶是早就泡好了的，大叶子茶。我喝了一口说：太酽了。他说：酽了才解渴。

我们正聊着，村里的另一位大爷上山来找庞大爷。说起庞大爷的所作所为，那位老人戏谑说：要不大家都说他傻呢，多好的日子硬是被他过成了这么个苦样。

庞大爷也不辩解，把茶碗递到他手里，说：喝茶，喝茶！

来的次数多了，我就跟庞大爷成了忘年交，有什么心里话他也愿意跟我多说说。有一次他竟然跟我说他要把这片山林全部交给村里，不要一分钱。我顿时惊讶得眼睛都瞪了起来：真的？老人见我这样子淡淡地笑了笑：你以为我是在开玩笑?! 我还是有点不相信自己的耳朵：投入了那么多你不要一分钱？他提壶倒茶：当初栽树就不是为了钱！我继续问：孩子们同意？他答：早跟他们商量好了，孩子们说早就知道会有这一天。我感慨道：都说知子莫若父，看来知父也是莫若子啊。

2017 年春季里的一天，庞大爷的山林捐赠仪式在他的那间小石屋前举行，我作为老人的特邀嘉宾有幸见证了这一切。参加的人很少：三位村干部，庞大爷和老伴、儿女，我。过程很简单：双方在协议书上签了字，村书记向老人颁发了一个捐赠证书。据说村里想邀请镇上县上的领导参加，把场面办得隆重些，也让县里的媒体来报道报道，但被庞大爷断然拒绝了，他说不要那些形式，只要村里能真正把这片山林管好用好就行了。

山林捐赠出去后，庞大爷也并没有享起清福，而是从此有了一个新的身份：义务护林员。他每天都拄着一根拐杖，一次次地穿行在山林里，比当年看护他的孩子还要用心。孩子们看他年龄大了不放心，多次劝他回到村里住，他都执意不肯。他跟孩子们说：只要我还能走得动，就要住在山上看护着这片山林。为了让那些想利用夜晚干坏事的知道山上有人看护，庞大爷在石屋前立起了一根高高的竹竿，每天晚上，他都要亲手点亮挂在竹竿头上的那盏保险灯。一双浑浊的眼睛，和那微弱的灯光一起，成为这片山林的忠实守护者。

庞大爷不止一次地跟我说：习近平总书记说得多好啊，绿水青山就是金山银山，这片山林就是子子孙孙的保护神、聚宝盆哪。说这话时，他的眼睛放出了一股直透人心的明亮！

饥饿的眼睛，贪婪的眼睛，悔恨的眼睛，坚定的眼睛，明亮的眼睛，哦，大山里的那一双眼睛哟！

# 自然之象

## 暴　雨

层层乌云像极了玉皇大帝火速调集的千军万马，瞬间就呈现出压顶之势。

原本明晃晃的天地一下子跌进了黑咕隆咚。

电闪雷鸣，世界忽明忽暗，冥冥地恐怖。

雨水倾盆而下。

惊慌，奔跑，尖叫，行人秩序大乱。

短暂的嘈杂之后，街上很快就空落了。

暴雨成为这个夏日午后唯一的主宰。

带点粗野，有些蛮横。

风适时地隐去了。犹如一位辅助君主打下江山的明智功臣，在乾坤大定后，知趣地退出了舞台的中心。

什么叫酣畅淋漓？什么叫随心所欲？什么叫惊世骇俗？

暴雨给了我一个圆满的答案。

即使短暂，也算由着自己的性情激情了一回，潇洒了一把。

而人，有几个能完全按照自己的意愿有性情地活一遭呢？哪怕只是一次！

全都是戴着镣铐的舞者。

因为人，活在一个有规则的游戏里，不论做什么事情，都要对最后的结果负责。

责任，是秩序，也是镣铐。

仅仅十五分钟，暴雨便泻尽了自己的能量。

暴雨就是暴雨，来得突然，去得戛然，绝不缠绵、拖泥带水。

纯然的大家风度、伟人做派。

雨过天晴，世界清亮、爽净了许多，每一片树叶都晶晶地发亮。

当然也有一些东西被毁掉了。

恍若隔世。

总是这样。若没有翻天覆地的气势，就不会诞生一个新气象。

## 浓　雾

雾在这个初冬的早晨真是浓极了的黏稠。

像往常一样，起床，洗漱，用餐，然后站到窗前，向外望一望。

与以往不同的是，这次什么都看不到。

步行去学校。

所有的车辆都开着灯。那么多的车灯，像极了一个个萤火虫，在浓雾里飘飘忽忽。

此起彼伏的喇叭声，急促的刹车声，依然刺耳。

所有的参照物都隐去了，寻找转弯的地方困难了。不时有走超了界的车辆往回折。

活着，或者做事，都不能缺少参照。

没有了参照，就失去了方向。

因为一场雾，世界完全混沌了。

人的眼睛真是不中用，面对一层雾就辨不了方向了。

紧紧拉着儿子的手。儿子嫌我攥得太用力，把他的手都弄疼了。我不敢松劲，怕稍一松手儿子就会走丢。

太阳也没了一点脾气，它能温暖生命，却无法穿透这层雾。

看来，任何东西的力量都是有限的。

浓雾带来的唯一好处是，免去了和熟人们的招呼。有些事情人人生厌，却不能省却。

临近正午，雾才倏忽间变薄，散去，如一张帷幕被迅速拉了开来。

是因了一场风的缘故。雾不怕太阳，怕风。

出现了罕见的雾凇奇观：每棵衰草，每根树枝，每条悬在空中的线，都被装饰得那么晶晶莹莹，玉树琼花，冰凌仙子。

原来是大自然在闭门创造杰作呢。

被禁锢的目光一下子扬眉吐气开来，撒腿就跑到了西山。

似乎从来没有这么神清气爽过。

## 狂　　风

狂风的出场总是嚣张得不可一世。

卷沙裹尘挟秽，目空一切地长驱直入，一下子就把平静的世界搅了个鸡飞狗跳，乌烟瘴气。

仿佛唯有如此，才能显示出自己的派头。

哧啦，一家店铺的精美招牌被撕破。

咔嚓，一棵秀顾的白杨被拦腰折断。

咣当，一扇扇未来得及关闭的门窗被摔烂。

还嫌不过瘾。

于是，把电线杆推倒，把车辆掀翻，把屋顶揭去……

就是这样的不怀好意，居心叵测。

它的专长似乎就是破坏、摧毁。

没有任何道理可讲。

威风耍尽，便扬长而去，任世界一片狼藉。

抱怨，甚至咒骂。

一位老人拄着拐杖颤巍巍地走出临街的小店，旮旯旯地寻找被风抢走的帽子。找着找着就泄了气：

他的帽子此时已戴在了那个疯子乞丐的头上。

无话可说。

也有一些人在心里偷偷地乐呵：

狂风毁掉的东西，需要他们的修补。

也许世界原本就是这样，没什么好说的。

## 下　雪

轻盈，婀娜。

雪花飞舞，犹如一只只白色的蝴蝶在嬉闹。

从早上一直飘落到傍晚，仍然不显一丝疲惫。

世界于是白了，胖了。

树枝被压得低低地垂着。尽管轻盈，雪也是有分量的。

偶尔一声脆响，大多是一些干枯的枝条。因为失去了生命，它们不堪重负。

满目的脏被掩埋在了雪下面。多么洁净的使者啊，一来到世间，却首先履行了这样的使命。

这样的事情不足为奇。

那些落在了路上的雪，真是短命，刚刚着地，就遭遇了纷至沓来的脚和车轮，化成了一滴滴浑浊的泪水。

还有许多的雪被立即清除掉了。

因为它们给人造成了不便。

如一个梦想，刚刚开始就破碎了，如一段相思，未来得及绽放就萎谢了。

最幸运的要算那些飘落在田野上的雪花了，平平展展地铺开去，铺展成一床一床的棉被。

对于雪花来说，人群聚集的地方，恰恰是最危险的所在。

山川，旷野，河流，才是它们最理想的归宿。

其实，即使懂得这样的道理，它们又能怎样呢？很多的事情，的确是身不由己的，讲究的应该是个机缘和命运。

现实就是这么个样子。

## 落　叶

叶落其实也是有声的。

你若仔细了去听，就一定听得到：先是叶柄脱离母体的声音，然后是叶子坠地的声音。

像极了人无可奈何的两声轻微的叹息。

之后，它们便不知下一刻的命运了。

要在乡下，它们或许会被人搂了去烧火做饭，更多的则会融入泥土化作养料，生命最终做了有意义的了结。

但在城里，它们找不到任何可以发挥余热的地方，只能沦落为污染市容的垃圾，很快就被清理掉。

甚至来不及在大地上奔跑几步，做一次短暂的流浪。

春天的时候，它们刚刚萌发的生命曾被诗意地唤作"新绿"，一下子就点亮了整个世界。

漫长的夏日，它们曾用一身的碧绿为人们遮阳挡风吸尘。

一切都恍如隔世，仿佛一场梦。

上帝真是残酷，所有给予的生命，都还要分期分批地收了回去。

既然给了，为什么非要收回去？

既然还要收回去，为什么又要给呢？

树叶年年长出，又年年落去。人一代一代地降生，又一代一代地老去。上帝是在一次次地重新洗牌吗？

及至往大处了去想，才懂得了上帝果然是智慧的：

在叶子的一长一落中，树木在天地里成材了。

在生命的生死轮回里，物种才得以代代绵延。

原来，这就是生命的运动呢。

这样看来，生固然值得欣喜，死却无须太过哀伤：没有旧的离去，哪会有新的到来？

看来，凡事还是应该多去想一想。那里面，都是蕴藏了玄机的。

想想，再想想，想开了才是真的好。

# 敬畏岁月

对于时间，我曾有一种与生俱来的畏惧，因为我曾目睹它能残酷且不容置疑地把一切新的东西变旧，把所有鲜活的生命都消耗得枯萎、凋零。而随着时间在我身后慢慢流淌成岁月，如同涓涓溪水汇集成江河，我又不由得对它生出一些庄严的敬重。

在时间面前，世间的万物都只是匆匆的过客。从时间的目光里走过的每一个事物，都会被它烙上或深或浅的印记。一个又一个印记连接起来，便构成了历史。人有人的历史，物有物的历史；不同的人有不同的历史，不同的物亦有不同的历史。岁月就是靠它们保存着自己的记忆。不管是人还是物，生命跨越的时空越长，内容就会越丰富；穿越时空的存在，即是一座看得见的丰碑、一种摸得着的活化石。

正因了这样的缘由，二十年前，每当我遇到一个满头华发、踽踽独行的老人，我都会从心底涌上一股浓浓的悲哀，为他的行将老去；而现在，每每注视着老人们蹒跚的步履、衰弱的背影，我都会不由得对他们肃然起敬。一个人从呱呱坠地，能够活到一大把子年纪真是件不容易的事：要经历多少风风雨雨，要躲过多少明枪暗箭，要承受多少天灾人祸，要挣脱多少命运的摆布。很多很多的人因为无法承受生命之轻或之重，倒在了自己的幼年、少年、青年或中年时代（当然，他们当中不乏流芳百世的英雄或伟人，他们的昙花一现便照亮了生命的苍穹），只有极少数人能长寿。这些长寿的人也许一辈子都默默无闻，甚至活得很卑微，但在时间面前，他们无疑是最大的赢家。他们的每一道皱纹、每一丝白发，甚至每一片指甲里，都包含着一嘟噜一嘟噜的故事。他们本身就是一部人生和社会的活字典，人世间的悲欢离合、酸甜苦辣都在他们怀里揣着。面对他们，面对走过的桥比我们走过的路还多、吃过的盐比我们吃过的面还多的老寿星们，我们除了敬重，还能跟他们说些什么？同他们谈金钱吗？他们脸上的每一片老年斑都比荣华富贵值钱得多！同他们谈功名吗？他们的每一次呼吸吐纳的都是贯通古今的气息！

在世界上的许多国家，对老人尤其是百岁老人的敬重都日益成为全社会共同的关注。一位老寿星，不仅是一个家族的荣耀，也是整个村庄、整个民族和国家的骄傲。虽然他们已不能下地种田，不能驰骋疆场，不能创造物质财富，但他们生命体的存在，就是一面面旗帜，就是一座座精神的宝藏。苏联作家帕斯捷尔纳克有一句很普通的话："只要活着。"每次读到这句话，我都会怦然心动，眼前立即浮现出那些神态安详得波澜不惊的老寿星们。他们的血管中流淌的，不仅是血液，还有岁月和历史。

在几乎每一个村庄和每一处旅游胜地，都有一株或几株老态龙钟的古树。它们不一定长成参天的俊伟，但每一根虬枝都直戳岁月的时空；它们有的甚至被岁月掏空了主干，被雷电劈裂了顶冠，但每一片绿叶每一寸皱裂的肌肤都凝结着历史的烟云。没有人能计算得出树的寿命究竟会有多长，我只知道，千年的古树并不罕见。一棵树一旦活到了和所在村庄、城市的历史相同或更长的年纪，就不再是一棵普通的植物了，便接通了地气和人气，便成为精灵。最早知道这个道理，我正上小学。邻村的一个懒汉实在忍受不了严冬的寒冷，在一个傍晚抢起利斧砍向了村里的一棵唐槐。哪料一斧下去，砍伤的枝干立即汨汨地流出了"鲜红的血液"。懒汉见状吓得赶紧跪地求饶。事情的真假并不重要，重要的是通过这个传闻反映了人们对古树的敬畏。如今，对古树的保护早已列入了不少国家的法律条文中，以法律的形式为他们撑起了生命的保护伞。

在许多的地方，甚至是一些荒郊野外，我常常会看到一棵棵被人们用栅栏保护起来的古树。树身上悬挂的标牌也很耐人寻味："请不要打扰它，它正在撰写我们的村史""它已经活了八百年，它还要再活八百年""保护树木就是保存我们人类的记忆"，等等。显而易见，在人们眼里，它们分明已不仅仅是树木，而是升华为人类的一种精神皈依，被顶礼膜拜。我一直以为，懂得珍惜树木的民族一定是个伟大的民族。据说"二战"期间，列宁格勒被围困了九百多个日日夜夜，在那样的残酷环境里，人们卖房屋，卖农具，卖首饰，卖一切可卖之物，以换取一点可怜的食物和棉毯，却没有一个人试图砍树取暖，就连一个早夭的小孩的小棺材也是用旧铺板钉的。正因为此，列宁格勒的树木才得以保存下来。那里的人们记不得的事情，树木都替他们想着。它们的每一圈年轮，都如老人掌心的纹理，流淌着密密麻麻的岁月印记。

同老人和古树一样，能够引起我对岁月敬畏的，还有古建筑。建筑被誉为凝固的音乐，那么古建筑就是一段年代久远的乐曲，穿越时光的隧道击醒历史的记忆。每一座古建筑都标志着当时的文化和科学水准或具有特殊的人文意义。万里长城、金字塔自不用说，如果没有它们，中国、埃及和世界的文明史将会显得多么浅薄和脆弱。

当然，有价值的古建筑并不一定是千篇一律的规模宏大、气势磅礴。据报载，在英国伦敦的许多大街小巷里，许多街巷口、店铺和住宅的门口都悬挂着很有特色的小牌匾，告诉人们哪一位科学家、文学家、艺术家或者是对历史有杰出贡献的人曾经在这所房子里居住，经常在这里散步思考。这样的牌匾，全英国有七百多块，绝大部分分布在伦敦。2003 年 11 月 25 日，伦敦又为老舍故居挂牌，使其成为"英国遗产"，缘由是老舍 1925 年至 1928 年曾在这座房子里生活了三年。正因为这些陈旧甚至破败的短街小巷，才形成了这座城市特有的文化品位和深厚底蕴。加拿大的蒙特利尔已有四百年的历史，在加快城市建设中，他们舍不得拆掉旧的建筑，便把老城划为一个特区保护起来，所有的新建设都在老城区以外的地方进行。所以，现在到蒙特利尔，还会有幸参观到一座完整而典型的十七世纪的城市。另外，古罗马的教堂、西班牙的角斗场、中国的孔庙，也都历经岁月的沧桑依旧巍然屹立。因为它们的存在，这些城市和国家的历史才显得更加博大和精深，才让人们情不自禁地肃然起敬。从某种意义上说，一个没有古建筑的城市是健忘的城市、贫血的城市、浅薄的城市、没有根系的城市。国家亦然。

时光是一条奔流不息的河流，正如孔老夫子的喟叹："逝者如斯夫，不舍昼夜。"但岁月总会在历史的隧道中留下一座座路标，比如一位老人、一棵古树、一座古建筑，等等。岁月不仅靠它们记录自己走过的历程，也让它们时时提醒人类不要迷失回家的路。

# 生命的哑语

  几年前，一位外地的老作家辗转联系到我，想让我帮他一个忙。原来四十年前他在新疆工作生活时，跟我们县的一个人是非常要好的朋友，不但在工作上互相照应得很好，在生活上两家的关系也非常密切，谁家有点好吃的都要一起分享，谁家遇上点困难也都当作自家的事去尽心尽力帮助，可以说是比亲兄弟还亲。20世纪80年代中期，由于家里都有老人需要照顾，两人先后离开新疆，回到了各自的家乡。因为那时交通、电话皆不方便，且都上有老下有小，在各自的生活里疲于奔命，所以虽然两地相距不过百里，却成了咫尺天涯，从此杳无音讯。最近几年，随着年纪越来越大，这位老作家突然非常怀念起这位老朋友来，做梦都想联系上他再见见面，叙叙旧情。

  我理解老人的心情，也被他这种穿越时空的情谊深深打动，不假思索地就表示愿意帮他这个忙。可是他所能提供给我的信息只有三个：这人姓张名某某，老家是临朐县，四十年前曾在新疆某地工作过。临朐如今有93万人，张姓又是一个大姓，要想找到他说的那个人，真有些像大海捞针。可是既然答应了人家，再难也得竭尽全力去试试，于是就充分动用一切关系和资源去寻找。可是一个多月过去了，却没找到任何蛛丝马迹。我有些气馁，打算跟那位老作家如实相告，可拿起电话的一瞬间，我突然又有些不忍。于是放下电话，开始新一轮的"大海捞针"——我在心里对自己说：如果真能为他们续上这份前缘，也算是一件功德之事吧。我的眼前甚至不断浮现出两位失散四十多年的古稀老人见面时的场景——那是多么感人哪！最后，在户籍民警的助力下，事情总算有了眉目——先是查到全县同名同姓的人一共 37 个，接着根据性别筛去了 5 个，再根据年龄筛去了 21 个，剩下的 11 个需要一一去对证。

别看 11 个不算多，可真正联系起来也并非易事。有工作单位的需要先打电话到单位查询到那人的电话再单独进行联系，有住在村里的只好先通过镇上的熟人联系到村干部再通过村干部了解了解那人基本信息，有点眉目的就再通过电话具体沟通，有的因为年龄大了自己没电话还得通过其子女去沟通，非常麻烦。好在功夫不负有心人，也真是好戏总是留在最后头，历尽诸多艰难曲折，在一个老朋友的热心相助下，那个苦苦寻觅的目标终于清晰地浮现出来。怀着一份按捺不住的兴奋，我立即驱车赶到老人家里进行面谈——果然全对上了。我高兴至极，赶紧当场拨通了那位老作家的手机报喜。可让我万万没想到的是，虽然那位老作家的心情跟我一样激动，可是这位老人的反应却有些平淡，特别是当那位老作家提出最近就来看他时，这位老人竟说：最近还有点活要干，等以后有空了再说吧。闻听此言，观其表情，我心里顿时升起一股凉意，隐隐约约感觉自己多日的辛苦操劳怕是要白费了。

又过一个月，我估摸着老人的那点活应该已经忙完，就再次给那位老作家打电话询问俩人见上面了没有，没想到那位老作家深深地哀叹一声说：要是见面的话肯定要约上你做见证的啊，这段时间我给人家打过好几次电话，人家都不冷不热的，看来这么多年没有联系来往，原来的那份深厚感情早已淡下去了，唉！就算是我自作多情了吧。对不起啊小老弟，让你白操了那么多心白费了那么多劲！一听这话，我心里那份得之不易的希冀终于破灭了，心里感到拔凉拔凉的。放下电话，我脑海里一直有两个词语不断反复闪现着：一是自作多情，二是辜负。它们让我不断地去猜想：这到底是为什么呢？难道就连这样笃深的感情，都会随着岁月的流逝而烟消云散？难道时间和世俗真的那么可怕，任凭再美再好的东西都难以长久保存？或者是，那位老人有着什么难言之隐？他们当初那种情同一家的深厚情谊，即使现在说起来也都是彼此认可的啊。难道，这就是人们常说的生命的哑语？

　　虽然这件事情过去很长时间了，我却一直难以释怀，一有时间就去瞎琢磨。慢慢地，我就从百思不解到豁然开朗了：人和人是不一样的，有些事情，你觉得重如泰山，可在别人那里也许就轻于鸿毛；你觉得付出了全部真情，可对别人来说也许根本就没往心里去。这世间，哪里会有那么多的心有灵犀、琴瑟和鸣呢？所有的事情都是要讲究天、地、时、人相合的，缺一不可。再深厚的情分，也会有时过境迁，有些东西注定只能是此情此景。至于能不能形成追忆，全看彼此的造化。时间无法长久保存的，就只能随它去了。再往大处和深处想想，包括一份感情，包括整个生命，也都只不过如此而已罢了——也许唯有薄凉才是生命的常态吧。孰对？孰错？全是生命里一个个秘不示人的哑语，各有各的缘由和道理，无须深究，也不必深究，不必纠结，也无须纠结——一切还是顺其自然最好。

　　　　除了时间，没有什么更值得相信。把悲伤交给时间，把欢乐交给时间，把所有的爱或恨交给时间，也把自己和亲友，全都交给时间。只有时间，才会经过一切，该腐烂的就让它腐烂，能保鲜的尽量保鲜，而那些可以封存窖藏的，终有一天会散发出迷人的芬芳。

　　一次微醺半醉之后，似梦非梦之中，我写下了这首《把一切交给时间》。边写边想到生命里的那些来来去去，一次次的悲欢离合和梦幻泡影，眼睛禁不住就有些湿润。

# 秋夜虫鸣

从小我就喜欢独处。喜欢独处是因为天性敏感，再加上自卑。

母亲的早逝、家庭的贫困，让我害怕到人多的地方去。有些伤害也许是无意的，可是不管有意还是无意，都让一颗幼弱的心灵难以承受。就连某些善意的怜悯，我有时都会非常抵触。有些伤疤，真的经不起别人反反复复地翻揭。

我那时候最喜欢的就是到田野里去，不论是去干农活，还是捡拾柴火。虽然身体有些劳累，但我的心里会感到非常舒适和妥帖。我还常常会跟那些土地、庄稼、花草、树木，以及天上的云彩、远处的山峦、奔跑的野兔、飞翔的小鸟说上一会儿话。说着说着就忘记了疲惫、饥渴、冷暖，忘记了现实世界里的种种伤痛。家人和村里的很多人都夸奖我是个能干的孩子，可是他们所不知道的是，这份能干的背后，其实是某种逃离。可是我不能说破这一点。也就是从那时起，我就懂得了：真相永远隐藏在表象背后。

有一天，因为赶农活，我们回家晚了些，当路过一片荒草地时，我忽然听到了一阵又一阵的虫鸣，那么欢快，那么悦耳，一下子就拨动了我的心弦。不论是短促的，还是悠长的，也不论是高亢的，还是低沉的，都是天籁般的美妙。这么多声调各异的虫鸣交织在一起，简直就像一场经过精心排练的交响乐。我满身的疲惫几乎在一瞬间就被卸掉了，脚步也顿时变得轻快起来。

也就是从那天晚上开始，我迷恋上了夜晚的虫鸣。也因为这富有魔

128

力的鸣叫，我不再像以前那样害怕黑夜——年幼的我曾是多么害怕黑夜啊，就连夜里到院子里撒尿都心惊肉跳，好像随时就会被躲藏在夜色里的妖魔鬼怪一下子抓了去。可是为了那些虫鸣，我竟然战胜了心里的巨大恐惧，主动向夜色里的田野走去。其实因为我们家在村子最南头，离那片荒草地并不远。即便距离很近，这样的行动带给我的勇气还是让我获益终生——原来有些事情并不那么可怕。

一次次地走向夜晚的田野，让我聆听到了不同季节的虫鸣，也逐渐能分辨出那些鸣叫来自何种昆虫。乡下的黑夜真静啊，静得连任何微小的声音都能听得到。一个人或站立或蹲坐在野地上，内心的空阔和愉悦伴随着那些此起彼伏的虫鸣舒展而轻盈，整个世界仿佛就全部属于自己了。这世界上，还真是有不用花钱不用任何付出——不论是体力的还是脑力的——就能得到的快乐享受啊。

可是即便再沉醉，我也不能在夜晚的野外待太长时间——因为家人在睡觉前是会找的。我不能给他们增添担心，也不愿让他们知道属于自己的这个小秘密。我的自控力，也许在那时就得到了锻炼——即使面对再美好的东西，我都能有所节制。凡事都得讲究个现实的限度，美好的东西本来是给人带来愉悦的，过犹不及。就像美酒，就像感情，不管多么醇厚热烈我都尽可能地适可而止。即便对于自己一直情有独钟的文学，也是如此，我不会让它跟我的工作、生活和身体产生太大的冲突。有人说这不是真正的热爱，我也懒得辩解。

在四季的不断轮回里，在几百几千个夜晚的聆听里，我越来越喜欢秋夜的虫鸣。相比春夏——冬天的田野里当然不会有虫鸣——秋天的虫鸣是最为清澈，最为欢快，也是最为响亮的。对此我曾百思不得其解——对于这些昆虫来说，秋天应该是充满了肃杀之气的——可它们竟然毫无畏惧和迟暮之感，声音里没有透露出一丝哀伤颓废的悲情。是它们活得过于通透而对一切都能泰然处之，还是它们原本就是看透了荣枯生死的乐天派？抑或是把即将面对的每一种结果——不论长久的蛰伏还是倏忽而至的死亡——都看作了一种新生，所以才用尽最后的力气把最美好的歌唱献给世界也献给自己？

　　因为怀了这样的心绪，我对秋夜里的虫鸣愈加珍惜，常常一听就是几个小时。浸泡在这样清澈的歌声里，我的心也变得愈加安详和宁静。秋天原本就是一个删繁就简的季节，曾经茂盛的花草树木，曾经浮涨臃肿的河流，曾经膨胀燥热的空气，都在阵阵秋风里逐渐冷静了下来，做着自身的种种减法和净化。世界也因此变得日益疏朗和理性。

　　一直不喜欢过于尖锐的东西、过于激烈的对撞、过于残酷的竞争与搏击——生命不是用来做这些的，也不应该成为那个样子的。那些貌似悍然的强大峥嵘，有时真的不如一些柔弱的东西更有力量——比如一声虫鸣、一朵小花、一个微笑、一缕清风。可是能有多少人会抽出一点时间静下心来去关注这些呢？他们整天都在忙着干大事呢！

　　正因为胸无大志，不会去争取太多的东西，所以我才有幸成为一个有点闲气的人——也许在有些人眼里我同样让他们觉得匪夷所思，甚至恨铁不成钢。可是每个人都有自己的活法，我偏偏就喜欢这种活法，就像我对那些虫鸣的痴迷。因为爱之深情之切，每年的暮秋时节，我都会虔诚地小心翼翼地录上几段虫鸣储存下来，并设置为手机铃声。这样我每天早上都会在虫鸣声里醒来，怀着一种难以言说的愉悦开始新的一天。


　　秋夜很静，那些小虫的鸣叫整夜不息。我不知道，他们为什么那么喜欢歌唱，为什么，它们整夜整夜地唱着，嗓子依然那么清澈。我不知道，它们的一生会有多长，不知道，它们的一生里，会有多少时间在歌唱。秋夜清凉，它们的歌声带着露珠的晶莹，穿透着黑夜的黑。

　　这是我在某个深夜写下的一首小诗。既是写给那些小昆虫的，也是写给我自己的。

# 梦里梦外

我曾是个多梦的人。不管是在睡眠里还是在现实中。什么样的梦都有，形形色色，五彩斑斓。

奇怪的是，睡眠里的梦大都是些可怕的，比如在历经头悬梁锥刺股般的勤奋刻苦考入师范成了体面的公家人后，我经常会梦到上面突然宣布本次考试成绩不算数，需要重考；比如家里好不容易盖起了几间新屋，一家人正在高兴之际，突然有人闯进院子说这房子不是我家的，让我们赶紧搬出去；再比如地里的庄稼有了一个大丰收，正不知疲倦地一车一车往家推，眼看着场院里的庄稼逐渐堆成了小山，突然有干部模样的人开了大拖拉机强行给拉了去，连个原因也不说……一做诸如此类的梦，我就立马变得胆战心惊，恨得咬牙切齿，醒来时早已浑身是汗，心脏也有些窒息，好长时间都缓不过劲来。

这样的梦并不难理解。因为这些东西都是我梦寐以求好不容易得来的。因为得之不易，因为极为重要，因为非常害怕失去，所以就进入梦里来了。此类梦境虽然让人不舒服，但总还有积极的一方面，那就是使人更加难忘当初的奋斗和初心，也就更加珍惜了现在的生活。人活着真是不容易，能有一份稳定的工作，衣食无忧，家庭和睦，亲人安康，有朋有友，内外和谐，实在是天大的造化。

但是有的梦就有些张冠李戴，东扯葫芦西扯瓢。谁知道咋会那么乱七八糟、天马行空呢。比如我本胆小懦弱，梦里却能提刀杀人；一只笨拙肥胖的猪，竟然戴着一朵大红花在天上呼呼地飞；村东的那条汶河，

131

突然矗立起来河水哗哗地往地上灌；有了十万火急的事要打电话找人帮忙，号码拨来拨去却总是拨不对，不是落下这个数就是落下那个数，不是这个键坏了就是那个键坏了。如此等等，错综纷繁。这些梦境看似无厘头，但是仔细分析分析，就会发现匪夷所思里也会有一点现实的影子的，只是错位较大罢了。梦里提刀杀人，可能是因为工作中遭受了极大的不公和欺辱；肥猪在天上翱翔，可能是心里对某件事情充满了美好的期待；电话号码拨不全，可能是最近有些心烦意躁手忙脚乱；河水从天上倒灌则很可能是因为憋了一泡尿，甚至已经尿了床。而至于那些荒诞至极的，则实在是难以理喻了。

睡觉时做的梦人无法控制。好在梦终究是梦，一旦醒来便很快烟消云散。何况绝大多数的梦境模糊不清、似是而非，任凭再怎么可怕也不会影响到自己的现实生活。深受其害的是那些白日梦。我先是与它们纠缠不清，然后独自承受着它们的破灭，却无能为力。

我常常为此感到悲哀。但更为可悲的是，我总是好了伤疤忘了疼，很快就会做起新的梦。许多年了，我就这样一直在自己编织的梦境里泅渡、沉浮，无药可救。苦闷极了，我会找朋友聊一聊。朋友听后先是说我太天真，既而便同我一起沉默。是啊，哪一个人没有做过白日梦，没有抱着支离破碎的梦想流过泪？爱情的梦，发财的梦，仕途的梦，健康的梦……梦里是虚幻，梦外是现实。

而今，我终于没有了白日梦。马不停蹄的忙碌，虚意假情的应付，无力改变的重重潜规则，使人日渐心力交瘁、心灰意冷。白天按部就班做好工作尽量别挨批评，无过便是功；夜里静静地读书写作，图就图个心有所爱。磕磕绊绊地活到四十多岁，虽然身处底层，世面见得不大，但也算经过风历过雨，对很多事情都看透看淡了，不再难为自己去做无谓的挣扎和虚空的幻想。

年少的时候，每个人的心都如大海般辽阔，梦想轻盈得满天飞。但是真正地踏入社会后，才发现真的像别人说的那样：理想很丰满，现实很骨感。有时甚至连维持最简单的生存都不堪重负，坚守最基本的道义都不敢奢望。有人说以梦为马可以至千里之外，可是在强大冷酷的现实面前，有些梦想就如五颜六色的泡泡一般，转瞬即逝。就连才华横溢的海子也不得不与生活妥协：从明天起，喂马，劈柴，关心粮食和蔬菜，并希望能有一所面朝大海的房子。但他最终还是没能抵抗过强大的现实压力和精神痛苦，生命还未完全绽放就选择了卧轨自杀。

闲暇里偶尔也会想起曾经意气风发、梦想斑斓的过去，方才明白，这白日梦居然也是一种奢侈品。它属于激情澎湃的青春年少，敌不过太多的沧桑挫折。那些多梦的岁月啊，一旦过去，就永远不复再来了。的确，什么年龄有什么样的心境，参透了世事的诸多苟且悲欢和生命的无常之后，人就变得通透了。众生纷纭，哪里会有那么多的梦想让你去实现呢？一辈子能有几次心想事成，有一件终生所爱的事情就已经是老天的特别偏爱了。仔细想想，有些所谓的梦想，其实不过是欲望罢了。欲望多了，痛苦自然就多。不再被那些不切实际的白日梦折磨的日子里，心就变得愈加踏实、豁达，也愈加宽厚和绵柔，生命也就愈加从容和舒展。

昨天晚上做了一个梦，梦到的是孩提时的好伙伴在一起玩闹。梦境里伙伴们的面貌并不十分清晰，但一个个都叫得上名字来。我们玩的是一个叫"丢手帕"的游戏，绰号叫铁蛋的被抓住了，罚他唱歌，他一张口就吼："老汉今年八十八，山羊胡子一大把……"看他那滑稽样，大家笑得前俯后仰一塌糊涂。因为心里乐得不行，竟不知不觉嘿嘿地笑出了声，被妻推醒。醒了还独自笑了一会儿，感觉通体舒畅。

走在时光的隧道里，结识的人很多，好朋友也不算少，但如此开心的梦境着实极少极少。如果睡梦里能够收发请柬的话，真想夜夜邀君入梦啊！

# 雨落心头

车子正憋着劲在通往淹子岭的山路上蜿蜒盘旋，原本晴朗的天空突然就布满了乌云。越往上走云彩就越浓重，仿佛触手可及。刚到岭顶，车子还未停稳，雨点就急急地散落下来，四周立即云雾迷蒙了。

雨越下越大，硕大的雨点落在车顶上，噼里啪啦的。刚才还叽喳不停的三个人，心有灵犀似的一下子都闭了嘴，各有所思的样子。因为一场不期而至的大雨，这个原本热闹喧嚣、海拔六百多米的房车露营公园、齐鲁最佳观星地突然安静了下来。

猛然又起了风，急吼吼的，呼啸声越来越尖锐。那雨点也顿时变得凌乱不堪，一会儿在车顶舞蹈，一会儿在车身上撒野，前后左右不停地闹腾。随着雨越下越大，四周由迷蒙变得越来越昏暗，直至陷入了一片巨大的黑暗之中。只不过二十几分钟的时间，天地就完全混沌掉了，我感觉生命就像沉入了海底一般，有些迷离，也有些虚空，不想说话，也无话可说。

突然，一道闪电刺啦一声撕破了无边无际的苍茫，接着就是一声突然炸裂的震耳欲聋的雷鸣。一次两次三次，我的心越来越紧缩起来：我们本来是要来伸手摘星辰的，可千万别被老天爷伸手给拉了去——这样的事例并不少见。都说离天越近越美妙，有时也是越近越可怕啊！

暴雨就是个急脾气，来得快，来得猛烈，去得也快，也干脆利落。几道闪电、几声巨雷之后，天突然又放晴了，西斜的阳光从云隙间透射出来，既明亮又迷幻。不一会儿，天上的乌云就彻底隐退了。我们带着未定的惊魂下车，看到了一张张煞白的脸庞，就连几个老熟人也都没开口打招呼，只是僵僵地相互点了点头。那境况，真有一种死里逃生的感觉。

那天晚上的星星很繁多，很明亮，很活泼。从巨大的惊恐里缓过来的人们大口吃肉，大碗喝酒，放声歌唱。很快，大家就四处敬起了酒，不管认识的还是不认识的，都敬，也都回敬。就像，一场劫后余生的狂欢，偌大的淹子岭顶顿时成为一片欢乐的海洋。旅游公司的人说：从没见过这样热烈友好的气氛！

那一年，因为要陪几个朋友到沂山极顶——海拔1032米的玉皇顶观看日出，我们头天晚上就住在了观云台宾馆。沂山是一个颇有灵气的地方，素享"天下第一镇山"之美誉，历史上曾有汉武帝刘彻、宋太祖赵匡胤等十朝十六位帝王登封，康熙大帝还为其御笔亲书"灵气所钟"四个大字——此御碑就矗立在沂山东麓的东镇庙里。

时值夏日，位于半山腰的观云台上凉风习习，晚餐后不久，就有一轮明月高悬在了空中。大家一时来了兴致，请厨师重新准备了几样山野小菜，我从车里取出两瓶秦池酒厂的招牌酒——龙琬重酿，在一个石桌上对月当歌起来。美好的意境美好的人，美好的菜肴美好的酒，大家卸去重重铠甲，从世俗里完全脱身而出，把酒对月、吟诗作赋，快活得飘飘欲仙。

将酣欲醉之时，山中突然起了云雾，不一会儿，就有细细的雨丝飘洒下来，落在脖颈上、胳膊上、大腿上，像极了秀发柔丝，招惹得那位诗人诗兴大发。一首吟诵罢第二首刚开了个头，四周就起了沙沙声——雨慢慢地大了起来。我们将瓶中酒均分杯中，一饮而尽，各自回屋休息。

洗漱完毕，我刚躺到床上，风雨就大作起来。满山的松涛一起发力，犹如大海咆哮，巨大而密集的雨点四处碰撞，仿若万斛倾倒。不长时间，四周就响起了哗哗的水流声。我睡意全无，披衣下床，站在窗前往外看。虽然只是漆黑一片，我却仿佛看到了那千沟万壑里的水流各自

135

顺势而下，不断地汇集，又不断地分散，最后都找到了各自的归宿：弥河向北，曲折蜿蜒，流进渤海；汶河向东，汇入潍河，再入渤海，与弥河殊途同归；沂河向南，穿市跨省，汇入黄海；沭河亦向南而行，两次改道，最终也入黄海，与沂河亦是殊途同归。一山四水，犹如一母多子，各有各的轨迹、造化和命运。

由雨及水，由水及人，还有沂山的前世今生，以及附着其上的种种传说故事，大半夜雨声未停，我的思维亦此起彼伏，于是乘兴完成了自己的一个心愿——为沂山写下了一首歌词："大海东来第一山，天高地阔雄姿展。一草一木一世界，一石一泉一乾坤。松涛起处龙虎啸，百丈瀑布六月寒。十六帝王来登封，天人合一社稷安//大海东来第一山，天高地阔雄姿展。一碑一塔一根脉，一殿一阁一图腾。玉皇极顶揽风云，东镇御庙气宇轩。灵气所钟佑神州，泽被苍生美名扬……"因为对沂山有着极为深厚的感情，在此之前我曾写了一篇题为"凝望沂山"的散文，后来就心心念念地要为沂山创作一首同题歌曲，但是多次落笔都没找到感觉，却没想到竟在那个雨夜里突然有了灵感，一气呵成。

写完歌词，小寐了一会儿，凌晨四点闹铃准时把我叫醒。此时已经风停雨住，天空放晴。也许是因为昨晚那场雨的缘故，当我们沿木栈道攀登到达玉皇顶时，正值云海漫无边际地翻滚着，犹如万马奔腾，蔚为辽阔壮观。又大又圆的太阳从云海里一点点地升起，魔幻般地把云海涂抹得五彩斑斓，猛然间纵身一跃，腾空而出，顿时霞光四射，宛如开辟了一个新天地。人人都是心旷神怡，一股豪气从心底直直地升起。

最近一次是在八岐山——因山有八峰而得名。历史上还传说是由八位义士化身而成。此地如今多出将军，既有少将中将，也有上将，让人膜拜不已。我们几个驴友早在几年前就做了一个约定，一起把这八个山峰一一攀登。可说起来容易做起来难——倒不是因为攀援艰难，而是人不好凑，好不容易到了周末节假日，却不是这个要加班，就是那个家里有事抽不开身，所以几年下来也就是一年一个。

上个周日，我们再次带上吃喝，向着八岐之一的笔架峰进军。出发时还是天清气朗，没想到刚爬到半腰，突然刮起了风，一大片乌云如同接到军令，自西北方向汹涌而来，很快就有密集的雨点落下。我们赶紧蜷缩进一块向外伸张着的巨石下面避雨。

那雨竟然越下越来劲，下了半个多小时还丝毫没有要停的意思。我们开始抱怨起来，抱怨这鬼天气，抱怨天气预报是胡乱猜测，抱怨着抱怨着就抱怨起自己的种种不如意来。四个大男人话匣子一打开，就有满腹的委屈和着风声雨声哗哗地往外流淌。

X白手起家，摸爬滚打二十几年，终于建立起自己的商业帝国。人一阔就显高贵，就连县领导都让他三分。因为有钱，他就把儿子送到了一个著名的贵族学校，据说连学费加生活费外带国外游学费每年都得五十多万元。可没想到的是，孩子初中没毕业就得了抑郁症。我们第一次听说这事，诧异万分，忙问是怎么回事。X长叹一声，沉默了一会儿说：孩子那学校里富豪太多，以咱的家产相比，简直是小巫见大巫。一向因为家里有钱而心高气傲的孩子为此很受打击、郁闷不已，一天比一天抑郁，最后竟然出现了自残迹象，现在正在一家医院接受秘密治疗。我们面面相觑，除了陪着哀叹几声，说不出一句安慰的话。

H是个正高级教师，月工资如今已突破万元，他老婆在县医院，职称副高，连工资带奖金一年下来也得十五六万，这在一个县城里已然是高收入家庭，光房子就有三套。可是没想到前些年他老婆竟得了肾病，后来转成了尿毒症，花了上百万换了肾没维持几年就撒手而去。老婆去世后他又找了一个寡妇，那女人我见过，虽然年近半百却风韵犹存，说起话来慢声慢气的。我原以为H的好日子就这样重新开启了，却没想到他如今整天为两家孩子两边老人的事情闹得鸡飞狗跳，自从登记结了婚根本就没过上一天舒心日子。

C是个音乐艺术家，一头长发，和同为艺校毕业的老婆开办着一所艺术培训学校，日子过得相当滋润，吃穿用度都是贵族模样、大艺术家气派。谁承想突然就暴发了新冠肺炎疫情，把校外培训折腾得上气不接下气。我说也没看出你有多难啊。他使劲摇摇头：谁不是但凡还有一口气就硬撑着?！要是疫情再控制不住的话，培训学校就只能关门大吉，银行里的那些贷款真不知道要怎么还。事后 X 还告诉我，眼看着日子越过越难，C 那染着五色毛的老婆就跟别人劈了腿，把一顶大绿帽子戴到了他头上，他却敢怒不敢言。

跟他们三个相比，我也许是最窝囊的一个，要钱没钱要地位没地位，空戴着一顶作家的高帽，虚无缥缈，屁事不顶。日子过得捉襟见肘倒也罢了，人家喝几千上万的茶和酒、开宝马住别墅咱再眼馋也白搭，早已修炼得心静如水，却还是时不时地就被人冷嘲热讽地作践一番，又因为胆小懦弱不好意思也不敢发作，一口一口的闷气就只能生生地吞咽下去，活得既憋屈又无奈。有时真想学陶公去采菊东篱下，可是再想想他归隐田园后连杯浊酒都喝不上的各种恓惶窘迫，终究明白了理想很丰满现实很骨感。

因为一场不期而至的大雨，四个别人眼里的所谓成功男士，就这样蜷坐在一起，把一颗颗被层层包裹的心完全赤裸了出来——表面光鲜的背后，原来个个都是千疮百孔。待到雨停，H 问到处都是雨水了还爬不爬，我们三个都说再难也要爬到顶。连走带爬历尽千辛万苦到达山顶，虽然头顶上还是乱云飞渡，但是眼前却再次开阔起来。C 叉腰而立，突然向着天空大吼一声：去他妈的，难道活人还能让尿给憋死?！我们三个也立即扯了嗓子大喊：憋不死！憋不死！一番呐喊之后，心里好不痛快！

是啊，生下来，活下去，人生莫不如此。

# 白马飞奔

脑海里常常浮现着这样一副情景：一匹身材高大、四肢修长的白马，在一大片草地上风一样飞奔着。

多么优美的姿态啊——纯洁、矫健、气宇轩昂！难怪天下的女孩子们都在苦苦寻觅着自己的"白马王子"。

那匹白马，早在三十多年前第一次见到就深深印进了我的脑海里。

我老家赵庄位于高崖水库西岸，每到干旱的年份，水库里的水就会消退很多，一大片库底裸露出来后，很快就变成一片绿油油的草原，成为放牧者的天堂。每天早上天刚蒙蒙亮，那些羊啊，牛啊，猪啊，就从四面八方集聚到这里，开始一天的幸福生活，有的甚至要经过十几里地的跋涉。

我家那时养着一头大黄牛，也常常被我牵到库底吃青草。库底东西宽七八里，南北长一二十里，容纳着成千上万只牲畜，景象蔚为大观。那其中，就有卧牛石村的一群白山羊。卧牛石村位于赵庄西边的一道山岭上，距离赵庄五六里地。因那岭上有一块石头状如一头趴着的黑牛，人们便名其为"卧牛石"，村子也便叫作卧牛石村。传说此事还与朱元璋有些关系，却真真假假无从考证。

我第一次知道卧牛石村，知道有一群白羊是卧牛石村的，全然是因了那匹白马的缘故。如今虽然隔了三十多年的光阴岁月，我却仍然清晰地记得第一次见到那匹白马的情景：

那个春末夏初的早上，太阳刚刚从高崖水库东岭后面喷薄而出，把库底照射得更加碧绿，也把一头头牛羊照射得更加明亮。尽管牲畜很多，人也不少，却并不嘈杂，偌大的库底显得既静谧又安详，一副现世安稳、岁月静好的难得光景。突然，一匹浑身雪白的马儿从北面飞奔而来，体态健硕，头颅高昂，长长的鬃毛飞扬飘逸，既充满了恣意蓬勃的力量，又展现着一种仙风道骨的气韵。目不转睛地看着它从北面跑到南头，又目不转睛地看着它从南头奔向北面，我简直被惊呆了，心里充满了深深的感叹——世间竟然还有如此的尤物啊！

仔细一打听，原来白马是卧牛石村那个牧羊人的。每天早上，牧羊人骑着这匹白马把羊群赶到库底，然后解去缰绳，让白马自由活动，任它想吃草就吃，想撒欢就撒欢，傍晚再骑上白马赶着羊群回家。牧羊人是个二十多岁的小伙子，长得一般，但是一骑到马背上就英姿飒爽了起来，很是让人羡慕。据说这小子后来娶了个非常俊俏的媳妇，里面有白马的不少功劳。小伙子当然心知肚明，对白马更是爱惜有加，天天把它擦洗得一尘不染。

我是多么渴望也能有一匹白马啊！

可是我家只有一头老黄牛，没有白马。为此我曾向父亲强烈地要求过。可是大人们的看法是那么一致：牛是任劳任怨干活的，拉犁拉车拉磨都能行，并且脾性还好。我们家，要匹马做什么？

我感到了深深的绝望，背地里咬牙切齿地发誓：等将来自己挣了钱，一定要买上一匹白马。

虽然没有白马，但我的脑海里始终有那么一匹白马在飞奔着。它既在草地上奔跑，也在山岭上奔跑；既在阳光下奔跑，也在风雨中奔跑；既在白天奔跑，也在黑夜里奔跑。甚至在很长一段时间里，我每天早上眼还没睁开就看到了那匹白马，晚上在睡梦里竟然还骑上了那匹白马。

正所谓念念不忘必有回响。虽然我们家始终没有白马，但是我却终于有缘接近了一匹白马。20世纪80年代中期，为了应对繁重的土地耕种，我家和另一家结成了互助联盟，我家以一头黄牛入伙，另一家以一匹白马入伙。黄牛和白马的脾性原本是有着天壤之别的，可出乎意料的是，它们之间却配合得相当默契。因为那匹白马已经很老了，老得早已没有了作为一匹马的意气风发。它的头颅，已经低了下来，它的步履也已经开始蹒跚。我没能见到过它年轻时的样子，但我能想象得出，在它的壮年岁月里，一定也有过昂扬向上的风姿吧。抑或是，它从一长大就被架上了沉重的枷锁，还没来得及奔跑就已经被生活死死地套牢了，慢慢地就把它的锐气给消磨掉了。一起被消磨掉的，还有它与生俱来的奔跑能力和曾经无限憧憬的远方。一想到这些，我就为它感到揪心的疼痛，有几次竟然偷偷地搂着它的脖子掉下眼泪。

是的，虽然奔跑是马的一种天性，但是并非每匹马都能拥有自由奔跑的权利。有的，也许终其一生都不能毫无羁绊地飞奔一次啊！马是这样，人不也是一样的吗？放眼来来往往的芸芸众生，有几个是真正舒展着筋骨、完全按照自己的天性活着的呢？多少的渴望和梦想，只能在岁月的沧桑里，一点点地被碾压、被消磨，最终随风飘散而去，徒留一声声无奈的喟叹。如水中月，似镜中花，一切皆为虚幻而已。

如今，倏忽间我也人至中年。虽然已经挣了二十多年的工资，但是我并没有圆上童年时的那个梦想——买上一匹白马。当然，这并不再仅仅是钱的问题。我也没能活成一匹飞奔的白马的样子，反而越来越像一只驴、一头牛了。但在我的心里，童年时的那匹白马一直在飞奔着。前些日子，偶然间从手机里发现了一张白马飞奔的图片，我一阵惊喜，立即将这幅图片设置为手机屏幕，从此得以与白马朝夕相处。每次打开手机看到那匹四蹄腾空、鬃毛飞扬的白马，我那颗日渐颓废的心就会在一种无法言说的愉悦里欢活起来。

白马啊白马，飞奔的白马！

# 仰俯之间

## 仰望星空

仰望星空，是在和无穷奥妙进行一次神圣的对话。

天和地，星和人，当中隔着厚厚的大气层和邈远的真空，那是一种常人无法企及的距离。但目光，却可以将他们紧紧地联系在一起。

小时候仰望星空，多是依在奶奶的怀抱里。奶奶的怀抱真温馨，温馨得让我感觉不到除了星星之外的任何一种事物。那么多的星星，撒在天空中，犹如无数晶莹的露珠在草叶上摇曳。奶奶告诉我，每一颗星星都代表地上的一个人，每颗星都有许许多多的故事。我没有遇到能给我讲故事的星星，倒是奶奶用干瘪的嘴把故事讲成了一条河。现在想来，那河中分明泛着奶奶的影子。

在奶奶的怀抱里，我开始寻找属于自己的那颗星，并沿着奶奶和星星深邃的目光开启生命路途的漫漫远行。当奶奶瘦瘦的胸膛不能再承受我日益膨胀的身体，我的梦也开始硕大起来，硕大得不再靠奶奶的故事养活岁月。村前有条小河，小河边有片草地。从春天小草萌绿到秋天草木枯萎，我的无限梦想便在河面的小浪花上跳跃，一起跃动的，还有星星。星星在天上，也在水中；在我的眼睛里，也在我的心里；在奶奶的故事里，也在我的憧憬中。

星星到底是什么？是天上的露珠？是地上的眼睛？好像什么都是，又好像什么都不是。

曾有一段时间，奶奶喜欢每讲完一个故事，都同我们一起找出天上的一颗星星，作为故事主人公美好品质的化身。几年下来，许多星星便被我们赋予了新的内涵：有的代表诚实，有的代表勇敢，有的代表自强不息，等等。我们幼小的心灵，也因此播下了诚实、勇敢、自强不息的种子。一天晚上，奶奶讲完赞颂一个人心地善良的故事后，照例让我们找出一颗代表"善良"的星星。我们叽叽喳喳，各抒己见。有的认为应把与"诚实"紧挨着的那颗星叫"善良"，有的认为应将离我们最近的那颗星叫"善良"……奶奶静静地听着，微微地笑着，眼睛里满是慈祥。最后她说：你们说的都有道理。但我认为让那颗最大最亮的星星代表"善良"更合适些。因为善良是一个人最美好的品质，一个心地善良的人，即使活得很卑微，也会得到人们最真诚的尊敬和称赞。我们顿时拍手欢呼起来。许多年以后，渐渐长大的我们为了各自的理想而各奔东西，奶奶也早已作古。但无论在什么地方做什么样的事情，我们的心中都闪烁着那颗最大最亮的星星，即使在天空阴云密布的时候。因为它是奶奶点在我们生命旅途里的一盏长明灯。

人仰望星星，星星俯视人。星星滋养了人的梦想，人丰富了星星的生命。亘古的年代，星星同人一样，也在不断地诞生，又不断地陨落。究竟是星星多，还是人多呢？也许没人能说清楚。生命的驿站从一个地方迁移到另一个地方，头顶依然有满天的繁星。星星们也在随我一起四处漂泊吗？仰望星空的日子却明显地减少了，少得常常到了遗忘的程度。对它们的发现，往往是在不经意的一刹那间。就在这万分之一秒的对视中，我才蓦然明白自己的脚步已变得多么匆匆和无奈。我的星，也会感到失落吗？在我想不起它们的时候。其实，我并不知道哪颗星真正属于我，只相信凡是注视我的星星都在关心着我，便都属于我；而我，也便属于每一颗星。拥有这么多星星的人是幸福的、充实的，因为它们至少可以点缀夜里孤寂而悠长的梦境。

星星是深邃的，也是圣洁的，她的目光清澈得如一缕清风，那是因为它的心底没有一丝私心杂念。人看星星很小，小得不及人的一个眼睛；星星看人呢，也许更小，因为它的胸怀比人要大得多。

## 窗前遐想

办公室的窗子正对着一条东西走向的大街。坐在窗前，一抬头就可以看见大街上熙熙攘攘。我常常靠在椅子上，透过厚厚的眼镜片扫描那些形态各异的人们，有时静静地一待就是几个小时，思想也如柳絮般纷纷扬扬地铺展开来。

今天的天气真的很好，好得让人几乎舍不得用。大街上依然是车水马龙。毕竟是深冬了，人们都包裹得严严的、厚厚的，以至于让人难以看清他们的尊容和神情。唯见各色的风衣和围巾在看不见的寒流里轻轻地飘逸着。这样的情形，仿佛一下子拉大了人与人之间的距离。行色匆匆的男女老少们，都赶着去忙些什么呢？是去赴一个美好的宴会？是去看望自己的父母？也许是刚领了工资，准备到商场里买下心仪已久的服装？还是受到领导的信任和重托，要去完成一个神圣的使命？或者是为了功名利禄而四处投机钻营，为了生活的窘迫去求爷爷告奶奶？他们各自怀着什么样的心态，我不得而知。我只看见，他们此时正或步行或骑自行车摩托车或开着惹眼的轿车来往在冬日的这条大街上。

我无法想象，就在这一刻，开着高级轿车的人是否一定比骑自行车的人更从容？穿着貂皮大衣的女士是否比衣衫褴褛的妇女更高贵？把摩托车骑得飞快的小伙子是否比步履蹒跚的老人更先到达目的地？我也曾走在风中，奔波在寒流里，有时是去赶赴甜蜜的约会，有时是去共进"最后的晚餐"；有时是去借钱，有时是去还钱；有时是急着要把一份喜悦告诉朋友，有时是把满腔的失望和愤怒扬洒在冷冷的时空里……我不知道，当我在大街上悠闲地或匆匆而过时，是否也会有人在世界的一隅静静地看我一眼，做些无端的猜测或怀想。就像自作多情的我，抑或是才情横溢、善于用别人的身影装饰梦境的卞之琳。

风渐渐地大了，大街两边法桐上残存的顽固树叶愈加瑟瑟发抖。终于又有几片不堪重负摔落下来，打在我的窗玻璃上，又轻轻地落到地上，如同一声轻微的叹息。就像一个被对手打败的摔跤手，无奈中夹杂着不甘心，不甘心却又无可奈何。对于树叶，最大的对手其实不是风，而是季节和时间。在这个强大的对手面前，它根本就没有任何赢的可能。这一点，它应该比人更明白。它之所以这样苟延残喘地拽着树枝不肯松手，是因为它知道自己一旦离开了母体，就立即成了没娘的孤儿、无家可归的浪子，这一刻不知道下一刻的命运。

此时，下班的时间到了，从各个学校、医院、机关、公司涌出的人流顿时涨满了整个街道。尽管人多且杂，却不太喧哗，偶尔听得到车铃和喇叭的响声。我想，此时人们的心里一定是充满了柔情蜜意的吧——在外忙碌了一天，就要回到家里享受天伦之乐了。家，那是一个多么温馨的地方啊，尽管有时也会吵会闹，但却处处洒满了爱与被爱，时时为疲惫的心灵打造一片宁静的港湾，为脆弱的生命营造一个遮风避雨的爱巢。有家可回的人，是多么值得骄傲和幸福啊！即使在外面栉风沐雨，即使劳作得身心俱惫，即使被明枪暗箭袭击得遍体鳞伤，只要有家，就不会感到孤独无助，不会感到绝望，再浓的苦酒也能一饮而尽，再大的困难也能一肩挑起。

依然记得许多年前，当年轻气盛的我流浪在异乡时，感觉真像极了一片无依无靠的落叶，不知道何时会从何地来一阵风把自己吹向何方。为此，一向自以为心比天高的堂堂七尺男儿竟然常常偷偷地面对家乡的方向泪流不止，或者骑着那辆花三十元钱从旧货市场买来的破自行车夹杂在下班回家的人流中寻找回家的感觉，然后再一个人孤零零慢慢地回到离打工处仅几步距离的冷冷清清的宿舍。更多的夜晚，我会伫立在寒风中，静静地注视着那些透射出柔和灯光的居民楼的窗口，想象那里面洋溢的温馨和甜蜜，回想自己在家时的幸福和快乐。直到它们次第闭上"眼睛"，进入梦乡。

　　暮色渐浓，华灯初上，街上行人渐稀。我关好办公室的门窗，走在回家的路上，走向自己的白发爹娘、娇妻稚子。在寒风中默默伫立的每一盏路灯啊，此时多么像一位位慈祥的母亲，正打着灯笼照亮孩子回家的路。

# 爱的花语

我是在霏霏细雨中走进宋香园的。

在此之前，我已对其向往了很久，却一次次都没能成行。无奈中我就在心里安慰自己：或许是缘分未到吧？

我相信缘分，就像相信爱情。

缘分真是一个奇妙的东西，求之不得，绕之不能，早也不行，晚亦不可，一切仿佛都是上苍冥冥之中的有意安排。

张爱玲对此有着深刻的体悟，她说：于千万人之中，遇见你要遇见的人，于千万年之中，时间的无涯的荒野里，没有早一步，也没有晚一步。

人与人之间是这样，人与物之间也是这样。特定的时间特定的心境特定的人、物、事，然后，一切才能顺理成章，任何一丝一毫的差池都不行。

就像，我与宋香园。以前好几次的精心谋划、相约，都因为种种原因而难以如愿。甚至有一次，眼看就要到大门口了，却被一个电话给叫了回去，弄得心情一连好几天都灰蒙蒙的。而这一次，事前根本就没做任何打算，朋友一个电话打来，立马拔腿就走，不用一个小时就到了，真是随意。

很多时候就是这样子，越是精心刻意的，偏偏越难以遂愿，越是随便随意的，往往越容易增添惊喜。看来元代戏剧家关汉卿所说的"着意栽花花不发，等闲插柳柳成荫"果真是大有深意。

时为春末夏初，接连下了几场透地雨，大山的褶褶皱皱里都葱茏着浓浓的绿意。车子在绿色里穿行，一会儿跌入低谷，一会儿又升入云端，人就像在仙境里了，也亲身体验到了"山重水复疑无路，柳暗花明又一村"的妙趣。过禅堂崮，经宝畔台，到大时庄，由此继续往深处行，不长时间就到了宋香园。进了宋香园却迟迟不见撩拨心弦的薰衣草，心里就开始着急，甚至起了疑心，一时竟然沉默。

车子铆足劲往山上进发，山高沟深，道窄弯多，一路盘旋，一颗心不禁就悬了起来。快到山顶时，路愈加险陡，大家都屏住了呼吸，唯恐分散了驾车人的注意力。待到山顶，一个大红色心形拱门首先迎接了我们，大家一下子就从刚才的紧张气氛中变换到了浪漫温馨之境，眼睛立即被铺天盖地的蓝紫色给吸引了，一连串的惊讶和赞叹不约而同脱口而出，仿佛人人都成了抒情的诗人。

真是想不到，昔日的荒山野岭，如今竟然成了薰衣草的天下。一大片一大片啊，随着地形起起伏伏，自成形态，各显其韵。花开得正好，小而繁密，宛若夏夜的星星，在绿色银幕上闪烁着，在丝丝细雨里越发显得纯净和鲜亮。凑近了看是星星点点，往远了看犹如蓝色和紫色交相辉映的层层波浪。就在此时，天忽然放晴了，仿佛有个巨人拿了一把大扫帚，三下两下就把那些云彩打扫了个一干二净。清澈的阳光倾泻而下，瞬间就把宋香园给点燃了，刚才的蓝紫色波浪倏忽就变成了蓝紫色的火焰，梦幻至极，魔幻至极。

四周那些高大的风力发电机组，又让人疑心自己是不是正置身于风车王国荷兰。

照相机的咔嚓声此起彼伏，恨不得把这里的美全都收入镜中。人人都搔首弄姿，好似要把一生的美丽都挥洒于此，留驻于此。

山坡的四周，围了一圈用废旧自行车架做成的栅栏，涂着乳白色的漆，既简洁又别具风情，充分显现了宋香园人的精妙匠心。

而那些随处可见的"心"形和"囍"字标志，以及北边花坛里正等待扬帆起航的"爱之舟"，跟漫无边际的紫蓝色薰衣草一起，时时提醒着人们：等待爱情，好好去爱。

薰衣草原产于地中海沿岸、欧洲各地及大洋洲列岛，是世界上最流行的香草植物，公认的爱情之草，享有"百草之王"的美誉。目前全世界最著名的薰衣草产地有两个，一个是法国东南部的普罗旺斯，一个是日本北海道的富良野。现在宋香园又在着力打造世界第三大薰衣草基地，目前已经形成了世界单片种植面积最大的薰衣草花海。

薰衣草选择宋香园，也是冥冥中的一种天意。

宋香园所处的双雀山，因东西两座山崮形如雀鸟展翅，故名。远远看去，两雀双喙相对，仿佛有着永远倾诉不完的爱恋。

而发生于此的古代爱情故事则更富传奇色彩。历史记载，赵匡胤陈桥兵变登基称帝后，韩通不服，据守穆陵关与其对垒。赵匡胤率兵亲征至穆陵关下，却久攻不下被困山中，只好派外甥高君保回汴京搬救兵，却在双雀山被占山为王的刘金定所截。刘金定一眼相中了眉清目秀、英俊潇洒的金枪少年，有意比武招亲。十几招过后，高君宝败于刘金定手下，只好答应了刘金定的要求，但却提出先回京城搬兵救主后再成亲。刘金定细忖后带领自己的几百骁勇兵士直奔赴穆陵关而去，帮助赵匡胤大败韩通。战后刘金定与高君宝在双雀山上结为夫妻。东雀山的一面绝壁上，至今还有二人喜结良缘的招亲洞。

天然的双雀深情奇观，加上美好姻缘传说，双雀山早已被视为一处情爱圣地。只因机缘未到，一直独守清寂于大山深处。2014 年，偶然之中，有台湾客商携带双雀山土壤回台请专家检测，发现此土非常适宜种植薰衣草，大为惊喜，决定在双雀山打造一个以"爱情"为主题的宋香园生态世界景区，并与九山镇党委政府一拍即合。就这样，寓意美好爱情的薰衣草漂洋过海来到双雀山落地生根，漫山遍野地迅速蔓延开来，带给世人又一个温馨浪漫的蓝紫色世界。因为薰衣草，双雀山几乎在一夜之间名扬天下，数不清的男女老少怀揣美好心愿和向往，从四面八方蜂拥而至，沉醉不知归路。

双雀山和薰衣草，也许亦是前世的约定今生的牵手？

如今，到山东临朐双雀山上的宋香园观赏薰衣草，期许永恒爱情，寻找浪漫纯真自然生活，已成为越来越多的人们的内心期盼和急切渴望。

在宋香园，我的心重新被激活，日渐逝去的青春浪漫和归于平淡的爱情，也在眼前这个蓝紫色世界里重新燃烧起来。

是的，在这世界上，没有什么能比爱更为纯洁和神圣。因为爱，再远的距离都能到达；因为爱，再深的鸿沟都能跨越；因为爱，再多的艰难都能背负；因为爱，再大的风雨都能抵抗。

> 因为爱着你的爱，因为梦着你的梦，所以悲伤着你的悲伤，幸福着你的幸福……没有风雨躲得过，没有坎坷不必走……所以有了伴的路，没有岁月可回头……

每次听到那首感人肺腑的《牵手》，我的心都会潮湿。

爱是什么？爱是两情相悦，更是沉甸甸的责任，是心心相印的依偎，忠贞不渝的相守，更是风雨中的共同支撑，苦难时的不离不弃。

生活就是爱的试金石。生命是无常的，每个人的一生都在跌宕起伏中度过，所以在把一颗心交给另一颗心时，就意味着从此之后就有了伴随一生的责任和义务。

我常常被西方教堂里庄重的婚礼仪式所感动。当神父问新郎或新娘：你是否愿意娶（嫁给）面前这个人作为你的妻子（丈夫）？你是否愿意无论是顺境或逆境，富裕或贫穷，健康或疾病，快乐或忧愁，你都将毫无保留地爱她（他），对她（他）忠诚直到永远？新郎或新娘郑重地回答：我愿意！这一问一答，其实就是彼此一生的托付和承诺，不只是在顺境、富裕、健康、快乐时相爱，更要在逆境、贫穷、疾病、忧愁时依然相爱。唯有如此，才是真爱。

在宋香园，我走走停停，边看边想，完全沉浸在了对爱情的思索和叩问之中。那些蓝紫色的火焰随着微风轻轻跃动，慢慢幻化成紫蓝色的烟云，弥漫于天地之间。

站在山顶往下看去，弯曲的山路时隐时现，弯急坡陡，令人胆战心惊。心里就想：这路，多像曲折艰辛的爱情之旅啊，唯有经受得了这样的考验，才能修成正果到达人生美境。

离开宋香园时，已是傍晚。喧闹了一天的双雀山，渐渐安静了下来。我满心爱惜地捡起一穗别人掉落的薰衣草，轻轻吹去上面的沙土，小心翼翼地夹进随身携带的笔记本里。

在我心里，每一朵薰衣草花都是有灵魂的，绝不可随意被遗弃，就像，每一份爱情都应该是圣洁的，容不得半点亵渎。

# 月光下的故乡

　　村口，是村庄最重要的经脉和关隘，它汇聚着村庄最多的信息，见证着村子里几乎所有的大事小情。生命诞生的啼哭声，迎娶新娘的锣鼓声，送别故人的唢呐声……都从这里开始或结束。

　　白天的村庄似乎是敞亮的，各种各样的忙碌，形形色色的日子，全都那么赤裸裸地呈现着。可是，随着年龄的增长，我慢慢地发现村庄的白天和夜晚是不太一样的。很多真实的东西，往往都掩藏在夜晚的隐秘里。也许只有天上的那轮明月，才能真正潜入村子的内部，把纷繁杂乱的人和事窥探个清楚。

　　第一次产生这样的认识时，我十二岁。那个初春的夜晚，为了解决掉一道难缠的数学题，下晚自习后我又独自在教室里待了一个多小时，回家的路上走到村口，随着一声"扑通"，我隐隐约约看到一个黑影从月梅家的院墙上跳了出来。那一刻，我害怕极了，赶紧躲到路边的一个麦秸垛后面。耳听着脚步声越来越近，我的心紧张得几乎要跳出来。尽管如此，我还是抑制不住巨大的好奇，屏住呼吸、小心翼翼地往外探望。借着朦胧的月光，我终于看清了匆匆而过的那张脸：那不是富国大叔吗？他背着的那个麻袋里还一动一动的，好像装着什么活物。一种不祥的预感立即浮上我的脑海。这个富国大叔，怎么会干这样的事呢？平时在乡亲们的眼里，他是一个多么勤苦能干和忠厚善良的人啊。特别是对于我们小孩子，他每次见到都会笑眯眯地开上几句玩笑。这样的一个人，怎么会做这种偷鸡摸狗的事呢？可是，他这次鬼鬼祟祟的样子，分明像一个邪恶的阴影紧紧包围了我。怀揣着巨大的恐惧，我一脚软一脚硬地走进家门，淋漓的汗水和苍白的脸色简直把父母吓坏了。在父母的一再追问下，我把刚才看到的原原本本描述了一遍，母亲惊讶得一下子捂住了自己的嘴巴。父亲吧嗒了一会儿烟，严肃着脸，给我和母亲下了一道死命令：谁也不准向外说，谁说撕烂谁的嘴。然后特意摸着我的头说：也许是你看错了人，捉贼捉赃，你又没抓住人家的手，怎么能认定那人就是你富国大叔呢？我知道父亲的心思，使劲地点了点头。第二天一大早，大街上就传来了月梅娘撕心裂肺的号叫——她家的羊被偷了。我的心里，第一次压上了如此沉重的秘密。好几次我几乎忍不住就要将实情偷偷告诉月梅，可是话到嘴边又使劲咽了下去。很长的一段时间里，我被这个秘密折磨得神魂颠倒，甚至不敢再跟月梅一起上下学，仿佛我就是那个偷羊贼一样。这一年的冬天，富国大叔终于被抓了，没想到他竟然在方圆十里八村偷了二十多只羊、二百多只鸡狗鹅鸭。此案一出，全村人没有一个不诧异的：这个坏种，隐藏得真深啊。

　　也就是从那时起，我对月光的感情开始复杂起来。一方面，我感谢着月光为我们照亮夜行的路，另一方面，我害怕再次看到夜晚里的那些龌龊之事。因为我没有能力去承担。不过我从此养成了一个根深蒂固的习惯：每次路过村口，都会不自觉地抬头看看天空，白天看看太阳在哪里，夜晚看看月亮在哪里。

　　在村里五百多口人中，春花姐也许是与夜晚发生故事最多的一个。在我眼里，春花姐是长得最漂亮的一个姑娘，而且很能吃苦受累，心眼特别好，村里的男女老少都很喜欢她，大人们经常以她为榜样来教育孩子们。春花姐做出的第一件"特懂事"的事是为了把上学的机会让给弟弟，主动要求退了学，尽管她的学习成绩在班级里是拔了尖的好，将来捧个"铁饭碗"肯定没问题。下了学的春花姐，见了人依旧笑嘻嘻的，可是有好几次我却发现她在夜晚的场院里偷偷地哭泣。后来，春花姐和同村几个年龄相仿的姐妹商量好要外出打工挣钱。那是20世纪80年代，外出打工还没兴起，何况是一群女孩子？所以她们的这一决定立即遭到了各家人的一致坚决反对。明着走不成，她们就商定在一个凌晨集体出逃，集合地点就选在了村口。她们这一脚迈出去，石破天惊地开了我们村的一个先河，也把自己的命运交付给了未知。几个月之后，一起外出的姐妹们陆陆续续回到了村里，只有春花姐没有回来。春花姐的家人好说歹说终于从那些回来的女孩子那里打听到了春花的确切消息——原来她已经在外面找好了对象。家人不放心，好不容易东借西凑地准备好路费，委托她那有些见识的舅舅奔赴吉林一探究竟。辗转千余里，好不容易在一个林场找到外甥女，春花姐的舅舅立即勃然大怒——春花姐正跟一个邋里邋遢的小青年一起生活呢。舅舅让她立马收拾东西跟他回家，断了跟这边的来往，春花姐却不从——因为那青年曾冒死救过她的命。当屠夫的舅舅怒不可遏，一脚就踢断了她的胳膊，死拽着她踏上了返乡的旅程。本来春花姐白天就能到家的，舅舅顾及一家人的脸面，一直拖拉到了晚上才偷偷地进了村。没承想一回到家里春花姐开始了绝食抗议，谁劝也白搭。眼看着春花日渐消瘦，神情恍惚，一家人也就没了办法，只好又在一个晚上把她偷偷地送了出去。就这样，春花姐与夜晚结下了不解之缘。在此后的很多年里，她都是借着夜色悄悄地回来又悄悄地离开。据说，每次回来，她都在村口磕几个头；每次离开，照样是在村口磕几个头。村口，夜晚，就这样成了春花姐一辈子的梦魇和慰藉。我常常想，在春花姐的来来去去中，或许只有村口上空那轮或圆或缺的月亮，才会看得清她眼里满含的泪水吧。

我第一次与村口发生实质性的关系，是20世纪90年代初外出求学的那一年。尽管我考上的不过是一所中专学校，但在那个年代里，这鲤鱼跳龙门式的一跃，已经意味着我不仅仅改变了自己的命运，也必将改变一家人的境遇，因此成为那个小山村一个极大的兴奋点。一连十几天，原本寂静的小院里都被前来贺喜的亲朋好友们渲染得热热闹闹的。父母心里虽然高兴，表面上却不露声色，只一个劲地说些"这孩子只不过有了口安稳饭吃，呆头呆脑的也成不了什么气候"之类的谦虚话。可到了晚上，父亲的情绪就毫无遮拦地高涨起来，话唠似的。夏天的小院里，那棵百岁老枣树宝刀不老，依旧把枣子结了个满满当当。透过繁密的枝丫，我看到天上的那半轮月亮若隐若现。我们一家隐秘的喜悦，她也一定看得清清楚楚了吧。当我在院子里和父亲喋喋不休的时候，母亲却默不作声在屋里继续忙活着。我隔着窗子问她在做什么，她说叠点元宝，过几天也给天上的仙人们报个喜，让他们好好地保佑着即将远行的我。母亲为我做的祈福仪式是在我离家上学前的那个夜晚进行的，地点当然是在村口。摆好供品，斟满酒上好烟，母亲就点燃了一大堆的金银元宝，嘴里念念有词，乞求各路神仙吃好喝好拿了钱财之后保佑我儿出门在外平平安安、健健康康，将来做大官发大财，娶好媳妇生胖儿。看着母亲那副虔诚的样子，我的眼睛再次热了起来，不知不觉就有泪水落下来，最后的那一滴却挂在睫毛上很长时间都没有掉下来。我禁不住地又抬头看天，天上的是月亮那么圆、那么亮，就像父母给予我的满满的爱，也像极了我心底鼓鼓胀胀的梦想。

如今，我已离开故乡在外地谋生二十多年了。二十多年的光阴，改变了我的容颜、我的思想，连同故乡的模样。一场又一场的风，从村口进入村子，带给了村庄很多新鲜的生命，也把人一茬茬地吹老了。每次回到村里，总有几个老人使劲眯了眼端详我，直到我凑近他们的耳根大声地说出自己的乳名，他们才恍然大悟地"哦"一声，埋怨自己是真的老不中用了。有时候我很长时间不能回去，遇到有人问起我，父母就会说：他忙着呢！语气里甚至充满了一种骄傲。因为在乡亲们的心里，一个整天忙着的人才是有出息的，或者才是会有出息的。可是，我到底在忙些什么？我有多少的"忙"是有意义的呢？一个人用尽全力所执着的人和事，究竟会充斥着多少的辜负和虚幻？许多个有月亮的夜晚，我会独自到郊外去散步。那里生长着一大片一大片的庄稼，玉米、小麦、大豆，还有花生和红薯。一看到它们，我就像见到了自己的亲人。我久久地站立或者蹲坐在它们跟前，说着很多很多的话，不知不觉就把一张沧桑的脸深埋进了它们的怀里，犹如一个婴儿贪恋着母亲的乳香。那个叫作赵庄的小山村啊，此时一定也会有一轮月亮悬挂在你的上空吧。皎洁的月光啊，今夜你又会看到些什么、收藏些什么呢？我父母还是在地里忙活到很晚才回家吗？富国大叔的头疼病好了吗？春花姐最近回来过没有？村东头四奶奶的儿女们变孝顺了没有？已经富甲一方的张强老弟还在偷采铁砂吗……

月亮不语，四周寂静，我心已潸然。

# 一颗发酵了四十年的泪滴

　　家乡有习俗："一百五，坟添土。"一百五是冬至后105天，后面紧接着是寒食、清明。斯人已去，怀念永存。对于故去的亲人，人们总要以不同的形式进行缅怀。最传统、最普遍的方式是上坟祭奠。斟酒、点烟、烧纸、磕头，阴阳两界，隔着一堆黄土说说心里话。此时此刻，人的身份是那么纯粹，纯粹成生命链条上一支细细的根脉。而每年一度给坟添土，则包含着给已故亲人打扫、修缮房屋的心意。这些故去的亲人活着时为我们辛苦操劳、遮风挡雨，有朝一日突然撒手而去，依然活着的人却永远不会忘记他们，希望他们在那边能吃得好住得好，享受一些生前没有得到的清福。这是一种最本真的情感，就像生命降生时的啼哭和生命离去时亲人的哀痛一样本真。

## 一

　　乙未年二月十五日，是一百五节。这一天，我早早就回到了老家，只不过这一次，我不再是去给母亲坟上添土，而是要给她修新居、搬新家。

　　屈指算来，母亲已经在村里的公林里住了四十年。因为县里要凭借高崖水库的一方秀水，开发建设仙月湖旅游风景区，根据库区管委会的要求，我们村公林里所有的先人务必于这个清明节前予以搬迁。

　　对于我，这也许是一种天意。

两周前，我就曾为母亲的坟墓一事专程回过一次老家。我特意带了一壶好酒，要去找找那个在村公林里耕种的人。因为去年农历十月初一我去给母亲上坟时，发现她的坟左右两边各被犁去了二十多厘米。这是以前从没有过的事。如果继续这样下去，坟会非常容易坍塌。

看到那个情景，我的眼里顿时就蓄满了泪水。我想马上就去找那个种地的人理论一下，或者说是商讨一下，实在不行我就把母亲坟墓周围的地承包下来，即使价格高点也没关系，只要能使我母亲住得安宁一些就好。

但是父亲制止了我，他说人家种上的地瓜已经长这么大了，再说这坟一年半载的也塌不了，还是等人家把庄稼收了后再说吧。

当时我就想：要是能把母亲安葬在自家的地里，该多好啊！可是按照风俗，早已入土为安的人，除非万不得已，怎敢轻易去打扰呢。

因为年前年后工作特别忙，这件事一拖就是几个月。眼看天气渐渐转暖，春耕也许很快就要开始，一想到母亲的坟墓遭受的耕犁之灾，我就如坐针毡，心如刀绞，赶紧抽空回了老家。谁知还没等我开口，父亲就跟我说：你娘的事不用费心了，咱村的公林要搬迁了。

听到这消息，我立刻就感觉到，这是我跟母亲之间的又一次心有灵犀：她是怕儿子为这事去犯难为求人啊！

## 二

其实对于母亲，我一直没有具体的印象。因为她走得实在太早太早了。

对此，我曾在多年前的一篇文章里这样刻骨铭心地写道：

母亲离开我时，我才呼吸了人间二十天的新鲜空气。产后大量出血，医疗条件的极端落后，很快地枯萎了一个年轻的生命。直到现在，她唯一的儿子在无穷的思念里，对她也只是一

158

个概念性的认识，而没有具体的样子。但母亲是活在我心中的。母亲以自己的大命换取了我的小命，我不知上天这样做值不值得。从我懂事那天起，我就知道生命不仅是自己的，也是母亲的，如果我不能好好地活着，人们惋惜的，绝不会是我，而是我的母亲。

我家附近有一盘石碾，每天来推碾的人络绎不绝。七岁上的一天，我闲着没事，就到碾棚帮一个奶奶辈分的老人推碾。推完后，老人抚摩着我的头，深深地叹了一气，说："这娃，多像他娘的热心肠啊！"那一刻，我的全身颤抖了，泪水忍不住就要流下来。我掉头就跑，一口气跑到村南的大树林里，抱着一棵大树号啕大哭。母亲，在我身上居然还能看到你的影子，这是我多大的幸福啊！

从此以后，我几乎天天去帮人家推碾。粗粗的碾棍，窄窄的碾道，寄托了一个少年无限的希望。在那里，我经常能听到那种令人激动的称赞。只有在那一刻，母亲才在我心中具体成一个触手可摸的形象，我和母亲才隔了厚厚的土地和遥远的苍穹面对面站着，站得彼此泪眼婆娑。

长大后，我离开家乡到远方去流浪，开创自己的事业。无论在什么地方，我都保持着一副热心肠，用满腔的热情去爱周围的每一个人。特别是当我能对人有所帮助并竭尽全力时，我感觉是最幸福的。因为那是我离母亲最近的时刻。

好多年了，每当在夜深人静之时想起母亲，我都会一边流着泪一边默背自己写下的这段文字，从中得到些许安慰和温暖。

三

更为巧合的是，村里把新的公林选定在了村西，正好占用了我家的一块地。按照规定，占了地的人家可以优先选择墓地，不愿迁入公林的也可以自己另找地方。

为了能让母亲有一个好的住处，我特意请了一个懂些周易风水的朋友去给我母亲看墓址。我唯一的心愿是，要借此机会让母亲迁居到一个好些的地方。就像活人择地而居同样的道理。至于哪个地方好，我不懂，我只能求懂的人来帮助完成这个心愿。

虽然我知道，这很大程度上不过是一种心理安慰罢了。可是这种安慰对于是我非常需要的——我不能胡乱找个地方就把母亲埋了。可没想到的是，才仅仅几天的时间，公林里就被密密地插上了树枝——好的地方都被占下了，只剩下不多的区域可供选择。

朋友在林地里转来转去，看得很认真。其实因为年纪大了，他洗手不干这事已经三年了。这次之所以答应我，是因为他了解我的身世，可怜我和我的母亲，被我的虔诚之心所感动。

看完了村里划定的林地，朋友意犹未尽，继续向西看去，终于在一个地方站住了，说：这是个好地方。接着又摇摇头：只是不知道人家愿意不愿意你们占用这块地。还没等我开口，父亲就急着说了：中，中，这块地也是俺家的。

母亲，这真是天解人意、天遂人愿啊。那一刻，我真想跪下来给老天磕一个响头！

更让我觉得不可思议的是，这块地我去年刚刚栽上了四十棵银杏树——从临朐几千年历史上唯一的状元马愉坟墓不远处的苗圃里移植来的。因为这，我还被几个堂兄劝阻过，他们说这树长得太慢，不如跟大家一样栽上杨树见效快。可是一向温顺随大流的我这次竟然表现出了出乎意料的固执：我就是要在这里栽上一片银杏，等它们长高了长大了，这里的每一个秋天都是金黄色的。

一个堂兄问：就是再好看又能给谁看呢？你一年能回来看几次？

是啊，给谁看呢？

可是现在，我终于找到答案了：这片银杏树，原来是冥冥之中我为母亲栽下的。

在不久的将来的每一个秋天里，母亲都将会被一层层的金黄簇拥着，既温暖又贵气。

## 四

我们将给先人们搬家的日子定在了农历二月十五晚上。一块搬迁的，有我母亲，还有我的大爷大娘和老爷爷老奶奶。其他的先人因为没有埋在公林，不用动。

要搬家先修房。我和父亲还有几个堂兄一大早就忙碌起来。大爷家的二哥早早就把修坟需要的砖、水泥和水泥板都准备好了——血脉最近的我们兄弟四个，只有他留守村里，一有什么事情就跑到前头。这么多年了，他和我父亲相互支撑着，给了我们三个在外谋生的人一个坚实的后方。

考虑到土质较硬，担心已经在城里生活久了的我们干不了这么重的活，父亲提前就雇挖掘机把墓坑挖好了，我们要做的，就是要平整底部，找齐方正，用砖把墓穴砌起来。

主力还是二哥。二哥心灵手巧，肯受累，里里外外都是一把好手。

砖是刚出窑的新砖，二哥和一个叔伯三哥干得很仔细。在我父亲的指挥下，墓穴里设计了进出的门口，安放灯盏的灯龛和存放食物的空间。门口处还贴上了我婶子亲手剪裁的鲜艳的过门钱。在我的要求下，还给铺上了地面。修建好后，那个三哥问我：怎么样？满意不？我一个劲地点着头，连声说着谢谢。

我在心里默默地说了一句：娘，你的新居建成了，就在今晚，你将告别那个已经住了四十年的旧居，住进这里。这个新居，你一定会满意的。

随后我们又给我大娘大爷还有老爷爷老奶奶修好了墓穴。

干完这一切，时近中午，父亲让我陪着堂兄们回去吃饭，我却让父

161

亲回去了——我要在这里守看着这些刚刚修好的墓穴，不能让任何的鸡鸭狗羊来玷污和破坏——离此不远住着一户人家，家禽什么的都是散养着，满地里糟蹋。我栽下的小银杏树就常常被那些羊羔吃掉叶子。

蹲坐在母亲的墓穴旁，我把墓穴看了又看，越看越觉得欣慰。

万千的思绪顿时纷至沓来。

## 五

因为我，许多人的命运都改变了。

母亲的命运、父亲的命运、姥姥的命运，凡是跟我密切相关的人的命运，都不可逆转地改变了。

那么疼，那么绝望，又那么无奈。

每个人都有自己的一辈子，可是我母亲的一辈子竟然是那么短暂，短暂到还没能听得上她留给这个世上的唯一的孩子叫一声"娘"。四十年了，别人想念母亲的时候，脑海里都有一个具体的样子，而我所能想到的，却只是一堆厚厚的黄土。那么冷，那么硬。在想念母亲的时候，除了泪水，我没有更好的方式安慰自己。在别人看不到的地方，我是如此脆弱，脆弱得如同一棵瘦瘦的狗尾巴草。

被这一场浩劫改变得最彻底的，还有我的小姨。为了能让一个出生才仅仅二十天的小生命活下来，并且能得以好好地成长，我的姥姥，一个普普通通的农家妇女，含泪向自己的小女儿提出了一个万般无奈的请求，也是一个不容否定的要求——让她做我的继母。我无法想象当时小姨的心情会是怎样。但是我能想象得出，小姨当时一定流下过足以浸泡一生的泪水。

每每想到这些，我都感觉自己就是一个罪孽。

小姨就这样成了我的继母，可我却一直叫她"婶子"——这是我们当地的一个风俗。不仅我叫"婶子"，就连她和我父亲后来生下的三个孩子，也都随着我一起叫她"婶子"。这当然不是风俗所致，而是她

162

有意让自己的孩子这样叫的，目的只有一个——不能让我觉得自己和他们有什么不同。

就这样，在小姨的精心呵护下，我慢慢成长起来，并且在她咬着牙的供备下，我才考学跳出了农门，成为一个在城里生活的体面人。

我的弟弟，如今已是中科院的一名博士后。

可是为了我和弟弟，两个妹妹都做出了巨大的牺牲——初中一毕业就下了学。

这是婶子对我和弟弟的偏心。

俗话说：从小没娘，到老是个苦瓜。可是因为有小姨，我这个没了娘的孩子并没有成为苦瓜。

在我心里，婶子早已成为比我亲娘还亲的人。不止一次，我都想叫她一声娘，并且跟弟弟妹妹们都改口这样叫。可是我没有，因为我不想再去触碰这一层厚厚的伤疤。

因为这伤疤，并不仅仅是属于我一个人的。

但是我想，总有一天我会这样叫她的——在她百年之际。

没有什么比叫婶子一声娘更能表达我对她的感情的了。

# 六

考虑到人手问题，天黑下后我们先把我老爷爷老奶奶搬迁了。吃过晚饭后九点多钟，我们去给我母亲和大爷大娘搬迁。

早在下午四点钟，我就跟父亲拿着香去跟他们打过招呼了。在我娘坟前，父亲说：上面让咱村搬迁，今晚上就给你搬新家了，你别怕！我的鼻子酸酸的，也哽咽着说："娘，晚上我们来给你搬新家，你可不要害怕啊。"一连说了三遍。

眼前的这一堆黄土，我是多么熟悉啊。上初中时，我走在上下学的路上，在操场上晨跑，上体育课或者考试，一抬头就能看到这堆黄土；每次来给她上坟，我都会久久地凝视上一会儿，仿佛是要把这一堆黄土看透，直到看到我的母亲。

而现在，娘，你要搬家了。

每一铲下去，我的心都绷得紧紧的，我怕惊吓到母亲，哪怕一点点。

娘，我一直相信人是有灵魂的。你的生命虽然早就终止了，但是你的灵魂一直都在天上关注着我，护佑着我，才使得你这个愚笨的儿子得以在这个世界上安身立命。我曾一直愧疚着自己的无能和肤浅，没能好好活出个人样来让你感到荣耀。我常常为此自责不已。真的，直到今天我都不知道，你以自己的大命换取我这条小命到底值不值得。可是此刻，我不这么想了，娘，没有什么比活着更好的了。

母亲去世的时候，还没开始实行火化。墓葬打开，母亲的骨头还都完好。我们轻轻地把她叫醒，从脚部到头部，一点点地把她请到购置的新棺木里。她的身子下面，铺着精心缝制的褥子，身边放着精致的衣服和鞋子，上面还盖上了一床同样做工精细的被子。这些，都出自我婶子的一双巧手，包含着她的万般深情。最后，我将一床由一位挚友引荐、特意从佛事店里请来的陀罗经被给母亲盖上，希望她在那边能够安生。被子是红色的，母亲走的时候那么年轻，我想她一定喜欢红色，也只有红色，才能配得上她年轻的容颜。

一切都按照既定的程序进行着。整个过程我没有一丝紧张、害怕，甚至连一点悲痛都没有，心里充溢着的只是神圣。

但是就在棺木被盖上的一刹那间，我突然感到身体里有一颗泪珠滴落了下来，那么硕大，那么沉重，坠得我禁不住打了一个趔趄。

这是一颗在我生命里发酵了四十年的泪滴啊！包含着多少的思念，多少的悲伤！

七

把大爷和大娘也请出来后，真正意义上的搬迁就开始了。

三哥知道我身体弱，指着我娘的棺木问：能行不能行？

我脱口而出：没问题。

三哥又说：路上可是不能停下歇息的。

我说：我知道。

扛起母亲的棺木，跟在大爷大娘后面，我们无声地向他们的新居行进。

夜已深，除了我们的脚步声，一切都安静极了。

棺木其实不算轻，走了不大一会儿我就有些气喘吁吁，父亲紧跟在我后面，时不时地搭一把手。

我在心里跟母亲拉开了呱。就像每次去给她上坟一样，什么都跟她说说。

我跟母亲说：娘，咱这里要建一个很大的风景区了，咱家的老房子很快也要拆掉了，管委会说要给咱村家家都盖上二层小别墅呢。

我跟母亲说：娘，你儿子没能耐，没能活富贵，但是你儿媳贤惠，孙子茁壮，过得也算舒心。你没看到你儿子如今都胖得需要努力减肥了啊。

我跟母亲说：娘，前些日子传华家大娘睡着睡着就走了，活了九十三岁呢。哪个传华？你忘了那个酒鬼了吗？

我跟母亲说：娘，搬了新家后，你不要怕，我大娘大爷也一块搬过去了，你们还是挨得近近的，有什么事情彼此也有个照应。

……

说着说着，我就感觉不到累了。

说着说着，就到了目的地了。

在给母亲下葬前，我再一次进入她的新家，把地面又仔仔细细地打扫了一遍，就连每一块稍大一点的沙粒我都不放过——我怕它们硌着我娘。

边打扫我边跟母亲说：娘，这次你是住在咱自家的地里了，你放心，任是谁也不能再来跟你争夺地盘了。

165

我还不忘嘱咐娘：娘，为了你这次搬迁，我们大家伙都尽力了，如果还有什么不周不齐的地方，你就多担待着点。要是再有什么事，你就托梦给我吧。

直到十一点钟，我娘和我大爷大娘才终于都安息在了新居里。

我们把他们的坟头都堆得大大的。

看到一切都是如此顺利，我心里终于松了一口气，忍不住伸了一个懒腰。仰起头的时候，才发现月亮的北面，有半圈彩色的光晕。

# 八

第二天上午，我们带着精心准备的丰盛物品去给他们上坟。

婶子很懂这事的门道，一样样都做得井井有条，滴水不漏。

根据事先安排，趁大家布置祭拜场地的空，我去邀请爷爷和奶奶前来坐席。

爷爷奶奶的坟在村子东南角，据说墓地是我爷爷生前就确定下的。

对于爷爷，我没一点印象，因为在我出生时，他已经走了好多年了。

可是奶奶，一想起她我就忍不住地要流泪。

很久很久以来，我的心中就一直有两座坟，一座是母亲的，一座是奶奶的。

奶奶走的那年我十五岁。

奶奶走的那天很冷很冷，我的心被冻伤了，至今还不时地流出脓血。

奶奶是个苦命的人。在她六岁的时候，爹娘去地里看瓜，却被一场突如其来的洪水卷去，自此生不见人死不见尸，杳无音信。她和年幼的弟弟相依为命，好歹活了下来。后来就走进我们张家的大门，开始了生儿育女的操劳，饥一顿饱一顿地强活着。

奶奶最大的操劳从我开始。我母亲撒手人寰后，奶奶一下子就把我

166

搂进了怀里。那时条件是异乎寻常的艰苦，要养活一个才出生二十天的幼婴真难哪。为了能让我活下来，每一天，奶奶都要抱着我到村里奶着孩子的人家里为我乞奶。

我从懂事起就知道，奶奶是一个极爱面子、再苦再难也不愿去求人的人，可是为了我，她却放下了所有的尊严，在那些晚辈们面前低三下四地恳求着。

有时夜里我被饿醒，奶奶就把自己早已干瘪的奶头塞进我嘴里，让我吮吸着，常常被我咬得发肿。

就这样，我终于活了下来。小姨也走进了我家，成为我的婶子。尽管婶子对我视如己出，奶奶还是怕我被她自己的孩子给冷淡了，别人给她的每一口好吃的，她都偷偷地给我留着。

时至今日我仍然很清楚地记得，奶奶走的时候，嘴张得很大很大。我的一个大娘含着泪把她的嘴合上，还没等转过身就忍不住哭了：我的婶啊，你一辈子没享过一天口福啊！我禁不住再一次泪如泉涌。

时间真是一服最好的良药。此时站在奶奶坟前，我已没有了当初那种撕心裂肺的悲伤。小心翼翼地给他们压好坟头纸，我扑通一声跪下来，连磕三个头，对他们说：爷爷奶奶，我娘他们昨晚搬了新家，我受众人之托，来邀请你们过去做客，借此机会你们这几代人好好欢聚一下吧。说完我就一下子爬起来，大步流星地在前面给他们带着路，向着我母亲和大爷大娘的新墓地走去。

# 九

等我回来，婶子早已布置好了一切。就连每一件给先人们的衣服都摆放得整整齐齐的。

我靠着婶子的身边跪下，什么都没有说。婶子抚摩了一下我的头，点燃一炷香，对着先人们发了话：今天，孩子给你们每个人都置办了新衣服，准备了这么多好吃好喝的，还有这么多的金银元宝和钱币，孩子的心意，你们都要领了，我也领了。你们要把孩子们保佑得平平安安的，工作也顺顺利利的，让他们一代更比一代好。

接着她提高了声调：你们要是还有什么不满意的地方，就直接找我，要是你们敢难为了孩子，我可不依！

我的眼泪，簌簌地流了下来。

那一刻，世界一片寂静。

# 活　着

随着年龄的增长，那么多的人和事都离我越来越远了，我的心也变得愈加空荡起来，空荡得有时甚至需要几行眼泪来填充。

只要活着，人就一直在路上，即便是原地兜来转去。走着走着，人就悄悄地变老了。

在我进入四十五岁以后，竟然不知不觉地就沉湎于对来路的回望之中，尽管来时之路满是坎坷荆棘。我今生所有的努力和奋斗，大多是为了对过去的改变和逃离，一边逃离一边回望。毕竟很多东西是刻骨铭心的。那些非常重要的东西，有时会随着时光的流逝先是变成模糊一团，再然后又在岁月的苍茫里逐渐清晰。

一直以为，每一个生命都是有其独特的密码的，有些密码走着走着就自然而然地破译了，有的则一辈子都无法参透。这么多年了，在生活的磨砺甚至是踩躏下，我学会了妥协，学会了把一切都交给时间。只有时间，才会经过一切，该腐烂的让它腐烂，能保鲜的自会保鲜，而那些可以封存窖藏的，终有一天会散发出迷人的芬芳。

我是一个对生命备感迷茫的人，为此数不清的纠结和痛苦纷至沓来，有好几次鹅毛大雪般几乎要将我埋没。这样的时刻，我甚至做好了就此被冰封掉的准备。可是时间一过，冰雪纷纷融化，我仍然在一步步地向前走着。

离开那个叫作赵庄的小山村已经很多年了。

时间改变了一切。我的容颜，我的生活，我的思想。我的父母也被岁月催老了。起初我并没有发觉他们的老，直到有一天我无意间看到了他们有些佝偻的背影，才知道，一个人的衰老有时仅从脸面上是看不出来的。那一刻，我难过极了，泪水忍不住就簌簌地掉了下来。父亲一回头发现了我的样子，惊吓得连连问我发生了什么。我使劲咬了咬嘴唇，说：没想到你们竟然这么快就都老了。母亲显然被儿子的这份心所感动，眼眶立马就红了。父亲倒是笑了笑：你儿子都十好几了，我们能不老吗？

　　意识到了父母的衰老，我一下子长大了许多。他们的日益老弱，分明让我感到了时不我待的紧迫。我不止一次地告诉自己：必须马上行动起来，好好地去孝敬他们。父母很快就从我的所作所为中捕捉到了我的心思，觉得非常不安，一再叮嘱我他们身体还硬朗，眼下正是我做事的年龄，千万不要为他们分心。"只要你能干出一番事业，就是对我们最好的孝敬了。"父亲说出这句话时，我猛地打了一个激灵。在他们心里，我永远是第一位的。可是，我会让他们感到骄傲吗？

　　许多个有月亮的夜晚，我会情不自禁地掬起一捧捧皎洁的月光，轻声呼喊着父母和故乡，慢慢地洒落出去，洒落出去。故乡啊，你可否知道，此时你身上披着的那层白纱，沾染着一个游子的点点泪光啊！


　　二十多年前，我还是赵庄的一个小小村民。

　　一家连老带小七八口，人多地多，活累家穷心苦。作为长子，我当然有义务为这个家贡献一点力量。沉活累活一开始干不了，我就和大妹去推碾推磨推水。尽管那时村里已经有了磨坊，磨一袋子粮食也就几毛钱，可是我家仍然用不起。我和大妹，后来还有二妹，几乎每天下午放了学都去推碾，碾瓜干碾玉米，一大半喂了猪，一小半糊了人口。中午放学后，我们就去村子西南的大口井推水。四个大塑料膀子，在木头推车上一边放两个，我和大妹就一路小跑到了大口井。水一桶一桶拔上来，再一点一点灌进膀子里。如果遇上风大，往往需要十几桶才能灌满，绳子勒得小手都几乎要破了皮。灌好水，我推着车，大妹在前面拉着，踉踉跄跄地往家运。四个臌子能盛八桶水，也只够一天用的。推水回到家，父母常常还在坡里没回来。

那时奶奶还健在，她踮着一双小脚，照看着我的二妹二弟，还要喂猪做饭收拾家务。急急火火填饱肚子，我们就往学校赶。有时来不及了，就抓着煎饼边跑边吃。而在这之前，所有的用水全都靠父亲一人去挑。为了不耽误农活，父亲每天天刚蒙蒙亮就要起床，四五担水挑回来，吸上一袋烟，接着就下了地。磨煎饼糊子一般是在早上进行，基本上是四五天就得一次。不等天亮母亲就拾掇好了家什，我和大妹睡眼蒙眬地就上了套，抱着磨棍还直打盹儿。星期天和假期，就下地干活，刨地锄草，拉耧子推车，没得清闲的时候。到了冬天不用下地，还得剥玉米、高粱秸秆，浑身都刺挠得不行。现在回想起来身上还直发毛。

要想跳出农门，最现实的办法是考学。对于我，因为家穷，上不起高中，只有憋足了劲去挤中专这座独木桥。为了实现鲤鱼跳龙门的一跃，凡是对升学还有一线希望的同学全都拼上了命。尤其是到了初三，那种竞争简直到了白热化，晚上比谁离开教室最晚，早上比谁到校最早。有的同学盹得实在抗不住了，就拿圆锥扎大腿。晚上在学校里熬到十一点，回来后还趴在炕上一边摸着虱子一边再学上一会儿。炕头贴着我的杰作——一张八开纸上用毛笔写着："人生难得几回搏，搏一回吧!!!"字虽难看，三个叹号却十分有力。

如今，一切都远去了，在这个秋末冬初的清晨，我像每次归乡一样，出门向东，沿高崖水库的西岸走上一圈，然后站定，一个人静默着。微风拂面，温润而调皮。一大片深蓝色的水域，仿佛一个硕大的舞台。偶尔有鱼儿跃出水面，清澈的响动像极了突然被弹动的音符，给这个静谧的早晨平添了许多的生机和活力。太阳从对面的山岭背后一点点地升起。微波粼粼的水面，立时向我铺展出一条金光灿灿的大道。一切都是那么熟悉，却又分明恍若隔世。

因为一些烦心事的骚扰，夜里久久不能入眠。躺在床上辗转反侧了好一会儿，脑袋涨得有些晕，眼睛干涩得发疼，却依旧毫无睡意。无奈之下，只好重新穿衣坐在了书桌前。

突然间，起风了。这风来势汹涌，像极了一个饥寒交迫中急于一步踏进家门的浪子。它的喊叫声透过一些看不见的隐秘的缝隙渗进屋里，尖刻而细长，让人立即想起了那彻骨的寒冷和刀割的凄厉。

我合上书，熄掉灯，靠在椅背上静静地听起风来。那风一阵猛似一阵，也许是见家家都不愿接纳它，越发地动怒了，摔摔打打的，不时听到有什么东西被它扔到地上的响声。城里不像乡下养那么多狗，因此并没有听到曾经非常熟悉的应声而起的犬吠，倒是安装了自动报警器的车辆吓破了胆似的声嘶力竭起来，声音里满是惊恐和惶惑。

冬夜原本就是寒冷的，有了风就更冷。风啊，你从我的室外跑过之后，又要到哪里去呢？是否会怨恨我没有收留你而去乡下找我的亲人算账呢？乡下原本就没有足够的热量抵御严寒，他们实在是招待不起你啊。虽然现今农村的条件总体上比以前好了许多，但在这个有风的冬夜，我想肯定还会有一些人在寒冷中默不作声地瑟瑟发抖。

对于冬天的风，我是怕在心里的。我的怕，并不单单是它会带来加倍的寒冷，更大程度上是因为我曾目睹了它助纣为虐地让一场大火烧毁了一家的温暖。

那是二十年多前的一个有风的冬夜，我正在家人的怀抱里睡得香浓，突然，一阵比风声还要凄厉的号叫刹那间惊醒了整个小山村："救火啊！救火啊！"我睁开眼时，父母已经穿上衣服跑出去了。大街上顿时充斥了嘈杂的喊叫声、跑步声、叮叮当当声。奶奶虽然年老体弱，自知帮不上什么忙，但心急如焚，在家里待不住，也踮着一双小脚颤巍巍地带我去了。

失火的是离我家不远的一个大叔家，不知怎的三间北屋全着了火。面对无情的火魔，全村人表现出了空前的同情心和凝聚力，手提肩挑地运水，搭成人梯往屋顶上泼。因为事急，很多人竟然只穿了单衣。仅凭村里唯一的井供不上水，家家都户门大开，不仅把水缸里的水全都贡献

172

了出来，甚至连暖壶和尿罐子都提溜了出来。可是由于风太大，一切努力似乎都是徒劳的。大婶眼见火势难以控制，一下子跪在了地上，扑通扑通地把额头都磕出了血：老天爷啊，您就把风收了吧！

整个村庄一夜无眠，天亮以后展现在人们面前的，是一片烧尽的废墟。在这个最需要房屋抵御严寒的冬天，大叔家却失去了房子，一家老小八口趴在地上号啕大哭。一向最烦气孩子哭老婆叫的大叔一边吧嗒吧嗒掉眼泪一边对老婆孩子说："哭吧，使劲哭吧，我们没有家了！"那张因悲痛欲绝而扭曲变形的脸，深刻地烙在了我的脑海里。人们议论说：都怨那风，如果没有风，火不会那么猖狂。

唉，人的一生里，都要遭遇多少场这样的"寒风"呢？

小时候，最害怕的事情是走夜路。即使有大人陪着，也怕。

怕什么？怕鬼。

在以前，乡下的孩子听得最多的故事，也许就是关于妖魔鬼怪的了。我就是听着奶奶的鬼故事长大的。在奶奶的嘴里，鬼跟人一样，也是有好坏善恶之分的，只有极少的恶鬼会害人，一伸手就把人给拖了去，好善之鬼不但不会害人，还能在人遇到的危险的时候主动帮人一把。

尽管如此，我还是希望自己永远不要遇上鬼，哪怕是好鬼，谁知道他们是什么模样的呢？为了躲避鬼，我极力拒绝和逃避着走夜路，甚至害怕了黑夜的到来。半夜里有时被尿憋醒，叫起大人点亮了灯，我还是禁不住心惊胆战。

但在近些年，我却渐渐喜欢上了夜晚。吃了晚饭出去散步，我也越来越喜欢避开人群，一个人到黑咕隆咚的郊外去，一走就是一两个小时。走累了，随便找个地方默默地坐一会儿。周围是如此的静寂，静寂得连最细微的声响都听得清楚。虫鸣，鸟叫，微风的脚步，庄稼的拔节，雪花的飘落，每一种声音都比聒噪的人声入耳。置身于浓浓的夜色之中，白日里忐忑着焦躁着的一颗心逐渐还原为婴孩般的宁静和安详。

活人真难。既难在生计辛劳，更是难在了人心。世道芜杂，但凡有人的地方，便会形成江湖。我原先是不得知的，偏爱往人多了的地方凑去，却又率性刚直，哪里会想到说者无意，听者有心。人是有千般的。同一句话，有十个人听就能听出十种意思；同一件事，对一个人说了就可能被传成二十个版本。断章取义，添油加醋，由此及彼。更不会想到张某会是赵某的眼睛，刘某会是高某的耳朵，于是常常身陷了旋涡还浑然不觉，一盆子屎尿不露声色地就扣了过来，一只小鞋就被稀里糊涂地穿上了。凡此种种，直到有好心人提醒了才恍然大悟，却已是无力回天，纵然浑身是嘴也解释不清楚了。

一朝被蛇咬十年怕井绳，于是痛下决心一改前非，小心地把紧嘴门，惜字如金。但还是不够，男女一交往就成了绯闻，朋友一凑堆就被认作拉帮结派，搞小圈子，闲写的文章发表了，也常常被琢磨得面目全非，少了文字本意，多了弦外之音。更为可笑的是，办公室里单位统一安排，随机挂上了一幅书法作品，内容是韩愈的《马说》，竟然也被一个极端聪明之人赋予了"新解"，说我是借此表达无伯乐赏识、得不到提拔重用的满腹牢骚。真是匪夷所思！这也不行那也难办，这也近不得那也远不得，简直如同挑着鸡蛋过闹市，前后左右那叫一个难。有时心里冤屈得不行，发了狠要去找那好事之徒理论，见了面却开不了粗口，只恨恨地咬牙咽下一声叹息。

世道芜杂，人心不古。芸芸众生，笑里藏刀者有之，人面兽心者有之，既当婊子又立牌坊的有之。最可怕的是，这样的人，偏偏又隐藏得很深，表面上很是道貌岸然，或者清纯可爱，说出的话比哲人还有道理，比佛祖还意蕴深长，于是就从心里好生生地尊敬起来，让人大有相见恨晚之感，掏心扒肺地去亲近，一副要近朱者赤的样子。可谁承想，真正到了事情上，才看清了真实的嘴脸，就又一下子又把自己闷死。

于是就想着尽可能地远离一些人群，远离那些容易滋生是非的场合。于是就一撤再撤，一直撤退到了黑夜的清静里去，连鬼都顾不上怕了。有时倒还真想能遇上一个鬼说说话的。如果世界上真的有鬼的话，那也是人死后肉身上蜕下的一层皮，想必是阅尽了世间百态，识别了人心万象的，总不至于比某些人还更不讲道理、不懂仁义道德吧？

转念一想，我真是没出息极了，好不容易不怕了鬼，却又害怕起了某类人。

越来越觉得人生如画圆圈。生活，就是以自己为圆心，以自己的能量为半径，由旋转的面域组合而成。能力强的、造化好的，人生的半径就会长一些，画出的圆自然就大。能力小的、运气差的，半径就会短一些，甚或一辈子接一辈子地局限于方寸之地生生灭灭。

第一次萌生这样的认识，我正在抱着磨棍磨煎饼糊子，一圈一圈地把头都转晕了。推磨不需要动脑筋，只要用力就行，我的小脑袋瓜便可自由驰骋，想些偷瓜摸枣、调皮捣蛋的旧事，或者生发早点磨完卸套的盼望、永世不再推磨的愿望。想着想着心里就偷偷地乐一下或者叹息一声。重复着单调乏味的机械劳动，脑子里胡思乱想一番也是一种享受，至少可以使劳作的痛苦得到一点解脱，或者忘记。那天也不知是哪根筋出了窍，我居然由推磨想到了生活，想到了人和人的不同，由此一发不可收拾，从父母想到了爷爷奶奶，然后就想到了一村的人，想到了各家各户的日子。想来想去就有了一个重大发现：原来人人都在转圈，转着转着就老了，就死了。

以后每次推磨推碾，我都会沉迷于生命与圆圈的思考之中。越想越觉得生命就是一个圆。不只是从生到死像极了一个圆，活着的日子也像一个圆，怎样的活法也像一个圆。爷爷奶奶的人生范围就是方圆几里地的一个圆圈，父母的人生范围也就是十几里地的一个圆圈。一天又一天，一年又一年，他们就这样在一个个非常狭小的空间里从生忙碌到死。村子里那些已经白发苍苍的老人里，有很多甚至连镇上都没去过。一想到这，我就感到了一种不寒而栗的可怕。接下来，我就开始思索怎样才能让生命活得不要如此苍白无味。最后得出的答案是，要想活得丰富多彩，就必须要扩大自己的生活范围，而要扩大自己的生命范围，就必须让脚步出行得更远一些，越远越好。并且懵懵懂懂地认识到，出行的距离就是生命之圆的半径，脚步到了镇上，生命就是一个镇域大小的

175

圆；脚步到了县上，生命就是一个县域大小的圆；脚步到了北京，生命的气象就会覆盖全国。我为自己的这一发现兴奋不已，因为这意味着我为自己找到了一把通向美好未来的钥匙。

为了拉长自己的生命半径，我拼命地学习。我知道，这是我唯一的"救命稻草"。后来，我果然考入了一所中专学校，虽然那所学校离自己的老家仅百余里的路程，但对于一个出生在小山沟的庄户孩子来说，这已经足够了。再后来，我在县城里工作、安家，过起了小时候梦寐以求的生活。我的生命空间，比起父母和乡亲们，不知大了多少倍。很多的人，也因为我，开始与县城打起了交道。这交道一打，视野顿时就开阔了许多，脑袋瓜子也活泛了很多，再回到村里就俨然一副见过大世面的样子。对于我自己来说，随着工作单位的数次变化和生命的日渐积累，生命空间也渐渐地由一县一城扩大到市、省乃至天南地北。而我的同学朋友当中，有的则出了国留了洋，拓展着更大的生命空间。可遗憾的是，在日复一日的忙碌奔波中，我发现自己的幸福感越来越低，有不少走得很远很高的人，活得也并不怎么快乐。有一些看似高高在上、呼风唤雨，需要仰视才能看得见的人，甚至于活得非常不堪。他们当中的一部分，人生之圆还没有画完就戛然而止，有的是天不假年，有的则是自行了断。这样的现实，促使我对生命进行更为深刻的思考，并且开始怀疑自己当初的认知：人生的圆一定越大就越好吗？

思来想去，还是觉得圆大了没有什么不好，那是能力和福祉的延伸与拓展。圆大了，覆盖的范围会愈大，施惠和受惠的空间也就愈大，人生的成就和功德也就愈加圆满。但是，这所有的一切，都是应该有其固有的基础的。那就是，不贪婪，不唯己。贪婪则欲壑难填，唯己则私心弥重，二者皆如蛇蝎之毒，入肤可致溃，渗骨则误命。这样的人生半径，长而恶止则不如短而善终。我常常不自觉地将那些身居高位的贪官、取财无道的巨富们跟那些卑卑微微地活着的普通老百姓做比较。那些贪官和巨富，表面光鲜的背后，当是赌徒一般的焦躁，对于他们，天堂与地狱仅在一步之遥。而那些平凡庸常的老百姓，生活也许从来就没有天堂和地狱之分，他们只是按部就班地活着，少了欲望挣扎，却多了岁月静好。仔细想想，世界再大，于自己最为重要的，也不过就是那么几个人，生活再多彩，也无非生老病死为大，财富再多，锦衣玉食，也不过是喂养一副存活几十年的皮囊而已。由此豁然开朗：生命的半径，可以决定一个人的生命空间，却代表不了一个人的生命质量和价值意义，唯长度和质量互为交融，方为沧桑正道。

这样的生命之圆，画起来不唯用力，更需用心，最理想的是能如古人所云："行于当所行，止于当所止。"这样的圆面，即使小点也没什么，只要舒展、圆满就好。

# 北沟十日

终于得以去那个一直心存向往的地方住一段时日了。

一个人。

看我决心已定，提前两三天，妻子就开始给我拾掇东西。几件换洗的衣服，和一些生活必需品。一边准备一边骂我没良心，扔下他们娘俩不管，白眼狼一个。但她毕竟是最熟知我内心的苦楚的，所以只是絮叨，并不彻底阻拦。近十年的耳鬓厮磨，她知道我眼下最需要的是什么。

2007年暑假里的一天，蔡兄用新买的小车把我送到了北沟。

北沟是蔡在三年前承包下来的一道沟谷，位于他老家康家庄村北三四里处。一包就是三十年。资金他出，平日里由父母看管，周末他就携妻带女回乡劳作。有人笑他发神经，他充耳不闻，我行我素。蔡是个耿直的人，又是一位作家，与我很是有些臭味相投。刚拿到承包证不久，他就约我去观赏。其时正值暮春，树木焕发了新绿，光光鲜鲜；果树花色正浓，引得蜜蜂们嘤嘤嗡嗡。绕山林转了一圈，树有白杨、洋槐、梧桐数种，大的有一搂抱粗，小的显然刚刚栽上。另有杏树、梨树、桃树、枣树、李子树各十余棵，错落有致。沟东南与西北各有一个小水库，水光山色相映，俨然一世外桃源。

此后每年蔡都约我去几次，都是在周六去，在新盖的看林小屋里住一晚上，周日下午返回。蔡混迹机关十数年，要能力有能力，要人品有人品，要勤苦有勤苦，也算颇得重用，可就是见不得那些钩心斗角、苟且龌龊之事，整日里忧国忧民，给人一副郁闷寡欢之相。夜里与蔡躺在床上往往越聊越没睡意，索性起身烧水煮茶。山野静寂，月挂中天，微风习习，透心彻肺。我赞赏蔡的眼光，艳羡他拥有了一处一本万利的"绿色银行"。他却说自己所想并不唯经济利益，更重要的是图个地方修身养性。我因此把北沟理解为蔡兄的精神后花园，时时想着要是一个人能在这里住上一段日子，该有多好。

按照计划，我要独自在北沟生活十天。十天里，连蔡的父母也暂时不要来打扰我，以便让我一个人静静地过过山野的日子。

这次来北沟，我甚至没有带任何的书报。就连手机也整日里关着，只在每晚九点准时跟妻儿通个话，报个平安。我住进这里的目的，就是要远离尘嚣，让自己浮萍般的心沉静下来。

每天清早，总有清脆的鸟鸣把我唤醒。起床后的第一件事，就是穿了短裤，扛一把铁锹，趿拉着拖鞋去树林里解手。选定一棵弱小的树，在距离其根部约五十厘米的地方，挖一个坑，事毕再把那土覆上。我想象着自己的所做能带给那树一些生长的力量。我同情弱者，因为我本身就是一个弱者，深知弱者存活的艰难。

然后，我就提了锄头去给土台子上的庄稼除草，以不至于因为我的到来而给蔡荒了地。土台子呈东西走向，东高西低，我从西边下手，一步步地向上挺进。人总是喜欢往高处走的。这土台子原先是长满了杂树野草的，蔡承包过来后，雇挖掘机整治一番，栽上了杨树。因为树还小，间隙里就种上了庄稼，一半大豆，一半花生。地荒得有些厉害，大多是些新冒的树芽和茅草。它们的生命力真是顽强，只要有一截根在，就能重新长起来。我锄得很仔细，一边锄一边把它们划拉出去。自从移植到城里，十几年里，我是离土地越来越远了。一接触到湿润的泥土，我的心立马鲜活了过来，劳作里带了一种久违的兴奋。地是不能荒的，荒了不打粮食。人也是不能荒的，一荒就完了。手握锄柄，光背赤脚，

179

我感到是那么的踏实又充实。我给庄稼除草的同时，也在清理着自己内心的荒芜。

日上三竿，气温渐高，我便荷锄而归。沟底有井，我在井边打水冲澡，然后提了水回来烧火做饭。灶台有现成的，我却不用，拣几块石头重新支了一个。尽管模样丑陋，却一样可以把饭做熟。生火成烟，木柴特有的芳香一霎就使我陶醉其中。

吃罢早饭，用木柴灰把锅碗搓一下，着清水一冲，我就到处去溜达。

每次行走的路线都不一样。或走沟底，或沿山岭，或翻沟爬崖。这是我的有意为之。十多年了，我的生命轨迹是如此的简单，单调得如同那个推石上山的西西弗斯。世界原本很大，我的生活却小得如同一枚核桃，我似一只小虫，整日里在这方寸之地上爬来爬去。有人笑我呆憨，有人慕我悠闲；有人讥我胸无大志，有人羡我知足常乐。好话坏话我都嘿嘿一笑了之。前些日子有朋友给我发短信，说什么"五十岁时官大官小一个样，六十岁时老婆丑俊一个样，七十岁时钱多钱少一个样，八十岁时活着死了一个样"，真是既幽默又智慧。

满山满岭都是果树，以桃树居多。农人的苦和累，我是早早就有切身体会的。桃子长得很好，大如拳头，颜色光鲜，味道甘甜，却就是卖不上个好价钱。按照目前这行市，功夫算是白搭上了，弄不好连施肥、打药、浇水的费用也换不回来。对于人来说，辛苦点算不得什么，力气用了还会有的，怕的就是个劳而无获、血本无归。一般的平民百姓是经不起这样的折腾的。因为他们的本钱极其有限，甚至是东借西凑来的，打不得水漂。这些年，把蒜薹、茄子、卷心菜倒进沟里、烂在地里的事情并不少见。每次听到这样的消息，我都在心里为他们掉眼泪，同时也恨自己没有能力去帮他们一把。在农人眼里，我们这些吃着公家饭的干部该是活得滋滋润润了：风刮不着雨淋不着日头晒不着，月月拿着旱涝保收的工资，太恣儿了！但人心大多是不得满足的，有了工作的还想要

180

位子，有了小位子的还想着更大的位子；能糊口了的还想着发财，发了小财的还想着发大财；有了房子还想着要别墅，有了老婆还想着要情人。这般贪心，好也便不觉得好了。

沟底堰畔，满满的杂树野草，我常常停了脚步细细地端详它们。到处都是虫鸣，这边叽叽，那边啾啾，如朝露般清澈，各成曲调。耳膜被鼎沸的人声鼓噪烦了，乍一听这虫鸣，一下子就激灵了起来，忍不住就循了那声音去找，想见识见识这些自然乐师的尊容，不料脚步刚一移动，它们便立即寂然了。我静立一霎，它们又开始了演奏，似乎是在跟我玩捉迷藏呢，这些小乖乖！我索性打消了寻访庐山真面目的念头：觉得声音悦耳尽管欣赏声音好了，何必非要去刨根知底呢？还是想象她们个个都是抚琴而歌的美妙女子罢了。毕竟，写得出美文的不一定就是美女，下得了好蛋的也不见得就是凤凰嘛。

溜达累了，我就选一片有微风吹过的草地躺下休息。享受着青草的柔软，聆听着美妙的天籁，我不知不觉就进入了梦乡。

一觉睡到自然醒，常常已是下午三点光景。肚子觉得饿，就回去做一天里的第二顿饭。饭极简单，或者面条方便面，或者面疙瘩汤。做起来省事，吃着也不用就菜。妻子原来是给我准备了一些火腿、鸡蛋什么的，我执意不带。吃完饭就喝茶，一壶茶要喝上一两个小时，直到味道全无。茶一下肚，身体整个就清爽了许多。看太阳快要落到了林子里去，我就又拿了锄去除草。感觉累了，锄头一扔，就去沟北头的丹河水库游泳。深水里是不敢去的，只在清可见底的水边鸡刨狗蹬一番，便拿了细沙在身上搓揉，直搓得皮肤发了红，冲洗干净，就去看人家垂钓。看得多了就看出了一些门道，原来这垂钓也是分个境界高低的：有的完全以鱼为乐，小得小乐，大得大乐，不得则骂；有的意不在鱼，而在垂钓之乐，得鱼也喜，不得亦乐；有的心怀善念，鱼大则留，鱼小则放。我是打心底里敬佩第二种和第三种钓者的，静静地蹲其一旁，虽不多言语，却思绪飞扬。直到那人收竿而去，我仍在原地呆呆地默坐好一会儿。

　　沟里静谧，夜更清凉。晚饭之后，复泡茶自饮，想些人生得失、世态炎凉，心就有些颓废。想起蔡兄曾在一本书里说过："一城蛤蟆在蹦跶——有蹦得高的，有蹦得低的。人活着，不蹦跶还真不行。"我当然也是蛤蟆一个，是蛤蟆就得蹦跶，却是一只没出息的蛤蟆，蹦来跳去总没能蹦跶出个所以然，眼看气数将尽，只好选择了伏地爬行。其实，爬行也是一种不错的行走状态，只不过需要时时提防那些抬起落下的脚。真要是被伤着了，怪不得别人，要怪只能怪自己不长眼，怪自己不高不大。真要高大了，哪个不长眼的蠢货敢来踩？

　　于是就想在这沟里学虎长啸，以抒心中块垒，嘴一张却哑在了那里。

　　第四天下午突然落起了雨。久旱逢甘霖，不仅庄稼、草木，就连人的心情也好了许多。被雨丝勾惹着，我在屋里待不住，便戴了一顶破苇笠，披了一个蛇皮袋，去山岭上走走。雨点落在草丛里、树叶上，唰唰作响，犹如蚕食桑叶，听着心里就受用。

　　许是一下午没劳动的缘故，晚饭没一点胃口。饭省却了，茶却不能不喝。泡上焖了一会儿，刚倒出第一杯回了壶，蔡家大爷竟然深一脚浅一脚地来了。我赶忙起身迎接，脸上是挂了一些惊异的。"今夜要有雷雨，怕你害怕，过来和你做个伴。"大爷开门见山，道明来意。我感动着他的好心，不忍拂了他的好意，两个人喝茶闲聊，上至国家大事，下到人生烦琐。一壶喝罢，毫无睡意，干脆又泡一壶，下得酽酽的。九时与妻通话，妻说预报着今晚有大暴雨，小心让洪水冲了去。我说不怕，有蔡大爷陪着呢。电话那头才放下了心。

　　大爷虽是地道的老农民，却写得一手好书法。这我早就听说过，遗憾的是未见其真迹。在这方面，蔡兄是得了一些遗传的。闲聊时间一长，便觉无趣，我就询问这屋里有无笔墨，大爷一听来了兴致，立马从床下取来家伙，在报纸上写给我看，先写一个大"福"，又写一个大

"寿"，笔力果然老到。我要求他一幅字，他这才找出宣纸，问我写什么内容，我说随你便吧。他皱着眉头思忖一会儿，提笔写道："世事本无常，人心定乾坤。"两个人玩味一番，皆大欢喜。

半夜时分果然就来了雷电，暴雨倾盆。人皆不语，静听雷鸣，不知何时就入了睡。

次日醒来，大爷已不见了踪影。雷雨就讲究个痛快，昨夜性情大发，一早就偃旗息鼓，天气大晴。

早餐吃得很多，以至于一顿饭做了两次。刚下过雨，地里去不得，就又出去转悠。突然就感到了深深的孤独和寂寞。想白发爹娘，想老婆孩子，想那些狐朋狗友。打开手机，未接电话和未读的短信纷至沓来。不禁产生了"相坐也无语，不见忽忆他"的念想，愈想愈浓，简直动了要回去的心思，赶紧又把手机关上。这是我进入北沟以来面对的第一次考验。仅仅五天就坚持不住了？到底还是把自己给劝住了，强迫自己赶快转移注意力。于是就登上一个小高坡，举目四望，心情顿时释然了许多。

一天无事，百无聊赖，后悔自己当初太决绝，哪怕是带一本书来也好啊。于是就去四处搜寻印了文字的东西，果然就找到了几张书法报。想必是先前蔡兄带回来的。如获至宝，便端了茶水去树林子里阅读，一字一字地念下来，连中缝里的广告也不嫌弃。方才懂得书法的精妙并非唯笔画结构，关键是讲究一个"气"字。"气"即"风骨"。万事皆有相通之处，书法如此，绘画如此，做文章如此，做人也该是如此的吧。

傍晚去树下捡拾蝉蛹打牙祭。几天不见荤腥，肚里几乎没了油水，饭吃得再多还是感觉空落落的。恨不得立即就抓了大块的肉来饕餮一通。白日里蝉声喧闹，几乎要把人淹没了，捉起蝉蛹来却颇为费劲，一晚只得七八个。等不及第二天再食，回来就拿开水烫了，清洗干净，生火油炸。舍不得一口一个，都是先把腿一根一根地掰着吃了，然后头部，然后腹部，最后胸部。吃完第一个，突然想起喝啤酒，果然就寻得了一瓶。

这晚给妻打电话时，突然就冒出了一句酸话："我想你们。"妻子嗔怪："别假惺惺的，沟里的狐狸精就没勾了你的魂？"我便笑了："那狐狸精都嫌我丑陋呢。"妻说："那就多给她们点钱吧。"说罢两人都哈哈大笑。

真是没有想到，第二天上午妻子就用摩托车带儿子来看我了。其时我刚从地里回来，正在生火做饭。由于柴火因雨受潮，不好点着，我只好单腿跪地用嘴去吹风，弄得灰头土脸的。

妻子一见我这副样子就心疼了，牵了儿子问："这是你爸吗？"儿子扑哧一声笑了，说道："老爸，你好酷耶！"

知我莫若妻。这次来，她给我带了熟肉、童子鸡，还有肉排。我狼吞虎咽，一阵犒劳，把儿子惊得直勾勾眼。

吃过饭我就充当了导游，领着老婆孩子去看我锄的地，去树林里转，去山岭上逛，去水库看人钓鱼。午饭后妻子问我回不回去，我说不差这三四天了吧，她便决定留下来陪我一夜。儿子兴致极高，一听要住下蹦了好几蹦。

下晌我们就一起去地里除草，我在前面锄，她娘俩跟在后面往外划拉。不一会儿子就撂了挑子，非要再去看那钓鱼的。一看就看到将近天黑。晚上看着黑魆魆的四周，儿子感到有些怕。妻子却奇怪了这里竟然没有蚊子。

第二日妻儿要回去，看着他们渐去渐远的身影，我的心猛地颤了一下，似乎一下子被掏空了。

地才锄了一半，我得加把劲了。于是就少了些东游西逛。

又过三天，蔡兄如约来接我回城，见面就惊呼我黑了瘦了不少。我带他去看我锄的地，说："整日里给你当长工，怎能不黑瘦了？你该欠我一份大情呢！"他却撇撇嘴："我这儿好歹也算个山庄，让你当了十天的山大王，你该欠我情呢。"并要我当晚回去就到陶然居酒楼做东请他好吃一顿，顺便也为自己洗洗尘。

中午，蔡家大爷大娘拿了酒菜来，为我送别。感谢的话当面说不出口，只在心里默默地记下了。

傍晚回到城里，蔡拉着我直接就进了陶然居，我说身上的钱不够，他说用不着你付钱。待到进得房间里，才知早有一大群人等在了那里。心头不禁一热，酒就喝得格外开心，一直喝到十点多。

往家走的路上，有人问我去沟里十日寻到了什么宝贝，我说权当是去参了一回禅。

远远地看到了自家客厅里的灯光，眼睛禁不住就有些潮润。

# 山里人家

一

山是出奇的高，真让人担心一不留神就要把天给捅破了。

小小的村庄就圪蹴在一块又一块的青石板上。别的地方的村子大都讲究一个四四方方的规整，到这里却全然没有了什么方寸。四五十户人家，占据着二三里长的一截沟谷，远远看去，一座座房子就像悬挂在山崖上似的。位置高的和低的仰俯可见，咳嗽一声都能听得响亮，但真要串起门来，得仄仄歪歪地走上老鼻子的路。

村子虽然已经很是古老，却精精爽爽的，让人眼睛发亮。山是青石叠成的，屋是青石垒成的，路和院子是青石铺成的，浑然一色却又层次分明，白天夜里都泛着莹莹的青光。石缝里长草长花，也长树。树有古有幼，古者苍劲雄浑，气定神闲，幼者腰肢纤弱，随风淘气。花有浓有淡，浓如艳妆少妇，雍容富态，淡如素面女子，清纯丽质。草是见缝插针地活泼，瘦而有骨，沟沟堰堰地疯跑。

居东西两山夹缝之间，水是村庄的灵魂。一条小溪自北而南，喂养着跌宕起伏的村庄。溪水就势赋形，平平地走上十来步，就顽童取闹般猛地蹲一下身子，天长日久便形成了一汪汪的水湾。一个个水湾被那小溪一根绳串了，像极了一条明晃晃的银链。溪水终日就那么哗哗地淌着，不急也不缓，像一曲听不厌的童谣，也像极了山里汉子的性情。是

186

汉子们影响了这溪水，还是溪水浸染了这里的汉子们呢？

谁家俊俏的媳妇来溪边洗衣了，一不小心被水偷去了一件红色小褂。女子一激灵，急忙一伸手捉住，嘴里娇嗔地埋怨了一句：没良心的！说完就朝着村口发痴：家里那个"没良心的"出去打工，一走就是两个多月，真把留在家里的人给闲荒了。

## 二

村口的一棵银杏树，是村里依然健在的最年长的老者。

山里多奇事。这树不光年老，而且长得实在是有些奇特：腐空的树干上竟然又长出了一棵雄性小银杏，形成了罕见的雌雄同体的"夫妻树"。不过村里的人从心理上实在是接受不了如此的"老妻少夫"，都管它叫"母子树"。据说当初先人是一起栽了两棵树的，一雌一雄，长果很是旺盛。后来雄的不知怎么的死掉了，雌的也从此一蹶不振，枝枯叶稀，很快就已然朽木。离去的雄树的魂灵目睹此情景，寸断肝肠，企求神灵把他投进雌树的怀抱，做了她的儿子。自此以后，雌树又焕发了青春，枝繁叶茂，果实丰硕，每年都产好几百斤呢。

树下有石碾。石碾也是青石凿成的，碾棍足有碗口粗，油光精滑。银杏树下，石碾四周，着实是女人们的天地。山里的男人娶个媳妇并不容易，因此最疼自己的女人。重活累活上沟爬崖种地都是自个儿担了，留着媳妇在家里烧火做饭洗衣养孩子。女人即使偶尔跟了去，也只是充当个帮手和拉呱儿的角色。因此山里的生活虽然有些清贫，女人们的日子还是过得滋滋润润的。早上一觉睡到自来醒，用泉水洗了脸，煮了饭，伺候大人孩子吃过了，就虚掩了门抬腿往银杏树下聚拢，推碾的推碾，洗衣的洗衣，做鞋的做鞋，哄孩子的哄孩子。都说三个女人一台戏，这么些个女人聚在一起，唱的可是一场大戏哩！时不时地一句不知加了什么油盐的话，就能把她们笑出了泪。她们之间几乎是没有什么秘密的，回趟娘家都要提前好几天就炫耀开来。要是哪天哪个突然就一整天不朝面了，大家不用打听就知道一定是那家在外打工的男人回来了，正在家里稀罕着呢！

山里的男人也不全是好东西。随着外出打工的越来越多，免不了出个花心的负心汉在外拈了花惹了草，甚至回到家要和女人离婚。女人们一下子就抱成团同仇敌忾了：这个该挨千刀的，还不如树通情呢！骂着骂着就沉默了：人心真是隔肚皮啊。于是有心眼的就死活要跟了男人一起出去打工，天南海北都不怕。村里的一些房子于是空了。

谁家的老母鸡在大中午下了蛋，咕咕地叫个不停，搅了一村的静谧，莫不是个双黄的吧？


三


一年三百六十五天，至少有二百个早晨是起雾的。雾是低空的云，湿湿地流动着。人在里面行走，影影绰绰，真真是腾了云驾了雾，活像入了仙境。

一路人马在村子中央集结完毕，便向了村外进发。走在最前面的是一个大团儿，后面紧随了的，是五六个隐隐约约的小不点。

"大叔，你说这雾是怎么生出来的呢？"一个小不点问。

"大叔没什么文化，说不好，不过书上都有呢，等你学过了就知道了。"那个大团儿回答道。

"大伯，山外会是个什么样子的呢？"又一个小不点问。

"山外可好了，有高楼，有汽车，有宽阔的柏油路，男人都打了领带，女人都穿着高跟鞋……哎，我告诉你们，你们可是一定要把这学上好了啊，上好了学，考到大城市里去，住高楼，坐轿车，打领带穿高跟鞋，那敢情带劲啊！"那个大团儿又答。

"爹，等我走出了大山，一定把你和我娘接出去，享享福。"是一个小女孩的声音。

"爹娘都盼着呢，不过这事不是耍嘴皮子就能耍来的，得使劲用功

188

哪，这山这么高，不用力怎么能飞得出去呢?"答话的还是那个大团儿。

原来是柱子哥在送孩子们去上学呢。学校建在邻村，说是邻村，少说也有五六里的路程。娃娃们还小，自己走不放心，于是有娃上学的人家就轮流着早上送去下午接回。这是村里最庄重的一件事情，风雨无阻，它关系着娃娃们一生的命运哪。山里的娃子要想有个好前途，只有两条路：一是考学，二是当兵。招兵的名额少，一般轮不到这里的孩子，便只有考学了。村里前几年考出过一个大学生，一参加工作就拿七八百元的工资呢。

雾越来越浓，浓得对面都看不清眉眼。一路人马东一句西一句地说了一会儿就没了话。静寂的山间，只听见他们杂乱的脚步声。每走过一道沟底，柱子哥都要吆喝上一声：报数!孩子们便扯了嗓子喊：丽丽一，秀秀二，红红三，刚子四，明明五，聪聪六。每一次喊数，声音都在空旷的山谷里回荡很长时间。许是这沟谷实在太寂寞了，舍不得一下子把它吸掉。

在孩子们报过了四次数之后，就到学校了。安妥好孩子们，柱子哥便一个人按原路往回返，走着走着就唱起了熟悉的山歌。

四

山里多的是风，少的是土。

那风是顺着山谷一溜儿寻过来的，分季节地温柔着或张狂着，和煦着或冷酷着。温柔起来讨好似的给花草树木梳发理裳，张狂起来龙走江湖倒腾得满村鸡飞狗跳；和煦起来能让枯枝萌动了春心，冷酷起来能把石头硬上三分。山里人熟稔了风的脾性，该亲近就亲近着，该躲避就躲避着，日子就这样在草长草衰花开花落中风里来风里去地散漫而悠长。

最喜欢的是山里的风无论是小着还是大着，都像在溪水里滤过似的洁洁净净，不迷人眼睛，也不让人牙碜。就像山里人的性情，无论是缓的还是躁的，都是坦坦荡荡着，不欺弱畏强，也不无理搅三分。不含土的风和不掺假的人，就这么地相互交融着，守护着山村的率真、古朴和坦诚。

风带给小村最大的恩惠，也许就是从四面八方裹挟而来的形形色色的植物种子了。风满世界地闯荡，是见过大世面的，它最知道哪里盛产什么，哪里缺少什么，于是就在方便的时候随手一撸，顺手一捎，便做了大大的善者。被风带到这里来的种子们，定然是历经了万水千山的跋涉，扛住了一路肥土沃壤的诱惑的吧。落户到这贫瘠的山中，也许是它们当初砸破脑袋都料想不到的。世界何其之大，种子何其之多，风向何其多变，可偏偏就是它们被带到了这里。世间的一切，都是应该讲究机缘的。来到了这里，方知生存的艰难，难就难在石头太多，土太少、太薄了。半大兔子的一泡尿都极可能把它们历尽千辛万苦扎下的营寨冲毁。但它们从不怨天尤人，既来之则安之，生命力超乎想象的坚韧和顽强，石头缝里也能撑起一片天。活像一代又一代的山里人，生就的苦命，全凭倔强的努力，才得以生生不息。

放下午学了，一个小男孩并不急着回家，而蹦跳着到了溪边，小心地把一只纸船放在水面上，不眨眼地看着它顺流而下。那小小的船里，许是载了不少的梦想吧。

# 五

山里人多长寿，却也命贱，活着时似草芥，死了如灯灭，一抔土就安葬了。

世世代代下来，村里的墓地是越来越大了，坟头挨挨挤挤地盘踞在村里最好的土地上。山里人最懂孝道，爹娘活着时竭力奉养，死后也要尽量地让他们入厚土为安。与石头相处了一辈子，山里人不兴立碑，可哪个坟头不是一块无字的碑呢？

直到去年春上，村子才结束了无墓碑的历史，而且一有就是两块。立碑的那天，我正好在村里做事。那位孝子自村口开始，一步一叩地向母亲和奶奶的墓地跪拜着。他的额头每一次磕下去都咚咚作响，他的泪水打湿了每一块青石板，把整个山村都感动得骨裂筋断。两块石碑在孝子的母亲和奶奶坟前端端正正地立好后，他突然向着村里的老人们重重地跪了下来：大娘大婶们，不孝之子今天回来看望你们了。话未说完已是泣不成声。

就在这一刻，小村的神经被彻底刺痛了。一位又一位老人颤巍巍地把这个孩子搂进怀里，泪眼朦胧地端详着，三十二年前那个大雨滂沱之夜重新浮现：就是在那天晚上，一位年轻的母亲在自家的土炕上用尽全力生下眼前这个孩子后，大出血而亡。那时条件是超乎想象的艰难，要养活这个孩子真还难于登天。可怜了孩子的奶奶，天天抱了孩子在邻近的村里和集市上转悠，见了奶孩子的妇女就涎着老脸凑上前去乞讨：行行好，也给这孩子奶一口吧。夜里孩子饿醒，当奶奶的就把奶头塞进孩子嘴里，让他吮着睡下，奶头被咬得整天都肿着。这孩子虽然命苦，却也命硬，居然就这么活了下来。操劳过度的奶奶随爷爷去了后，父亲便带他投奔了远在东北的一门亲戚，在那里重新组建了家庭。日子一天天过去，这孩子长大成人，也算争气，娶妻生子成了小家立了小业。年龄愈长，他就越发地念想母亲和奶奶，母亲拿自己的大命换了他的小命，奶奶也为自己折了寿，每次想起这些他心里都愧疚得不行。于是就省吃俭用地攒钱，一门心思地要回老家给二老立上块碑。

人生人真是过鬼门关啊。于是就有人说了：山里人不怕死，最怕的却是生。

不知为什么，出行在外，每次看到石碑，无论是村碑还是墓碑，也无论是大是小，我都要不自觉地想起那位孝子为母亲和奶奶立碑的情景来。那碑虽然是石头刻成立在了那里的，却分明是时时揣在孝子怀里的一块心碑啊。

新的一天又到来了，阳光普照大地。我笨手笨脚地燃起灶火，只想好好地给父母做一顿饭。

# 六

村民们最主要的经济来源，是柿子。

那些柿子树大部分少说也已经栽下几十年了，粗壮，高大，漫山遍野地长着。它们好像不喜欢群居，这里一棵那里一棵的都离得很远，像极了一位位耀武扬威的诸侯，又像极了那些独来独往的虎豹。据说有力量的东西都是这个样子的。因为自身的强大，它们用不着成群结队。我常常伫立在某个地方长时间默默地凝视它们，它们饱满的枝干犹如父亲的胸膛，让我感觉厚重和踏实，传达给离群索居多年的我一种生命的信念和力量。

秋天是村民最忙碌和高兴的季节。在秋天里，一切都成熟了，每一棵柿树上都挂满了数不清的小红灯笼，点燃了静寂的山野和平淡的生活。记得贾平凹先生曾说过：成熟了的东西是受不得用手摸的，一摸就要掉呢。贾先生真是一个参透了天机的人。柿子尤其如此，它的柔骨蜜心让你实在是不能随便地用手去摸，要摸，也得同时用另一只手在底下接了。要是不小心让它掉到了地上，立马就变成一摊黄汤烂泥。摘柿子是最能检验一个人的细致和心性了，心太急了不行，手太粗了不行，不讲究点技巧也不行，活像男女之间的谈情说爱，得悠着点。

当柿子一树一树地摘下来，一筐一筐地挑下山，一车一车地拉出去，一叠一叠的票子也就拿到手了，来年的日子便有了根底。所有的柿树，此时都像产后的孕妇，虚脱但自豪着。及至深秋，树叶全部落光，几枚或大或小的柿子再无藏身之处，在树顶枝末裸裸地晶亮着，似一个个淘气的丫头。村里有年轻的后生领了女朋友回家，嫌看新人的太闹，怕羞，就在午饭后牵了手到山上溜达，说些浓情蜜意的热辣话。男孩子为讨女孩欢心，一眨眼工夫就手脚麻利地攀上了树，要摘柿子给她吃。女孩偎在男孩怀里被指导着，用樱桃小嘴把柿子轻轻地咬开一个小口，缩脖而啜，还没等用力就全吸了进去。喝罢柿肉再对着那小口轻轻一吹，柿壳便又恢复了原样。好玩极了！

# 七

家家户户都养花。你若去的是时候，每个小院里都色彩斑斓着。怕是山里的日子实在是有些单调，人们便栽了这花草，做一番自我调节吧。

绝少奇花异草，多的是大路货，什么月季啦，芍药啦，夹竹桃啦，鸡冠花啦，地瓜花啦，等等，好种植花期也长。栽花的地方和器具也极其不讲究，随便一个墙旮旯儿，随手捡来的一个破盆烂罐，都被充分利用了。好在那花草也不在意，入乡随俗，随遇而安，长得都水灵灵的，一如村里的妹子，也泼辣辣的，随了山里的媳妇。

常常做些无端的猜想，想这花草也许就是上帝派遣到人间的一个个使者吧。一个不管活得多累的人，只要看到一朵花正灿灿地对着自己微笑，怎会不动了心思，觉到美好和希望呢。

花儿虽美却不能言语。或许正是因为太美了，上帝才让其一直保持缄默，怕她们一开口就把世间男子的心给搅乱了。村里的姑娘小莹也许就是因为长得太美而被上帝误作了花儿的。不能说话的小莹是村里最惹人爱怜的孩子。好在她是一个极有心性的人，虽然口不能说话，但眉眼里都透露出一般人所不具备的聪颖和灵性。因了这些美好的品质，她非但没有怨天尤人，自暴自弃，反而凭了自己的聪慧和心灵手巧自学了小学课本，学会了刺绣。她的刺绣从不绣人，只绣花。也许她和花真是孪生的姐妹呢。小莹是在二十三岁那年春天被山下的一个帅气的小画家给娶走的，婚后夫妇俩琴瑟和鸣，开了一家小小的工艺品店，日子过得很是不错。

在我活得最失魂落魄的时候，曾以一家报社特邀撰稿人的身份专门采访过小莹。其时她和丈夫已经开起了一个颇具规模的工艺品加工厂。

193

许是同病相怜吧，她的厂子里招收了十几个聋哑女孩。她教给她们绣的，也只是花，含苞欲放的花，灿烂开放的花，都是传了神的生动。一群花一般的女孩，整日里绣的又全是花，即便本身不是花胎，也要被度了呢。我与小莹的交流全靠笔和纸，她的字不漂亮，却每一句都弥漫了花香的芬芳。采访即将结束时，我让她谈谈自己对人生的看法，她歪着头很认真地想了好一会儿，在纸上写下了这么一句话："生命是需要用心来经营的。"

那天中午，我谢绝了小莹和她丈夫的宴请，一个人悄悄地回到那个小山村，饿着肚子在小莹长时间生活过而今已经空荡了的那个院子里静静地坐了一下午。小莹当年栽下的花虽然少了管理，却仍在满院子活泼泼地开着。这个聋哑的女子也许并不知道，她所用心开放的，不仅仅是自己的美丽，也在无意间点燃了一颗颗悲苦的灵魂，包括她身边的那些女孩，也包括我和许许多多受了她影响的人。

## 八

山里人怕下雪，大雪封山哪。

尽管不受欢迎，雪还是年年都会如期而至，一点点地把村子填暄了，美白了。大雪多半是在夜里落下的，往往先是白天里下一场小雨，权当是做了一些铺垫，夜里雪就大踏步地来了。一开始是些唰啦唰啦的雪粒子，很快就大片大片鹅毛般的了。山里的夜静极了，静得连雪花的簌簌声都听得真切。

待到天明推门一看，这世界真的是银装素裹了。多么耀眼的白啊，晶莹、洁净，直达人的内心。落光了叶子的树木，臃肿粗俗的草垛，锐气十足的棱石，都因了这雪而变得圆润、肃穆了很多。像一颗颗正在沉思的孤寂的魂灵。我披上外套走出屋子，脚底下发出清脆极了的响声。许多年了，日日奔波在城市的柏油路上，我从未听到过自己的脚步声，一大段又一大段的路，走过了就走过了，留不下什么痕迹。而现在，我的每一脚都那么深刻地印进了雪里。每走十几步，我都要停下来，转过身子，久久地凝视它们。

我原以为自己起得最早，却没想到走着走着就发现了另一行脚印。我循着那脚印走去，在一座小山顶上见到了赵传大叔，他的怀里紧抱着一件火红的棉袄。我知道，他一定又是在等他那疯婆娘了。他的婆娘离家已经近十年了，是在一个雪夜里突然疯掉出走的。女人变疯的原因不明，老人们猜测说肯定是被赵传伤过的那只狐给做了魔法的。山里自古以来就多出奇事怪事，许多事情真的是说不清道不明的。病急乱投医，人急乱拜佛，一筹莫展的赵传大叔听信了老人们的话，于是很是破费地请了一个颇是有些名气的神婆来，那神婆燃起香火，嘴里念念有词，不一会儿就有神灵附了身。果然是应了老人们的猜想。狐是多么有灵性的动物，是随便伤害的吗？赵传大叔磕头作揖，乞求神灵给指一条明路，神灵告诉他当年被他枪击的是一只母狐，逃回去不久就死了，于是那公狐就把他的婆娘给召了去伺候自己，怕是再也回不来了。赵传大叔并不死心，到处寻找了很多年，终于还是没能找得到。他幻想等那公狐老死了，一定会在某个下雪天把他的婆娘给还回来的，于是每次雪后他都要到他伤害过那只狐的山头上痴痴地等着，怀里抱的那件红棉袄，是他的婆娘当初的嫁妆。

那个清晨，我同赵传大叔说了很多的话，希望他能走出迷信的阴影，放弃幻想，开始新的生活，但他的一句反问让我哑然了：你大婶身体壮得像头牛，也没生什么病，没受什么刺激，怎么说疯就疯了呢？你是有大学问的，你给我一个信服的说法吧？我沉默了。世上的很多事情，的确是人所无法参透的。起风了，刀子般凛冽，我劝大叔回去，他却不肯：你先走吧，我再等等，说不定你大婶一会儿就回来了呢。我只好一个人走下山来，脑子里一片空白。

# 九

满山满沟都是路，弯弯曲曲地纵横交错着。

这么多的路，都是从村子里辐射出来的，虽然多，却条条都在山顶隔断了，人被圈得只能在山里打转转。日子被这蜘蛛网缠得有些心焦，一辈子又一辈子的人都在这些羊肠道上反反复复地走老了。

要把日子从这山里过出去，就必须开出一条宽阔的路。但要修路，何其艰难。山里的石头老筋老骨的硬啊，硬得铁镐都畏它们八分。唯一能欺得住这顽石的，是村民对美好生活的向往和追求。因了这样强烈的向往和追求，20 世纪 90 年代中期，一场开山辟路的攻坚战终于打响。全村的男女老少一起上阵，用钎子凿，用锤头砸，用脊梁背，用筐子挑，一点点地向山外延伸着。传说中的愚公和他的子子孙孙在这里重现了。为了犒赏村里的壮汉们，老光棍德忠大伯一咬牙把喂养多年的一只羊宰了，老寡妇秀芹大婶也含着泪把十几只老母鸡全给煮了。他们都是土埋到脖子的人了，即使路修好也走不了几回，走不了多远了，可他们却心甘情愿地为此付出了。在山外人的眼里，一只羊几只鸡也许算不上什么，可对于德忠大伯和秀芹大婶来说，却几乎是倾了家荡了产的。那是怎样的一种悲壮啊。

一条宽两米、长四里的路，一村人整整修了五年。德忠大伯和秀芹大婶最终没能熬到路修好的那一天，相继辞了世。但人们并没有忘记他们。道路竣工的那天，村里两个最壮实的汉子分别捧了二位老人的遗像，率先在那路上走了一个来回。他们身后紧跟着的，是全村的父老乡亲。

道路一通，山门就唰地打开了；山门一打开，村庄就生生地活了。村民们有的搞起了养殖，有的做起了买卖；村里有了第一辆自行车、第一辆摩托车、第一台拖拉机。山里的人走出去了，山外的人也走进来了，收山果的，买山鸡的，招工人的，送科技的，都呼啦啦地往里涌。村子有了人气，也就多了灵气。记不得是哪一天了，有人注意到了这里的好，竟然带了家人朋友来游玩。村民对外来的客人格外热情，自告奋勇地给他们当导游，请他们吃农家饭菜。那里面偏偏有个喜欢舞文弄墨的，回去后乘兴挥动了生花妙笔，写了篇文章发表在市里的日报上，把小山村的环境特点风土人情全给介绍了出去，游客自此络绎起来，给小山村带了更多的信息和商机。

村里有人买上轿车了，喜庆的鞭炮噼里啪啦地闹了好一阵子。

# 一个村庄与一条河流

## 一

村叫赵庄，河曰汶河。

村是普通的村，河是普通的河。

村与河相互依存着，在鲁中山区的一隅过着自己的日子，倏忽已经六七百年。

据《临朐县志》记载，赵庄于明朝由赵氏立村。可不知为什么，时至今日，村里的赵姓人丁已全无踪迹，让人匪夷所思。倒是姓张的人家如青草般蓬蓬勃勃地发展起来，颇有些鸠占鹊巢的味道。以至于如今的人说起来都认为这村名纯粹是"挂羊头卖狗肉"。

记得小时候在学校里学到"名不副实"这个成语时，那个满口之乎者也的老学究就摇头晃脑地举我们的村名做例子，惹得同学们哈哈大笑。有几个调皮蛋居然还一边笑一边不怀好意地用手指我，窘得我真想找个地缝钻进去。

那是我第一次意识到自己和赵庄的密切关系。

## 二

赵庄的张姓是什么时候被哪个方向的风刮来的呢？

198

《族谱》有记，赵庄张氏的始祖于元末明初自河北河间府东光县斑鸠店庄逃难而来，胡服戎装，为元朝功勋，后韬迹隐匿，初居双山之阳，再居高家庄，释甲胄而勤农桑，尚淳朴以立基业。其后一子东迁汶水之西白塔之北锹土诛茅，以就口食。

由于居无定所，他们只好砍伐一些树枝搭成简易的窝棚遮风雨避寒暑，故称"窝铺"。后又开枝散叶，有迁到庙山村、白塔村的。到明末清初年间，十一世祖张甲又从白塔村迁入赵庄。

不论是窝铺，还是白塔、赵庄，都紧临汶河。自古以来，为了生存和繁衍，人类就学会了逐水而居。中国的黄河流域、埃及的尼罗河流域、巴比伦的两河流域以及印度的恒河流域，不仅为人类的生生不息提供了必要的物质条件，也培育了人类的古老文明，这是世人皆知的事实。

看来，我们这支张姓的始祖，也是智慧的。

隐居于鲁中山区的汶河，虽然无法与这些"人类文明的摇篮"相媲美，却也倾尽自己的乳汁养育着沿河的子民。一开始是花草树木、虫鱼鸟兽，后来又加入了人。

即使瘦小，她也是一条伟大的母亲河。就像是一个女人的瘦弱并不影响她成为一个伟大的母亲一样。

## 三

汶河发源于素有小泰山美誉、被尊为"中华五大镇山之首"的沂山，流经著名的世界风筝之都——潍坊，最后逶迤注入渤海。

从沂山法云寺出发，到达赵庄时，汶河已走了三十多公里。

一开始，赵庄是紧紧地偎依在汶河身边的。村里的人们在睡梦里都能听得到汶河哼唱的歌谣。在这块东西两道山岭夹裹的小小平原上，赵庄人日出而作，日落而息。因为有水，他们不愁吃，不愁喝，男不愁娶，女不愁嫁，小日子过得滋滋润润，宛若世外桃源。

对于汶河的庇护，赵庄人感激不尽，自设了许多禁忌，比如不论大人小孩，绝不能往河里倒脏水、扔垃圾、大小便，也不能在河边吵架、说脏话。

对于个别不守规矩的人，族人绝不会轻饶。轻则罚他跪在河边专设的青石板上赎罪，重则打他个皮开肉绽。

为了表达对汶河的感恩和敬畏，每年的新麦打下来后，村里都要举行一次庄重的仪式，给河神过生日。

那是村里的每户人家都自觉参与的，场面相当壮观：村子有多少人家就有多少张摆放祭品的供桌，有多少份祭品。

据说，不只赵庄这样，沿汶河的所有村子都是如此。

因此，汶河的水从来就没有浑浊过。

四

20 世纪 50 年代末，为了充分利用汶河的水资源，国家决定兴建大二型水库——高崖水库，设计库容为一亿五千万立方米。

这个举措一下子打破了汶河隐士般的生活，也彻底改变了赵庄与汶河的关系。

赵庄人不得不挥泪告别与之紧紧相依相偎了六百多年的母亲河，迁到村西的那道山岭上。

听奶奶说，迁村的头一个晚上，全村都失眠了，男人们坐在河边抽了一夜的纸烟，妇女们也抱着孩子陪爷们儿干坐了一夜。

黎明时分，人们默默地、小心翼翼地把河边和村子都打扫得干干净净的，比过新年还要打扫得仔细。

迁村时，走着走着，村里几位最年长的老人突然掉转身，朝汶河的方向重重地跪了下去。一时间，全村人都扑通扑通跪下了，原先的啜泣立即变成了号啕大哭。

这里有他们朝夕相处的母亲河，有他们经营了许多年的家园，这里的每一棵花草、每一间房屋、每一方宅院、每一条街道，都凝结着多少感情，记载着多少念想。

一棵已经在汶河边生长了六百多年的大树，一下子要连根拔起，是多么伤筋动骨！

五

对于赵庄来说，搬迁还带给了他们另一个巨大的伤痛。其实，这个伤痛并不仅仅是赵庄的，更是白塔村的，乃至整个张氏家族的。

伤痛源于汶河西畔那个巨大的坟冢。大坟冢里居住着一位伟大的老婆婆陈氏，那位老婆婆用自己的生命和大爱演绎了一个惨烈的故事。

据有关碑文记载：十一世祖张甲和原配王氏共生育了四个孩子，继室陈氏没有亲生儿女。张甲和王氏故去后，陈氏视王氏所生四子犹如己出，百般呵护。其时，陈氏和老大老二住赵庄，老三和老四住白塔。

清顺治六年（1649 年）正月十二，一伙贼寇将老大老二绑架，索要财物，却因家贫一无所获。失落至极的贼寇怒火中烧，竟然动了杀人之心。危急时刻陈氏挺身而出，对贼寇说：我家的金银财宝都藏在白塔村两个小儿子那里，只要你们放了老大老二，我就带你们去白塔拿，全都给你们。这家我说了算，你们不要担心。

贼寇闻听此言，看陈氏的神情不像撒谎，就放了老大和老二，押着陈氏向白塔村走去。走到赵庄和白塔的中间地带，陈氏停下来，对贼寇们说："实话跟你们说，我白塔的那两个儿子也是穷得叮当响，去了也白搭。要杀要剐，你们看着办吧！"

贼寇气急败坏，朝陈氏胸口一刀捅去，陈氏立即倒在了血泊里。正是傍晚时分，夕阳把天空涂得通红通红的，就像是用陈氏的鲜血染红的一样。

# 六

陈氏的悲壮让孩子们肝肠寸断，倾尽所有为她举行了隆重的葬礼，将她埋葬在了遇难的地方，并且立下一块石碑，记录下了这段人世间动人的义母壮举。

据说，陈氏出殡那天，附近村子的男女老少都不约而同地停下手里的活儿，加入了送行的人群中。送葬的队伍因此前不见头，后不见尾，浩浩荡荡，蔚为大观。

陈氏下葬后，人们还久久没有离去，有的用铁锨，有的用双手，无声地往坟头上撒土，以此表达对她的敬重。到夜幕降临时分，小小的坟头已变成了一个大坟冢。

此后每逢清明、过年和陈氏忌日，十里八村的许多人都来为她上坟、添土。

也有不少人遇到了愁事难事，就在晚上来到这位老婆婆坟前，跟她说说话，或者在她的怀里哭一哭，寻求一种精神上的慰藉。临走时不忘磕几个头，捧几捧土撒到坟上。

老婆婆的坟冢于是越来越大，最大的时候足足有三四亩地。

难怪有传言说老婆婆的坟自己会长。

凭着一份博爱与忠烈，老婆婆就这样活在了人们心里。

安睡在肥沃的土地上，接受着人们一年又一年的敬奉，再加上汶河日日夜夜的陪伴，老婆婆也该感到欣慰了吧。

# 七

高崖水库开工建设后，老婆婆的坟冢剧烈地揪痛了人们的心。

有人提议要给老婆婆迁坟，但立即遭到了否决。在普通老百姓的思想里，人一旦入土为安，就不能再迁移了。否则，会惊扰了她的魂灵，让她成为找不到家的野鬼。

对于老婆婆，人们越是爱戴就越是谨慎。赵庄和白塔两个村的老人们拖着苟延残喘的身体，接连召开了好几次会议后，最终决定让老婆婆继续安息在原地不动。

他们开导那些不理解的年轻人说：兴建水库是一件造福更多人的好事，老婆婆是不会埋怨的，就让她住进"龙宫"，同龙王爷一起管制水里的虾鳖鱼蟹吧。

话虽这么说，当有一天眼睁睁地看着汶河水因了大坝的截流而慢慢淹没了老婆婆的坟冢时，人们不禁又一次哭了起来。

泪水滴进汶河，滴进高崖水库，也滴进了老婆婆的坟冢和自己曾经的家园。

从此以后，对于老婆婆，便没有了具体的纪念物。

但她仍旧活在人们相互传诵的故事中，活在人们的心里，触手可及。

# 八

高崖水库 1960 年开始蓄水后，昔日的大片良田顿时变成了浩渺的水面，沿河老百姓的眉头因此拧成了一个个疙瘩。

虽然赵庄和大坝相距二十里地，但她与汶河的关系也从此变得异常微妙。有时候，她们依然缠缠绵绵，卿卿我我，仿佛一对蜜月中的小夫妻；有时候，她们横眉冷对，剑拔弩张，像极了苦大仇深的冤家对头。

水库的水位是赵庄与汶河关系的晴雨表。雨水少的年头，水库的水面是延伸不到赵庄村以东的，因此，赵庄的大片粮田依旧为村里的人们提供着丰硕的小麦、玉米、高粱、大豆、稻谷等，馋煞了那些窝在丘陵上、只靠山岭薄地养家糊口的小山村。

在我小时候，家里共种着七口人的十来亩肥沃田地。这十几亩地在库底同左邻右舍的土地一起，结伙从村东出发，嬉笑着一路跑出去，一直跑出四五里地撞到汶河怀里才停了下来，就像一个个顽皮的孩子比着赛铺开的一块块细长的大毡垫。人们在这块大毡垫上面种五谷杂粮，种庄稼人自己的日子。

由于是库底，土地肥沃，人们根本就不用施肥，只按时节撒下种子，庄稼就蓬蓬勃勃地成长起来。

# 九

高粱是名副其实的长颈鹿，茎粗得像镢柄，穗大得像蒲扇。每一棵玉米都是一个幸福的妈妈，怀抱着大胖小子坐着幸福的月子。

大豆在个头上比不过玉米高粱，就努力地走内涵发展之路，每一颗豆粒都出落得珠圆玉润。每到冬天农闲季节，家家都要做上几次细豆腐，时不时地切上一些同大白菜、粉皮一锅炖了，一家人哧溜哧溜地吃个欢畅。有些好喝几口的爷们图省事，每次做好豆腐后都吩咐婆娘割下一大块撒上盐腌了，一凑堆就就着腌豆腐来上几口老白干，那个自在劲就甭提了。

小麦和稻谷能长得一人高，每一个麦穗和稻穗拿在手里都感觉沉甸甸的，粒子饱胀得似乎一不小心就会从襁褓里掉出来。小时候我最爱吃的是奶奶做的小米干饭，里面掺着绿豆，不软不硬，香香的，真是说不出的好吃。不仅我爱吃奶奶做的小米干饭，我们全家人都爱吃。这也是足以让奶奶感到自豪的一件事。小米干饭不仅好吃，还长力气。每到农忙时节，奶奶就踮着一双小脚天天做小米干饭，我们上坡回家，一大瓷碗一大瓷碗地往肚子里填，怎么吃也吃不厌。

那些年，我家每年都要种三亩多稻谷，把我们一家人养得壮壮实实的。奶奶曾经不止一次地对我说："等你长大娶了媳妇生了娃，就用我们自己种的小米伺候你媳妇月子，保管大人小孩都白白胖胖的。"我就不知羞地据此断定自己未来的媳妇一定是个有福的人。

肥沃的田地不只喂养庄稼，也喂养形形色色的小动物，野兔啦，蚂蚱啦，都在她的怀抱里欢蹦乱跳。有的乐极生悲，蹦着跳着就稀里糊涂地进了人们的饭锅，成为庄稼人饭桌上的一道美味。

十

雨水大的年月，汶河里的水就像脱缰的野马一样往下泻，高崖水库的水面便可着劲儿往上涨，毫不留情地把赵庄的"粮仓"淹个片甲不留。赵庄的日子就这样一年不如一年。

有些年头的春季里，看土地离水库的水面还远，一开春人们便急不可待地把土地收拾好，大刀阔斧地点播上种子，精心呵护着，希冀老天能带给他们一个丰收年。但事实往往是，庄稼正铆着劲长得郁郁葱葱，雨季就不期而至，把人们辛辛苦苦的侍弄淹个一干二净。

为了与水争夺庄稼，全村的男女老少一起上阵，一连几天泡在水里捞。因为地里灌了水，许多来不及逃跑的老鼠、蜥蜴、蛇都在庄稼稞上潜伏着，伺机逃命，有的竟然在本能的求生欲望支配下胆敢往人身上爬，猛然间就把人吓个魂飞魄散，田野里到处都充斥着女人和孩子的尖叫。

尽管如此，人们还是毫不退缩，含着泪摸庄稼，含着泪用筐子、篓子把摸上来的庄稼往岸上拖，直到水深得能没人才无可奈何地放弃。这些庄稼真是让人心疼啊，玉米刚刚抱子，稻谷刚刚秀穗，大豆刚刚怀胎，即使捞上来也只能喂牛喂羊。

后来我才明白，人们之所以这样拼命地跟水抢夺不成用的庄稼，很大程度上只是以此来祭奠自己付出的辛勤劳动，表达自己的愤怒无奈和不甘心罢了。

面对这些瞬间夭折的庄稼，一向感情粗糙、大大咧咧，再重的担子也能咬牙挑起、再浓的苦酒也能一饮而尽的大老爷们也禁不住泪水滂沱。那其中，就有我的父亲。也就从那时起，我第一次懂得了劳而无获的悲痛。

205

尽管如此，人们还是不死心，如果第二年春天退了水，他们仍会按时把庄稼种上，演绎着十年九不收的悲壮。即使庄稼不收，他们也会感到一丝丝欣慰：自己并没有辜负土地。

# 十一

近年来，高崖水库大坝屡次加高，蓄水量越来越大，一万多亩沃土便常年沉睡在了水下。原本养活着几百人、几千人、万余人的膏腴，如今只能成为虾鳖鱼蟹的温床。昔日蜿蜒而下、曲线优美的汶河，也被淹没在水面以下，成为一条难见天日的暗流。

赵庄人对"粮仓"的希冀彻底绝望了。

但活人总不能让尿憋死，曾经养尊处优的赵庄村民，就像那些家境破败下来的贵族子弟一样，不得不放下架子，在困境中无可奈何地扬起镢头、挥动铁锨，涎着脸开辟山岭薄地，延续着有气无力的烟火。

虽然政府每年也都拨给村里一些救济粮，但实在是杯水车薪，还不够塞牙缝的。更可气的是，即使是这么点救命的粮食，也还居然被一部分阎王不嫌鬼瘦的贪官污吏变着法地克扣或卖掉。

由于赖以生存的土地被淹没，曾经备受欣羡的赵庄彻底衰败了。最明显的事实是：自20世纪90年代开始，赵庄的小伙子连找对象都成了难题。于是，赵庄人开始埋怨起汶河来了，骂她拖累了赵庄，害苦了赵庄。

面对人们的责骂，汶河不言不语，但她心里一定在流泪。高崖水库每一平方毫米的水面上，都有她的泪光闪动。

其实，高崖水库自开工之日起，就遗留了一个极大的问题。那就是赵庄连同水库两岸的大部分村庄都隶属临朐县，而高崖水库却归下游的昌乐县。这样一来，水库淹掉的是临朐县的土地，受益最大的却是昌乐县。据说库存的河水不仅为下游的田地提供了有力的庇护，使得昌乐县的几万亩庄稼旱涝保收，还源源不断地供应着世界风筝之都——潍坊市区的用水，哗哗的河水换回了大把大把白花花的钞票。

围绕这个问题，临朐县政府每年都和昌乐县政府进行无休止的协商，要求昌乐县加大对水库两岸隶属临朐的村庄的救济力度，结果却总是不理想。

# 十二

缺吃少穿的日子真难过啊，它不仅时时让一些鸡毛蒜皮的小事膨胀成大矛盾，比如为一把粮食亲兄弟反目成仇啦，因了男人偷着给了老人一个鸡蛋两口子真刀实枪地干架啦，因为老人分给孙子孙女的零吃不太均匀而引发一场"世界大战"啦，也剥掉了人最起码的尊严。

20世纪80年代初，县里向村民发放救济服的情景至今仍清晰地印在我的记忆里。那时已经是初冬了，加上阴天，天气湿冷湿冷的。中午时分，村里下通知让村民到大队院领救济服。这个天大的好消息迅速传播开来，村民以百米冲刺的速度蜂拥而至，把胡乱堆在地上的救济服围了个里三层外三层。

寒风中，那个穿着棉衣棉裤，外面还披着黄大衣的县里来的干部并不急着发衣服，而是拖着一副官腔口若悬河地开了讲。那语气和眼光里充满了鄙夷，仿佛赵庄的村民们都是游手好闲、好吃懒做、只会伸着手向政府索要的社会渣滓一样。

老百姓虽然没什么文化，但也不是傻子，谁都听得出那位狗干部满嘴的贬损。但谁都没有表示出丝毫的抗议，呆呆地揣着手出通着鼻涕佝偻着身子在寒风中瑟瑟地站着。

尊严算什么？它能当饭吃还是能当衣穿？对于穷得食不果腹、衣不蔽体的村民们来说，只要能分到衣服，不比维护那虚无的尊严要强上一万倍？对于那些大老爷们来说，即使自己有志气冻死了也不穿那救济服，可家里的老人孩子总不能冻死吧。

更可悲的是，分衣服时，一开始还井然有序，可很快就乱了套，人们一哄而上，像饿极了的野兽争夺食物一样，片刻就风卷残云把衣服抢了个一干二净。有的为了争抢一件衣服而大打出手，多年的玉帛化作了干戈；有的妇女因为抢得少而当众顿足捶胸，号啕大哭。赵庄人世代传承下来的淳朴与敦厚，就这样在贫穷面前瞬间土崩瓦解，竟然显得如此苍白和不堪一击。

我想，就在那一刻，汶河一定会落泪的，曾经被人们尊为精神旗帜的老婆婆的在天之灵也一定会落泪的。如果不是亲眼所见，她绝不会相信自己的子孙竟然会变得如此刁蛮和狰狞。

其实，那都是些什么衣服啊，拿到现在白给收破烂的他都不会要。

# 十三

被贫穷折磨得死去活来的村民们，开始琢磨着另谋出路。

那些外面有亲戚的和自己有头脑的，被贫穷逼着小心翼翼地迈开步子到外面打工或做小买卖贴补家用，渐渐地脱离了土地的束缚。在他们的带动下，一批又一批的人迅速逃离家园，到外面去谋生，并且越走越远，甚至一直走到北京、上海。他们当中混得好的，后来干脆把全家都接了出去，开始了一种全新的生活，别人羡慕得不得了。也有被骗被诈的，到头来竹篮子打水一场空，落魄回乡，令人唏嘘。

那些老实巴交、除了种地什么也不会的庄稼汉，对自己失去了信心，就把希望全押在了孩子身上。他们狠命地在自己的山岭薄地上劳作，自虐式地省吃俭用，供备孩子上学，希望他们将来能实现鲤鱼跳龙门式的一跃，跳出"农门"，远走高飞。

从小就被贫穷吓怕了的后生们自然不敢懈怠，头悬梁锥刺骨，学习十分用功。20世纪80年代初，赵庄的一个女娃考入了山东医药学校，成为村里第一个中专生。从那以后，赵庄几乎每年都能飞出一只"金凤凰"。1985年，村里一户人家的两个孩子竟然双双中榜——儿子考入了昌潍师专（大专），女儿考入了益都卫校（中专）。每一只"金凤凰"

的横空出世，都会让绝境中的赵庄焕发出一抹耀眼的光芒，激励着更多的后生们为此不懈奋斗。

1992 年，赵庄创造了一个轰动全乡的奇迹———一年竟考中了五个中专生！那时的中专含金量高，比现在的大学还难考得多，一旦考上就意味着吃上了"皇粮"，端上了"铁饭碗"。于是，他们的母校白塔初中的领导来贺喜了，乡教育组的领导来贺喜了，乡政府的领导来贺喜了。赵庄因此沸腾了，于破败颓废中再次成为十里八村关注和钦羡的焦点。

为了这个历史性的纪念，村里特意请乡里的放映队到村里放了场电影。电影开演前，村支部书记还代表村干部和全村的老少爷们向我们表示了热烈祝贺。那掌声虽不如雷鸣，却也持续了很长一段时间。

不是吹，如今活到四十多岁，我也没再听到过那么真诚和激动的掌声。

## 十四

这以后不长时间，就有一个据说是颇有些名气的风水先生专程慕名而来，围着赵庄转了一上午，然后煞有介事地说赵庄因为东有汶河活水，正好占据了一条龙脉，原本就是出才子的风水宝地，并且保证这里将来必定能出个大人物。

此言一出，立即一传十、十传百地蔓延开来，以至于此后的好些年里，外村的人都削尖了脑袋攀赵庄这门穷亲戚，目的就是要把上学的子女送到赵庄住宿，沾一下赵庄的灵气。真是听风就是雨！

就这样，已被人们千唾万骂了好多年的汶河，重新在村民心里变得神圣起来，再也没人敢明目张胆地埋怨她了。

时至今日，仅仅四百来口人的赵庄已考出了六十多名大中专学生，其中仅升入重点本科院校的就有二十几人，读到硕士、博士、博士后的也有好几个。赵庄因此成了名扬四乡的"状元村"。

跳出"农门"的后生们就像蒲公英妈妈撒出去的一个个孩子，在天南海北的大小城市里落地生根，有的已开始力所能及地反哺家乡。尤其是每年春节，携妻带子回乡过年的一个个小家庭简直羡煞旁人，成为山村一道最亮丽的风景，把赵庄的腰杆挺得直直的。

说起来也奇怪，赵庄如此人才辈出，与赵庄紧邻的村子飞出的"金凤凰"却不多。这下，汶河又惹得其他村不满了，认为她偏向赵庄，把灵气都给了赵庄。

至于赵庄的学子们是否真如那位风水先生所说的是沾了汶河的灵气，我说不上来。我所知道的是，自从村里考出第一个中专生后，其他的后生们就暗暗较上了劲，比着赛学习，形成了日益浓厚的求知氛围。

## 十五

在汶河与赵庄的恩恩怨怨里，在经过了好多年反反复复的研究、汇报后，一个历史性的时刻到来了——1996 年 6 月 28 日，赵庄连同附近的二十八个库区村一齐划归了昌乐县。

虽然土地还是原先的土地，家园还是原来的家园，但赵庄人一时在感情上难以接受，总觉得有点像再次"背井离乡"一样。

这是可以理解的。不用说他们，就连已在外地工作了多年的我第一次蓦然发现乡政府大门口的牌子由原来的"临朐县白塔乡"换成"昌乐县白塔镇"时，还恍惚了好一阵子，怀疑自己是不是走错了地方。

再后来，又不叫白塔镇了，改成了高崖水库库区。

不管是叫乡也好，镇也罢，还是如今的区，当地政府都在为老百姓能过上好日子做了大量工作，父老乡亲的生活相比起以前一天天变好着。

但是在简单的表象背后，很多的难言之痛也在日益增多着。包括生态旅游区打造、村庄集体搬迁上楼、库底清淤与河沙倒卖，总是磕磕绊绊、步履维艰。

210

甚至是，肥了个别人，瘦了整个村庄。

就这样，在扑朔迷离的变迁里，赵庄与汶河的关系也越来越淡漠了。河水的清与浊、水量的大与小，水里的鱼虾和沙子，似乎都与他们无关了。

村里的人也越来越少，空房子越来越多。四处流浪的父老乡亲相互之间也越来越陌生了。也有的，一出去就是好多年杳无音信，甚至有的再回来时已经变成了一个小小的骨灰盒。

还好，在外漂泊辛苦了那么多年，最终还有一个叫老家的地方接纳着他们。

一想到这些，我就有些扎心的疼。

当然，这不能只怨当地政府。毕竟，"三农"是一个全国性的大课题，任重而道远。


## 十六


如今，我也离开赵庄二十多年了。

当初那个瘦弱单薄的少年，转眼就到了油腻腻的不惑之年。

但所有的过往，依然历历在目。

每次回去，我都会在村子里转一转，或者沿着河岸走一走。感慨一番后回到栖身的小县城里继续自己的生活。

前几天做了一个梦。梦到自己回到赵庄，看到家乡依托高崖水库发展起来的旅游业正蓬蓬勃勃，青山绿水，白墙红瓦，仙境一般，惹得大批游客蜂拥而至。

穿行其中，我发现了很多已经陌生了好多年的面孔，他们有的开起了农家乐，有的经营了游乐场，有的正架舟载着游客在高崖水库里徜徉……

我们热情地打招呼、握手、开怀畅饮……

不知不觉竟然笑出了声。

要不是妻子将我推醒，这梦不知道还会有怎样的精彩呢！

再也难以入睡，梦是好梦，也许一时半会儿很难实现，但还有梦可做总是好的吧。

如果真到那时，昼夜奔流不息的汶河带给人们的福分，该有多大啊！

此时写下这些文字，心有余而力不足的我满腹五味杂陈。那么就在这里许上一个心愿吧，祝愿饱经沧桑的汶河与赵庄永如母子，乘着乡村振兴的东风，携手把未来的日子酿造得红红火火，让留守家园的父老乡亲幸福安康，让出门在外的游子时时都想回家。

除此之外，我没有更好的方式安慰自己。

# 乡关此处

## 赵庄的早晨

　　一年四季，赵庄每天早晨都会笼罩在一片水雾之中。只不过有时浓一些有时淡一点。水雾淡的时候，能稍微看得清几十米以内的事物，影影绰绰的；而在最浓的时候，则连几米之远都是模糊一团了。尽管视野受到了限制，却不感觉一丝沉闷。因为那水雾是从村东的仙月湖上弥漫而来的，仙月湖里的水又是从天下第一镇山——沂山上源流而来的，洁净、甘洌，隐隐还带着一点中草药的味道。在雾气的包裹里，湖两岸的一个个小村就像极了犹抱琵琶半遮面的女子，水灵灵地朦胧着。就连原本嘹亮的鸡叫声和粗犷的牛哞也被浸泡过滤得有些圆润了。鸟儿们依旧日复一日地做着清晨里的主角，虽然看不到它们的身影，却能听得清它们嬉戏打闹的样子，叽叽喳喳的声音也不再让人觉得聒噪，每一声里都带了某种触动神经的乐感。

　　我常常久久地沉迷于这样的早晨。被一条条蜿蜒曲折的乡间小路牵引着，我一次次没有任何目的行走，都充满了难以言说的隐秘的愉悦。有时，我会停下脚步，屏住呼吸辨别那些鸟儿的种类和远近；有时，我会俯身亲吻一朵带着露珠的野花，用力吮吸浮动的暗香；有时，我会张开双臂，拥抱一下那棵在我少儿时代就生长在那里的老树，心里是一种久违了的妥帖。仔细想想，离开故乡到外地谋生整整二十年了，这么多年的岁月光阴，将我打磨得如此沧桑，也让故乡的容颜改变了许多，只有这水雾，还有和这水雾相依共生的景物没有变。被这样的水雾包裹着，我多像一尾重新回到母亲怀抱里的游鱼，追溯着逆流的时光沉醉不醒。

有时候，我会在水边站上一会儿，静静地听一听湖水的喘息。不管是有风还是没风，湖水的声音都那么安详，哗啦哗啦的，不急不缓，不焦不躁，就像是某种安静的诉说。偶尔会听到一声倏然而起的响动，接着是空中水流撞击水面的噼啪声，打破了一湖的静谧。那肯定是有一条大鱼跃出了水面，跳了一个漂亮的舞蹈。声响之后，湖面愈加静寂。有一次，恰逢小雨，我撑一把油纸伞静立湖边，漫天的雨丝落入湖面，沙沙唰唰的声音像极了蚕食桑叶。不禁就想起了古人王冕"有为琴上弦，弦以和音律"的诗句，平添了几许意趣。后又想起了董桥的"身在名场翻滚，心在荒村听雨"，心里就轻轻地叹息了一声，觉得此时想起名利世俗，实在是有些破坏了这份弥漫禅意的诗情画意。

湖与村子紧挨，雨多的年份湖里的水就会进入村子。村东头的德利爷爷家首当其冲，至今还不时想起小时候在他家院子里摸鱼的情景。政府几次动员他家搬迁到高一点的地方，德利爷爷就是不肯，说是早已习惯了临水而居。为了防止房屋院墙被水浸泡坍塌，他从西山上开采来大量青石，在房屋外围筑了一道防水小坝，成为独特一景。如今德利爷爷已经年近百岁，却依然眼不花耳不聋，还天天下地干点小农活。有次我陪一家报社的记者去采访他长寿秘诀，他呵呵一笑：水能增寿嘛。此话不假，湖边村子里的长寿老人还真是不少。前几天我回家早起散步，隔了十几米看到有个人影直直地立着，上前一看竟然是德利爷爷，我未开口，他已先语：有时间多回来看看吧，咱这里可真是个宝地。我说：你在这里都活成仙人了。话音未落，他已哈哈大笑。爽朗的笑声在水雾里久久回旋。

# 村中的老井

　　一口老井，是赵庄最绵长的记忆。听老一辈的人说，井是立村的始祖们留给后人的最宝贵的事物，也是如今唯一留存下来的最古老的印记。六百多年的光阴岁月里，它同五谷杂粮一起，喂养着一个村庄的日益繁衍。

　　井深八米多一点，井筒直径米许。井口是巨石砌成的。石是我们这一带特有的青石，质地坚硬。四块大小相当的石头围成一个正方形，高出地面二十来厘米，将井口包在了中间。年复一年，井口的石头不知磨断了多少绳索，也被绳索磨勒出一道道深深的沟痕。用手抚摩这些沟痕，坚硬而柔滑，像极了沉默不语的时光隧道。

　　井水是甘洌的，把一茬茬的人都喂养得白白净净的。家家户户盛水烧水的器具，从崭新用到衰败，都留不下一点水垢。更为让人惊异的是，不管是旱灾之年还是雨水充沛之年，井里的水位都不降不升，取之不尽。有人说这井是凿在了一条最好的水脉上，所以才能得此神奇。这是一种巧合，还是先人的智慧？

　　井在村子中央地带。一户户人家围井而居，不断增加，就像井底水纹一圈圈往外荡漾。井边有棵老槐树，传说也是先人栽植的，后经考证，并不如此，先人栽下的那棵早已灰飞烟灭，这棵是后人又栽植的。位置还是那个地方，树却一棵棵地续栽过很多次。就像一茬茬人的薪火相传。古槐最低的枝丫上，常年挂着一根井绳，谁家来打水都用它，省却了自带绳索的麻烦。井绳也像这古树一样，一根根地换过很多次，但是没有人知道新的绳子是被谁家换上的。

　　井绳原本是专用的，却也出现过一次意外。那年村里一个叫兴福的青年因为恋爱失败，生了自杀的念头。兴福的恋人是同村的小华，两个人青梅竹马，感情一直不错，可是后来不知怎的小华竟然跟公社里的一个小子勾搭上了。那小子虽然只是个临时工，却整得油头粉面的，与庄户人的邀邀自然不是一个样。兴福极力挽救，小华却去意已决。兴福苦情至极，竟然就去自杀。原本是想投井而尽的，站到井边却怕玷污了那水，就用古槐上的那根井绳把自己吊了起来，好在没到咽气就被人救了下来。获救之后的兴福一下子就想开了，不再沉湎于旧恋情，一门心思地勤劳致富，把日子过得有滋有味。论辈分，我管兴福叫大叔，有一次我到他家玩，他知道我爱舞文弄墨写点东西，就跟我谈了很多人生感悟，特别能引发感触。譬如谈到他那次自杀，他说：有些东西不管你再怎么执着，上天都会有办法让你松手的。

古井的日子一天天老去，又一天天鲜活着，就像里面的水，日日更新着。如今，虽然家家户户都安装上了自来水，但还是每天都有人到井里来取水，因为她的水质，比自来水要清洌甘甜得多。每次回家，我都会带回两大桶，舍不得他用，只用来泡茶，自以为用这水泡出的茶，才是茶的真味道。不只是我，村子里很多在外地生活的后生们但凡回家也都会带些井水回去，有车的用大桶，没车的就用饮料瓶子装一点。因为这，每到节假日，老井边就显得特别热闹。一个个被生活散落出去天各一方的游子，往往就会在老井那里重逢，守着老井说说各自的辛酸苦辣。老井不语，人自用情。古槐上的那根井绳，更新的速度也快了很多。新的井绳挂在那里，旧的却不知去向。


## 那些花草


乡间多花草。每年的春夏秋三个季节里，赵庄村里村外到处都花花绿绿的。先是报春的白色荠菜花，再是黄灿灿的苦菜花，之后喇叭花、油菜花、野菊花……都热热闹闹地上场了。更不用说桃花开杏花落，桃花落了梨花开。那么多的花花草草，三时不断，日日吐蕾，不但把村子打扮得千姿百态，还让空气里到处弥漫了各种味道的香气儿。尤其是在早晨或者小雨之后，那些花瓣上、绿叶上，就沾附了一个个小小的水珠儿，一尘不染，晶莹透明，偶尔有微风吹过，水珠儿就来来回回地晃啊晃，才要担心它就要掉到地下了，它却一转身又掉转了方向，来来回回就像荡秋千似的。有的摇来荡去猛地就扑进对方的怀里，融为一个大点的水珠儿，嬉笑着钻进了花蕊深处，花儿就微微一颤，更显娇媚。我常常久久地凝视她们，感觉自己的身体里都有了露珠和花朵。

花在田野里是野花，移栽进院子里就成了家花。不管农活有多忙多累，村子里的人都是有闲情侍花弄草的。从田地里往回走的路上，看到哪棵花草对自己的心思，随手就挖走了。有的被栽到墙根屋角，有的被挪移进废弃的盆盆罐罐里。野花耐活，只要不缺水，她们就能随遇而安，泼泼辣辣地绽放着。就像一个个庄户孩子，不管走到哪里都能入乡随俗、落地生根。在赵庄，家家户户都养花。只要不是冬天，随便你走进哪个小院里，都会有五颜六色的花儿迎接着你。我家的院子里就有十多种，大部分也是从野外挖来的，草本的有石竹、地黄、蜀葵、薰衣草、夹竹桃……木本的有连翘、野蔷薇、映山红……夹竹桃据说是有些毒性的，但种在院子里可以防蛇。这么多的花草，把一个简陋的小院装扮得色彩斑斓，也把庸常单调的日子调剂得摇曳多姿。我父亲是个慵懒的人，除了农活在家里基本属于酱油瓶倒了都不扶的主儿，可是对于这些花草却宝贝得有些夸张，只有一有空就去浇水、松土、拿虫，一边忙活一边嘴里还哼着小曲，一副很会享受生活的样子。

一直以为，花草是世间最美好的使者，一个人、一个家庭，不管生活有多艰难，只要面对了一朵花，就会心生美好和希望。村子里的晓明哥是最有这样的感受的。那时候，他连续两次中考失败，心灰意冷得绝望，任谁劝说都打不起精神，整天躺在炕上半死一样。父母愁得没办法，狠了狠心，打着骂着逼他跟着去地里干活。去地里的路上，晓明不经意间看到了那棵在峭壁石缝里生长的杜鹃，虽然立身之地艰苦，她却依然开出了一簇簇的粉红色的花。"那些花就像燃烧的火焰一样，一下子就灼痛了我。"许多年以后，在大学里当教授的晓明在一篇文章里用这样的话表达出了当初那棵杜鹃花对他的精神拯救，并且透露自己"每次回到家乡，都要去看一看那棵杜鹃，遥遥地拜一拜"。其实，因为山区治理，那棵杜鹃花早已不知去向，但那一树的繁花分明已经牢牢地扎根在晓明哥的心里了。

## 两棵古树

有村子的地方必然有树。有一种说法是，凡立一村，必栽树木，名曰"望乡树"。这既是纪念，更是一种标志，就像现在的立碑。树是村庄的碑。在很多的村子里，我都见过这样的树，风烛残年却又沧桑遒劲。赵庄也有两棵古树，一棵是国槐，还有一棵是枣树。两棵树的高寿没有确凿的文字记录，都是一辈辈的人口口相传下来的，每棵都在百岁以上。

枣树长在村西的一个高坡上，据说是原先的一个老财主家的，后来被收归集体所有。枣树树龄至少有一百二十岁，主干笔直，有一搂抱粗，高八九米的样子，树冠蓬蓬勃勃地张开着，硕大如棚。树龄虽高，除了又厚又硬、皱皱张裂着的树皮外，丝毫不显老态，年年长得那叫一个繁茂。花开时节，淡淡的米粒样的小黄花密密匝匝，中秋节左右，枣子成熟，红彤彤的，一嘟噜一嘟噜，最下面的一层低垂得距地面仅米许，伸手即能摘到，任由村人享用。但总有那么几个贪婪之徒，恨不得将枣子全部据为己有，由此闹出了很多矛盾，也把好端端的枣树祸害得遍体鳞伤。为此，20 世纪 80 年代中期，村里为枣树盖起了围墙，像个独户小院，并且安排了专人施肥、浇水、除虫，枣树自此愈加茁壮繁盛，焕发第二春一般。每到枣子成熟，村委都会安排专人进行采摘，挨家挨户分发。赵庄枣树不少，几乎家家户户都有，但唯独这树上长出的枣子最脆最甜，就特别珍贵。枣子一分下来，就立马呼儿唤女回来共享，有的干脆给儿女送去。再有远的，就晒成干枣寄去。娶媳妇的、坐月子的，就更少不了它。这枣树，便格外受到人们感念，把她叫作"枣奶奶"。这绝不是故意夸大其词，不论是论树龄、树体，还是结果数量、果子甜度，她都是十里八乡当之无愧的枣树之王。

218

那棵国槐更为古老。古槐长在村中央的老井边上，树龄至少在二百年以上。树冠呈月牙形，主干高达七米，需两人方能合抱。树虽不是先人最早植下的那一棵，所栽的位置和树木的品种却与原先的相同。赵庄虽然也是在明朝立村，却不是从山西洪洞迁移来的，而是来自北直河间府东光县斑鸠店庄，始祖为元朝功勋，后韬迹隐匿，释甲胄而勤农桑。古槐立身之地虽然贫瘠，生命力却极其顽强，三条裸根凸出地面，弯曲伸展达四五米。树干呈铁灰色，胸膛开裂，能容二人并立其中。顶部的枝丫也大都老朽，断裂处参差不齐，铮铮铁骨般嶙峋着。而且大多已经腐烂中空，有风吹过，呜呜作响。虽已老态至此，但每到春天，仍能倔强地焕发几枝新绿。古槐主干一人高处留有一截干枯的树枝，一拃来长，常年挂着根井绳，供人汲水之用。光阴荏苒，岁月更迭，古槐不语，历经多少风雨雷电，见证多少悲欢离合。虽然没能见证村子的全部历史，二百多年的时间也已经不算短了。在赵庄人的心里，古槐早已成为村庄的象征，成为灵性之物，百般呵护、敬畏着。有的人家遇到什么难事愁事了，也会去跟它说一说，求些保佑。"文化大革命"破四旧时期，有人要把古槐砍伐掉，惹得村人共怒，齐心协力将它保护了下来。而那个决意要砍伐古槐的人，后来却是家破人亡。村人都说这就是报应。

## 夏天的夜晚

除了年节婚嫁，赵庄最热闹的就是夏天的夜晚了。夜幕一降临，家家户户都从家里出来，在大街上、场院里聚堆乘凉。孩子们除了倚在大人怀里数片刻的星子，是不会安静的，一伙一伙地玩着各种游戏。女人们叽叽喳喳，家长里短的什么呱都拉，时不时地就爆出一串狂笑，惊得树上的鸟儿惊慌失措，在夜色里胡飞乱撞。男爷们则圪蹴在角落里吸烟吹牛，云山雾罩的，一张口就是国家形势、世界风云。最安静的是那些奶奶们，她们主动远离喧闹的中心，退缩到场院西北的一角，就像自觉退出生活的中心一样，有一搭没一搭地说几句，仿佛是在自言自语。大部分的时间里，她们是沉默的，就像牛羊反刍一样，各自沉浸在对旧事的回忆里。风风火火或者惨惨淡淡地过了一辈子，活到这么一大把年纪，一切都像云烟一般，一阵风就都吹散了。

青蛙是不甘寂寞的，憋了一个白昼，到了夜里就肆无忌惮起来。赵庄靠近仙月湖，且村前村后有不少凹洼，夏季里雨水又多，为青蛙的生殖繁衍提供了绝好的条件。白天里我们去水湾里捞蝌蚪喂鸡鸭，一网子一网子黏黏稠稠的，把鸡鸭喂养得天天都有蛋。有一年村里来了个收蛋的，一不小心磕破了个鸭蛋，发现蛋黄红红的，以为是加了什么药，死活不敢再收。一村人就笑他傻，说是有眼不识好货，这样的蛋都是蝌蚪喂养出来的呢。倒是另一个贩子来收了个够，赚了个大发。青蛙叫起来是喜欢聚众的，这边开一嗓子，那边就立即迎合，之后就此起彼伏地热闹上好一阵子。才要安静下来了，那边又开了嗓，"呱呱呱呱"的叫声由此不绝于耳。据说德恩大伯能听出青蛙的雌雄，我们就去找他讨经验，德恩大伯神秘兮兮地让我们凑到跟前，却"蹦"地放了一个屁，气得我们嘟嘟囔囔地扭身就走，他又嬉皮笑脸地讨好我们：实在憋不住了嘛，这事又没个开关。惹得我们转怒为乐。然后他就故作神秘地告诉我们，声似"我来了我来了"的就是雄蛙，声似"救命啊救命啊"的是雌蛙。我们按照他说的办法支了耳朵仔细听，也没区分出"我来了我来了"和"救命啊救命啊"的不同。

青蛙的聒噪人人讨厌，每到高潮就常常有石头循着声音扔了过去，寂静一霎，又高亢起来，像是故意在跟人置气。让人喜欢的是那些虫鸣，唧唧啾啾的，像是轻音乐，引得孩子们四处寻找，却始终不得其形貌。我们又用纱布制成的网兜去捉萤火虫。萤火虫飞行速度较慢，又时刻发出亮光，把飞行轨迹暴露得十分明显，且飞行的高度很低，只要被发现，用网扫去，十有八九都能捕到。我们把捉到的萤火虫装进玻璃瓶里，玻璃瓶就忽闪忽闪的像警灯一样。我们把玻璃瓶顶在头上，玩起了警察抓小偷的游戏。后来知道了车胤的故事，我们就学他的样子"囊萤夜读"，也想成为一个饱学之人，却都没那个毅力。

及至夜色已深，溽暑稍退，人们就回家睡觉，大街上留下了一串串长长的呵欠。

## 乡村大集

因为靠近公社，赵庄西北角有一个大集。集日逢二排七，五天一个。集市呈东西方向，夹于社直部门南北两排房子之间，长约二百来米。集虽不大，却包罗万象，五谷杂粮、瓜果糖蔬、鸡鹅鸭鱼、衣袜鞋帽、针头线脑等一应俱全，铁匠、鞋匠、剃头匠、缝纫匠、锔漏子一溜排开。每到集日，三五里地范围的乡亲们就从四面八方聚集而来，人头攒动，摩肩接踵，各买所需。旧时不像现在商店超市遍地是，大部分的生活用品就靠集市上买，很多事情就靠集市上办，所以一个集往往从早上一直热闹到傍晚。

集市对于孩子们的诱惑是极其巨大的。不说太好的，单是那卖油条、卖火烧的就把一个个馋成了猴。日子拮据，大人们一般是不带孩子去集市的，所谓眼不见心不馋。一群孩子就在家里眼巴眼望地等着盼着，只等大门一响就如箭而出，得到一点小东西解解馋，或者几粒糖块，或者一块糖酥，或者一个半个的苹果梨子，常常是还没等咂摸好味道就进了肚。那时人们都穷，却都穷得有志气，卖的从不掺假牟利，也不缺斤短两，买的就放心无虞。但是有一次有个卖桃酥的小商贩起了贪心，不知从哪里弄了些劣质的糖酥来以次充好，被人发现后直接扭送进了派出所，游街示众，羞得跪地求饶，从此洗手不干，据说他的儿子还受了影响，差点打了光棍。如今质检部门和打假部门越来越多，假冒伪劣却日益猖狂，真是让人摸不着头脑。

集市不仅是买卖场所，也是一个重要的信息载体。那时交通不便，家里有什么事情需要向亲戚朋友报信的，若是不急，就去集市上解决。即使找不到本人，只要是打听到有跟那人同村的，不管是你认识的还是

221

不认识的，让他捎话，保准耽误不了事。不但是同村的这样，就是邻村的你托付他件事，也是一百个放心的。有一年德刚大叔他娘想闺女了，要德刚去叫。德刚姐姐嫁到了常庄，离赵庄三十多里地，步行一个来回需要一整天，德刚为省劲，就托付常来集上卖青菜的蒺藜沟村的那个姓窦的给捎个信，蒺藜沟离常庄三里多地，怕那人不答应，德刚特意买了他的一把芹菜套近乎，没想到那姓窦的一口就答应了。德刚拿了芹菜刚要走，却被那姓窦的一把夺下了，说：你这人还真是不实在，不就是托我捎个信吗，还用得着转这些弯子？边说边要回了芹菜退回了钱。德刚的小伎俩一下子被戳破，羞得支支吾吾说不成话。那时的人就是这么实在、可靠。一回生两回熟，许多人就这样一面之交之后就成了朋友。那时的朋友跟那时的物品一样，不掺假，不表面。

　　集市的另一个重要用途是作相亲之所。那时的人大都腼腆，连相亲都觉得是件很害臊的事，一般没有直接就安排双方见面的，大都是先在大集上进行第一步，也就是男女初相。按照媒人提前定好的时间、地点，男女双方装作赶集的样子都来到集市上，媒人一般是先安排女的偷偷地相男方，若是不中意干脆就断了下面的步骤，若是有些中意就再安排男方偷偷地看女方，中意就由媒人约到一个僻静处说说话，不中意就继续各寻各的。整个过程就像搞地下工作一样，既隐秘又刺激。还有一种方式更隐蔽，就是男方或女方早就相中了对方，却不敢唐突，就让媒人安排对方"偷相"自己。"偷相"合意正好，接下来按程序进行。即使不合意也保护了主动方的尊严，不用尴尬。对于集市相亲，德庆大叔曾专门做过详细统计：从 20 世纪 70 年代初到 80 年代末这二十年的时间里，赵庄一共娶进媳妇 137 个，嫁出女儿 145 个，其中有 269 个是在大集上相成的。

## 一只叫阿黄的狗

　　我开始记事的时候，阿黄已经很老了。老了的阿黄和老了的人一

222

样，冬天就爱在墙根下晒太阳，常常一躺就是半天，半眯着眼睛像是在想什么，眼眶下面的泪槽里总是湿漉漉的。有时，它也会散上一会儿步，原本强健的身躯早已消瘦松垮，一副弱不禁风的样子，走不了多远就要停下来歇一歇。

这是一只英雄的狗。它的一举成名是因为咬死了一只进到村子里的狼。那时，它正年轻，身体魁梧得就像一只牛犊，浑身的毛金黄金黄的，一经出道就成为村里的"狗王"。那年冬天的一个夜里，村里突然闯进一匹狼，估摸着是想来偷吃猪羊的。没承想被阿黄碰到了，一场恶战立马展开，宁静的小山村顿时被尖利的咬叫声惊醒。等人们慌慌张张敲盆提镶地来到现场，发现阿黄和一只狼已经倒在血泊里，狼已断气，阿黄还活着，但是脖子上的血不停地往外流。好在村里有赤脚医生德坤大叔，阿黄最终有惊无险。阿黄养伤的那些日子，全村人都拿来好吃的看望它，有几个正在哺乳期的小媳妇还挤了奶给它喝，馋得那些男人自叹不如一只狗。

阿黄真是通人气的，看到人们对自己这么好，一下就有了责任感，每天晚上都在村子里巡逻。一开始是它自己，后来又加入了几个同伴，再后来全村的狗都加入了巡逻的队伍中。有了这么一支巡逻队伍，村里再没出过鸡鸭猪羊被盗之事，赵庄因此年年被评为全公社的"治安先进村"。那一年公社召开治安大会，让我们村的治保主任晓川大哥做经验介绍，晓川就把阿黄带到了主席台上，向大家介绍说这才是我们村的"治保主任"呢，阿黄的名气立即就传遍了全公社。这以后人们再见到阿黄，就一口一个"黄主任"地叫着。阿黄的主人德全大叔窝窝囊囊地活了大半辈子，没承想"因狗而荣"，在村里树起了一些威信。哪家再有什么事需要村领导到场陪酒的，也顺便把德全大叔叫了去。受此尊重，德全大叔对阿黄就愈加感念，不再把它当作一只狗，而是将它当作了家里的一个重要成员，甚至发展到让阿黄上桌吃饭，有什么好吃的都少不了它的一份。

好吃好喝、一呼百应、妻妾成群，英雄阿黄就这么风风光光地活着。它的风光，没有引起同伴们的忌妒，却惹得自己的二主人——德全的那个半潮巴儿子心生嫉恨，居然就想方设法，以投毒的方式对它下了黑手。也许是药量不够，也许是身体抵抗力强，也许是命不该绝，阿黄并没有被毒死，但是身体的元气却再也没有恢复过来。尽管如此，它还是不偷懒不耍滑，夜不闭眼、尽职尽责地守护着夜晚的村庄。倒是那个半潮巴怕阿黄报复自己，竟然吓得喝了农药一命呜呼。埋葬了儿子，德全大叔抱着阿黄呜呜地哭了，人和狗的眼泪都哗哗的。

人们都说，阿黄下辈子应该投胎为人的。

# 从生活进入生活

赵庄是个小山村，即便是在最鼎盛时期也没超过三百户。村子北高南低，一路倾斜而下。我家在最南边，再往南不远就是一条从西山上流淌下来的小溪流。

那条小溪流曾经很清澈，我上育红班（幼儿园）时，整个夏天里老师几乎每天都带着我们去那里戏水玩耍。溪流边有成排的粗壮的大柳树，尽管树是那么高，可柔软的柳枝还是长长的几乎要垂到水面上，为我们遮挡着火辣辣的太阳。水里的沙子很白很细，把脚伸进去或者用手揉搓，都很舒服。我那时最爱趴在裸露着的沙面上，微烫、滑腻，享受得不得了。

我家在好几十年里一直住着三间土坯房。房子不是我们自家盖的，听说是20世纪60年代花二百元钱买的别人家的。其时那家人难以维持生计，背井离乡闯关东去了。这三间狭窄逼仄的土坯房，最多的时候要容纳七八口人，有时还会有猪和羊晚上和我们同住。还有一些鬼鬼祟祟的老鼠。随着年龄的增长，我对这样的居住条件越来越不满，做梦都想家里能把这房子翻盖成几间大的，或者再在旁边的空地上盖上几间小的也行。但是父母实在没那个能力——家里人口太多啊。于是我就天天盼着村子能够再进行一次搬迁，哪怕是让我们家迁到外地也行——这在为修建高崖水库赵庄第一次搬迁时是有过的——外迁户的房子都是政府给盖好的。

不仅不能翻盖老房子或者增盖新房子，甚至连一堵院墙都打不起，原有的院墙被雨水浸塌了也修不起来，我就常常对着那坍塌的院墙发恨。直到现在我还经常梦到面对一截坍塌的院墙却难以修复的无力和无奈感。就是在这简陋破败的院落里，一个个新生命诞生了，一个又一个人被白布包裹着抬了出去——一想起这些我就感到无比绝望。人活着似乎每一天都在跟生活抗争，抗争饥饿，抗争贫困，抗争生老病死。我奶奶活着时就常说：哪个人不是在强活呢？哪个人又能拗得过命呢！可是死又似乎是那么容易的一件事，说完就完了。就像我年轻的母亲，就像我善良的奶奶。在生死这件事情上，上帝似乎是不允许任何讨价还价的，他不会因为一个刚出生的婴儿最需要母亲的哺乳就让那个女人多活几天，也不会因为一个生命还过于年轻就放过他。

唯一能自始至终见证这个院落里的辛苦忙碌、悲欢离合的，是那棵枣树。据说当年的房主盖起这座房子的同时，就在院子里栽下了这棵枣树。枣树当然是从别处移植过来的，起初也不大，但是在几十年的光阴喂养下，它慢慢地长大了。就像人和其他事物一样，长到一定程度它就不再长了。从我记事起，它就一直是那么高那么粗那么个样子。村子里家家户户都有枣树，虽然品种相同，但是就数我家这棵树上的枣子熟得早、甜度大。对此大家都百思不得其解。有些人家把我家枣树衍生出的小树苗挖了去栽，结出的枣子还是有些差别。于是就有人分析是因为我家院子里的土质有些特别的缘故——谁知道呢，反正又从没化验过。有时我会想，也许是因为老天看这一家人活得太苦了，就以这种方式施舍了一点甘甜吧。

小时候最快乐的就是中秋节前后那段时间，枣子成熟了——其实还没等变红仅仅是变得发白时就已经很甜了。从枣子发白到浑身红透，这个过程得有一个多月的时间，也就是说在这么长的时间里，我们每天都会有鲜枣吃，不仅甜，还脆硬脆硬的。在那个水果匮乏的年代，这枣子，就是难得的至味了。熟透后的枣子打下来晒干储藏好，煮饭、蒸糕、包粽子、烙喜火烧……大半年的日子里也就苦中有甜了。我的一个四爷爷每年都会在枣子成熟时，挑选一些饱满硬实的大枣，仔细地用高度酒擦洗了，密封到玻璃罐头瓶子里。大年初一去给他拜年，他就会每人分给一颗，简直美味极了。我们舍不得立即吃掉，总要在嘴里呷摸上好长时间才一点一点地吃下去。

为了改变日益严峻的生存状态，父母曾做过很多尝试和努力，喂过老母猪，也养过兔子。虽然辛苦劳累，只要能赚点钱支撑家庭消费，一切都是值得的。地里家里、种植养殖，那段时间，父母真是拼了命似的。可是谁家不是这样呢？拼了命般地劳作日子还不一定能过好呢。有时也会听到大家在一起拉呱，说农民就是命贱也命硬，只要还有一口气，就得使劲干。干活干活，不干怎么活呢？搞养殖这营生，不只是付出操劳就一定能行的，关键还要看行市，可是人哪里有那么准的前后眼呢，所以只能是有赚有折。最悲催的是有一次不知道什么原因，我家的那头老母猪竟然生下了一窝残疾猪崽，有缺腿的，有瞎眼的，惨不忍睹。母亲悲痛难忍，好几个夜里都偷偷地哭。我虽然没看到父亲哭，但我猜想他心里一定是在流泪滴血的。一家人的生计，就指望这个啊。请了兽医来看，兽医说一定是那老母猪吃了白菜之类的什么东西，把小猪给化了。那一窝十头小猪，最后只剩下了一只，两条后腿都没了，仍然坚强地活着。对于这只幸存者，父母照顾得特别用心，它也感恩似的长得特别快，虽然是以花生秧、地瓜秧拉成的糠为主食，到年底出栏时竟然有二百多斤，引得全村人都啧啧不已。看着猪被拉走时，母亲又哭了。

相比喂猪，养兔子还要操心得多。因为兔子有点小娇气，容易生病，特别是一拉稀就麻烦了。我家养兔子倒还顺畅，没出过什么大麻烦。在夭折的很少的几只兔子里，我对一只是有罪过的。那时它刚满月不久，红眼睛，浑身雪白，真有点像天使的样子。一天，我抚摸着它柔软的身体，突然想把它往空中抛着玩玩，心里以为这样柔软的东西应该不容易摔坏吧。一次、两次、三次，每次看到它安然无恙地落地，我都会稍微抛高一点，可当它第五次从空中落下后，突然就站不起来了。母亲发现后诧异得不行，立即动用所有的经验进行救治，还把村里的养兔大王请了来，最终都束手无策。两天后，那只可爱的小兔子就死掉了。我虽然非常心疼、非常难过，但也害怕极了，始终没敢说出事情的真相，给母亲造成了一个永远无法解开的谜团。如今将近四十年过去了，一想起这事我还悔恨不已。所有的生命都是生命，这条因我的恶作剧而逝去的可爱的小生命，成为我永远无法释怀的一个心结。

虽然父母已足够辛苦劳累，因为人口多，日子还是难以起色。我就想到了逃离，逃离赵庄，逃离农村，去过一种能够带来希望的生活。当时我给自己计划了三条路：一是通过考学跳出农门，考高中家里显然供备不起，最便捷的是考初中中专，那时中专含金量还很高，一旦考上就意味着捧上了"铁饭碗"，吃上了"皇粮"。这条直通幸福生活的阳光大道是学子们都拼了命去挤的，难度极大。二是跟着一个二大爷去潍坊做小菜贩子，虽然早起晚归栉风沐雨顶酷暑冒严寒，但总比一辈子面朝黄土背朝天要好。三是跟着一位堂兄去黄县（即现在的龙口市）给人家管理果园，虽然也苦也累吃不好睡不好但好歹能抓挠几个钱。第二和第三个计划里还有一个附加内容：要是遇到合适的人家就倒嫁出去，什么脸面不脸面的，活着是硬道理。到最后总算老天开恩，让我一年后顺利考入了一所师范学校。之后的每一步虽然没有当初想象的那样顺风顺水，有时举步维艰甚至还备受折磨煎熬屈辱，但跟当年的贫困窘迫相比，依然是舒适从容得多了。我的弟弟，也咬着牙冲破重重困境，成为一名年轻的博士生导师和泰山学者。委屈了的是我的两个妹妹。她们学习都很好，但是为了我和弟弟，两人都辍了学。对于这，她俩从没表现出半点抱怨，非但没抱怨，反而觉得做出这样的牺牲是应该的。

一半是个人努力，一半是老天保佑，如今我们家终于走出泥泞。虽然跟那些有钱有权的人相比，仅仅算是解决了温饱，父母却相当满足。每当我流露出只不过混了点虚名而无权无势的悲伤时，他们就会劝我：咱不跟别人比，也不求大富大贵，能过上这样的日子就算烧高香了，你要多想想以前咱家在泥窝里时的艰难啊。我的心里就生出些许安慰。是啊，人哪有满足的呢？还真是应该多回头看看才好。只有控制住内心的欲望挣扎，才会多一些岁月静好。仔细想想，世界再大，于自己最重要的，也不过就是那几个人，生活再丰富多彩，也无非生老病死为大，财富再多，权势再大，也不过是喂养一副存活几十年的皮囊而已。《红楼梦》里的《好了歌》说得多透彻啊。

　　不管道理如何深奥通透，生活却常常呈现悖论和荒谬。虽然生活条件日渐好转，父母不再用辛苦劳作就能过上衣食住行都安适妥帖的生活了，可是好日子没过几天，猝不及防的意外就来了：父亲竟然得了皮肤病！这病真是恶魔，瘙痒起来比生割还难受，最厉害的时候，父亲把全身都抓挠得鲜血淋漓，有时就像战场上负了重伤的战士。我们兄弟姊妹如锥刺心，想尽一切办法去给父亲治疗，天南海北、中医西药、民间偏方，只要能打听到的，我们都会全力以赴。父亲是一个被生活重压锻炼得承受力和耐受力都很强的人，不管如何瘙痒难忍都不会大声呻吟，让他吃什么药就吃什么药，不管多苦都不说苦，让他打什么针就打什么针，不管多疼都不说疼。甚至，为了治好这可恶的病，他遵照医嘱把喝了五十多年的酒都戒掉了——父亲善饮也好饮，年轻时中午喝上一斤62度的临朐串香还面不改色心不跳地该干啥干啥，后来虽然年纪大了还保持着每天分三次自饮一斤的习惯。我们担心他的身体，苦口婆心地劝说他把早上的酒断掉了，中午和晚上的总量也控制在了半斤。没承想，老天爷就这样一下子把他的酒给全部戒掉了。以前他嗜酒时我们曾竭力劝阻，如今一点都不喝了我心里更觉得难受。我曾怀疑是不是因为我们硬逼父亲减少了喝酒次数和酒量而破坏了他的体内环境，从而导致他得了皮肤上的顽症的呢？尽管医生说与此无关，我还是经常耿耿于怀。经过五年多的治疗，吃的中草药能喂大一头牛（父亲语）、抹的药膏能装满一大麻袋（母亲语）后，父亲的皮肤病终于好了，高兴得我们全家差点趴在地上给老天磕响头。父亲病好后我曾多次问他还想不想喝一点，他总会一笑，说：一点也不馋了。有时我会勉强给他倒上一点，他也会说：不馋了不馋了！但看他细细品味的样子，还是很享受的。我知道他是因为怕这皮肤病再复发，所以不敢大意、强忍着的啊。

229

父亲的厄运并未就此止步。皮肤病刚好，竟然又患上了眼疾。右眼是被那有些腐烂的木柴感染的，因为大意惯了，就没当回事，挨到感觉疼痛了才去镇卫生院拿了眼药水点，点了好几天不但没管用反而疼痛日益加重，母亲才不顾父亲的阻拦偷偷地给我打了电话。我一听急忙把父亲接到县医院检查救治，可是因为时间已长，即便找了最好的医生用了最好的角膜也无力回天。父亲的右眼，就这样瞎掉了。我责备父亲为什么不早说，他却说：知道你们忙，怕耽误你们工作，原以为点点眼药就好了呢。为了减轻我们的思想压力，父亲还故作轻松地说：人老了，也不用干活了，一只眼就足够用了。

我们原以为父亲身上的灾灾祸祸就这样到头了。可是又一个万万没想到很快降临了：父亲的左眼竟然会因为白内障也失了明。白内障其实没什么大不了的，但是弟弟考虑到父亲的右眼已经坏掉，左眼的手术必须万无一失，于是就在北京一个名气很大的医院聘请了最好的医生。尽管做出了最大的努力，可是术后眼压一直降不下来，眼睛老是不得劲甚至疼痛，于是一场新的治疗眼疾的长跑又开始了。可无论怎么治疗都不见效果，并且出现了我们最担心的事情——视力逐渐下降。我们仍然不甘心，找朋友帮忙挂了北京同仁医院专家的号，据说这医院是全国最好的眼科医院，找的专家水平也是一流的，等待看病的人和陪同者就像赶大集一样乌泱乌泱的。在排队等待检查的时候，父亲突然从口袋里摸出一块糖递给我：给，吃块糖。动作和语气都和我小时候一样。那一刻，已年近五旬的我心里突然涌起一股热流，不自觉地把父亲的手攥得更紧了。我分明能感觉得到，在我用力的时候，父亲的手也用了一下力。过了一会儿我去替弟弟排队，看到父亲也以同样的方式给了我弟弟一块糖。过后弟弟跟我说：咱爷还拿咱俩当小孩呢！

父亲的眼睛，如今基本什么都看不见了。他跟这个世界的明亮对视，就此结束。一个原本好好的人，一个眼明心亮地与这个五彩世界对视了七十多年的人，就这样跌入了一个黑咕隆咚的世界。他的行动，就连吃饭、上厕所这些习以为常的事情，都变得非常艰难。一个习惯了为

230

别人遮风挡雨、忙碌奔波的人，现在却完全需要了别人特别是我母亲的帮助。这对父亲来说，要承受多大的内心悲痛和煎熬啊。可即便如此，他也从不怨天尤人，有一次我偶然间听到他在自言自语：我身上一定是有很多罪孽的，要不咋会有这么多的灾祸呢。闻听此言我忍不住泪奔不止。老实巴交、胆小懦弱的父亲啊，不是你身上有什么罪孽，而是我们的修为和造化不够啊！

　　在父亲的眼睛完全失明之前，村子要搬迁。其时父母已跟随我弟弟从北京辗转到了青岛居住。得到消息后，父亲执意要回老家看看，我们知道他的心思，很快就把二老接了回来。自从二老去北京给我弟弟看孩子，老家就一直闲置着，每到夏天，院子里都杂草横生，有的甚至能长到一人高。头两年里，我每年都要回去清理几次，可是清理完不长时间，新的一拨又郁郁葱葱地生长起来，弄得我备感徒劳无功、灰心丧气。后来，就再也懒得去打理，任凭它们疯长。因为久无人住，房子衰败得很快，原来的三间土坯房已有瓦片开始脱落，个别地方已经有些漏雨。我曾请一个堂兄爬上去补过瓦片，可是因为缺乏防护措施不小心滚落了下来，导致脚部严重骨折。幸亏老房子低矮，也幸亏我情急之下在下面接了他一下，还幸亏我体胖肚子大，才没造成更大的伤害。医生说要是没那么一接的话，很可能就会造成严重的脊柱损伤，严重的话会瘫痪的。我被吓得一阵阵地冒冷汗。父母知道此事后，极力劝我不要再去费心了，反正快要搬迁了——早在七八年前镇上就下过搬迁通知，并且要求停止一切建设，新的建设一律不纳入房屋评估和赔偿。并且三年以前镇上就已经把安置楼全部盖好了。也正因为此，我们才取消了对老家进行翻盖的打算。

　　如今正式的搬迁通知已下，父母重新回到了老家。面对破败不堪的房屋院落，母亲非常感伤，也有些不舍——毕竟是自己生活了四十多年的家。父亲虽然眼睛已经看不清，还是不停地走着转着，这里摸摸那里摸摸，每一个细微动作里都表达出了他的复杂情感。其实对于我们这种情况，是愿意搬迁的，如果再继续拖下去，虽然我结婚时盖起的两大间新房子还能坚挺，可是三间老土坯房就难以承受了——这几年每到下大雨时我都担心得睡不好觉，生怕在某一场雨中它会轰然倒塌——尽管屋里没什么值钱的东西，可是只要它站着，就说明家园还是完整的，一旦倒塌的话家里的气场也就消散了。没承想这老房子也真给力，就那么一直坚持着，直到我们搬完家后的第三个早上，在接连几场大雨的冲击下，才终于塌陷了一个屋角——像极了一个风烛残年的老人，终于支撑不住了。对此一家人都很感念。村里有人跟我父母开玩笑说：这次搬迁就像是专门为你家准备的。

搬迁完毕，新老房屋很快就被挖掘机推倒了，院里院外的树木也卖给了树贩子去杀伐。只有那棵枣树我没舍得卖掉，专门请人把它的主干截成六块，把它的根完整地挖了出来，暂存在一个堂兄的院子里，等它干得差不多时找人做成一个茶桌、六个墩子，留作我们家永久的纪念。

安置楼就在村北，很宽敞，采光也好。因为阄抓得比较靠前，选择余地很大，我特意选了一个东边紧邻幼儿园的位置。我的想法是，儿童多的地方就有活力，阳气就足。幼儿园东边，就是高崖水库，也叫仙月湖，那里面的水是从全国五大镇山之首的沂山上流淌下来的，干净、清洌，隐隐还带有一点中草药的气息。在这样的地方生活，特别是颐养天年，应该是非常惬意的。即便父亲的眼睛看不见了，可是不论坐在楼下还是待在家里都能听到孩子们清朗、欢快的歌唱声、娱乐声和一大片水面的哗啦声，内心的孤寂就容易被化解，或许还能引发起一些美好的回忆。我想，对于一个双目失明的老人，这也许是必要的。

前些日子再回到老家，发现整个村庄已经荡然无存，不但被大型机械夷为平地，还被整修成了梯田的样子——据说很快就会被承包出去办农场。只是在村子西边，还有一个院落孤零零地矗立着。我问一个大叔这是咋回事，大叔说：那是村里特意留下来当灵堂的。我若有所思。是的，人都会有那么一天的。特别是那些常年漂泊在外的游子们啊，最后能在村里的这个院子里待上几天，再住进村里的那片林地里，也算是心有所归吧。至于谁先谁后，永远无法猜度、不得而知。

生活就是这样，轻松也过，艰难也过，该来的终归会来，该去的也终归会去。虽然生活有时不太讲道理，但是人不能不讲道理，更不能跟生活置气。就像现在的我，早已学会了与所有的过往、与生活中的种种不如意做出妥协与和解，比如亲人的早逝、父亲的病痛、生活的种种艰辛和难言之隐。和解之后，就减少了抱怨和愤慨，增加了温暖和力量。比如小时候发烫的河沙、院子里的那些甜枣、人生旅途上的诸多善意和帮助。

# 后　记

总觉得有话要对自己说说，对生活和这个世界说说。于是，就陆陆续续地写下了这些文字。

活着真是一件奇妙的事情，那么多的人，那么多的事，那么多的跌宕起伏和悲欢离合，相互交织，彼此交融，不期而遇，咫尺天涯。置身其间，我既是一个亲历者，又仿佛是一个旁观者，伏案写作时，我煮字生暖，落笔为念。

芸芸众生，并非每个人都能与文学、与艺术结缘。能够拥有这样一点细胞和天分，实在是上苍的一种特别偏爱，所以应该感恩并珍惜。尽管有时会备受折磨。但如果没有这样的折磨，写出的文字就只能是清汤寡水。对于真正的文学，这其实是一种亵渎。

我一直想把文字写得稍微深刻一点，选定了一个素材就像去挖一口井，能多刨一镐就竭尽全力地多刨一镐，能多挖一锹就孜孜以求地多挖一锹，挖得深了，总能挖出一点跟表层不一样的东西。所有好的文字背后，都隐藏着一颗虔诚、深情和锲而不舍的灵魂。

我的书房在弥河西岸的六楼上，坐在书桌前一抬头就能看到宽阔的马路和被称为"富人区"的碧桂园别墅群。我经常看着那些来来往往的行人、车辆，气派的别墅们红色的屋顶、硕大的门窗和在空中盘旋飞翔的水鸟发呆。这样的时刻，一个我便幻化成很多个我，跟自己曾经的过往、现实的生活和整个世界拥抱、对话、交流、碰撞。我的大多数文字，就是这样诞生的。

人生苦短，以梦为马。愿世间永远充满善良、温情和悲悯。

作者于耕云斋

**图书在版编目（CIP）数据**

醒来的沉睡 / 张克奇著. -- 北京：中国文史出版
社，2022.11
（跨度新美文书系）
ISBN 978-7-5205-3648-6

Ⅰ．①醒… Ⅱ．①张… Ⅲ．①散文集-中国-当代
Ⅳ．①I267

中国版本图书馆 CIP 数据核字（2022）第 161329 号

责任编辑：薛媛媛

出版发行：**中国文史出版社**
社　　址：北京市海淀区西八里庄路 69 号院　邮编：100142
电　　话：010-81136606　81136602　81136603（发行部）
传　　真：010-81136655
印　　装：廊坊市海涛印刷有限公司
经　　销：全国新华书店
开　　本：720×1020　1/16
印　　张：15.25　　字数：204 千字
版　　次：2022 年 11 月第 1 版
印　　次：2022 年 11 月第 1 次印刷
定　　价：56.00 元